Amanda Cross:
Eine feine Gesellschaft
Kriminalroman

Deutsch von Monika Blaich
und Klaus Kamberger

Deutscher
Taschenbuch
Verlag

dtv

Von Amanda Cross
sind im Deutschen Taschenbuch Verlag erschienen:
Albertas Schatten (11203)
Gefährliche Praxis (11243)
In besten Kreisen (11348)
Schule für höhere Töchter (11632)
Tödliches Erbe (11683)
Süßer Tod (11812)

Ungekürzte Ausgabe
März 1992
3. Auflage Februar 1994
Deutscher Taschenbuch Verlag GmbH & Co. KG,
München

Titel der amerikanischen Originalausgabe:
›Poetic Justice‹

Umschlaggestaltung: Celestino Piatti
Umschlagbild: Rotraut Susanne Berner
Satz: IBV Satz- und Datentechnik GmbH, Berlin
Druck und Bindung: C. H. Beck'sche Buchdruckerei,
Nördlingen
Printed in Germany · ISBN 3-423-11513-0

Das Buch

Die traditionsreiche New Yorker Hochschule, an der Kate Fansler unterrichtet, wird seit geraumer Zeit von heftigen Auseinandersetzungen heimgesucht. Die Studenten demonstrieren, der Lehrkörper ist in völlig verfeindete Lager gespalten, man befehdet sich und intrigiert, so geschickt es nur geht. Ausgerechnet auf Kates Verlobungsparty, zu der alle ihre Kollegen geladen sind, nimmt Jeremiah Cudlipp, das Oberhaupt der konservativen Fraktion, zwei Aspirintabletten und bricht zum Entsetzen seiner Gegner und Freunde zusammen. Ist es etwa Sabotage, daß in dieser kritischen Situation wieder einmal der Aufzug versagt und für den alten Cudlipp jede Rettung zu spät kommt? Kate ist sehr daran gelegen, den mysteriösen Todesfall aufzuklären. »Ein intelligenter Kriminalroman um eine Literaturprofessorin mit einer ganzen Palette von amüsanten Seitenhieben bester Schlagkraft gegen das angelsächsische Literaturwesen«, schreibt die Zeitschrift ›Sortiment‹. »Ein starkes Stück gut amerikanischer Bestseller-Produktion.« – Amanda Cross verfaßt »perfekte Mischungen aus Krimi, Gesellschaftskritik und Frauenliteratur« (Miss Vogue).

Die Autorin

Amanda Cross (eigentlich Carolyn G. Heilbrun), geboren 1926 in New Jersey, lebt in New York, lehrt an der Columbia University und gilt heute als eine der anerkannten feministischen Literaturwissenschaftlerinnen. In den sechziger Jahren schuf sie die Figur der Kate Fansler, Literaturprofessorin und Amateurdetektivin, und gehörte damit zu den ersten der »neuen Thrillerfrauen«. In deutscher Sprache liegen derzeit außerdem vor: ›Gefährliche Praxis‹, ›Albertas Schatten‹ (1988), ›In besten Kreisen‹ (1989), ›Schule für höhere Töchter‹, ›Tödliches Erbe‹ (1990), ›Süßer Tod‹ (1991), ›Der Sturz aus dem Fenster‹ (1992).

Erster Teil
Vor dem Tod

Und wo fänden wir Zuflucht
Zum Genuß von Freud und Frieden
Wenn gar so wenig blieb
Nur Alltagsstreit?

Prolog

Wiewohl man sich nicht immer
Genau erinnern kann, weshalb man wohl
glücklich gewesen,
Man kann nicht vergessen, daß man es war.

Professor Kate Fansler stieg die Stufen zum oberen Campus-Gelände hinauf, wo die Azaleenbüsche gerade zu blühen begannen. Noch wußte sie nicht, daß die Studenten an diesem schönen Morgen im Mai das Verwaltungsgebäude der Universität besetzt hatten. Kaum jemand wußte das; morgen würde es auf der ganzen Welt Schlagzeilen machen. Sie wanderte an Wiesen vorbei, die saftig grün zu werden begannen. Die Studenten, verdammt noch mal, trampelten einfach gedankenlos über das junge Gras, allen Schildern und Zäunen zum Trotz, die die unermüdlichen Universitätsgärtner aufgestellt hatten. Ihr Ärger über eine derartige Schändung der Natur war im Lauf der Jahre noch gewachsen. Doch gleich tadelte sie sich ob solcher Schrulligkeit. »...noch nicht bereit zu sterben«, ging es Kate durch den Kopf, »und dennoch in dem Alter, in dem man anfängt, die Jungen zu verabscheuen.« Die Zeilen stammten von Auden und bereiteten Kate, wie immer, besonderes Vergnügen. Heute nachmittag würde sie miterleben, wie ihm eine Goldene Medaille für seine Dichtkunst verliehen wurde.

Kate hatte Auden nie kennengelernt und würde das wahrscheinlich auch niemals tun. Dennoch existierte zwischen ihnen seit über zehn Jahren etwas, was sie als perfekte Beziehung empfand. Auden war zufrieden damit, das ergab sich aus der Tatsache, daß er von dieser Beziehung keine Ahnung hatte. Kates Zufriedenheit beruhte auf dem sicheren Wissen, daß das so bleiben würde. Auden als Privatperson interessierte sie nicht. Doch im Laufe der

Jahre hatten ihr seine Gedichte und die wunderbaren Dinge, die sie aus den Büchern seiner Freunde über ihn erfahren hatte, ein neues Lebensgefühl vermittelt. Sie hatte weder literaturkritische noch wissenschaftliche Abhandlungen über ihn gelesen, und da sie beruflich mit der Viktorianischen Epoche befaßt war, hatte sie fest vor, das auch in Zukunft nicht zu tun. Was nur beweist – wie alles, was an diesem Tag passierte –, daß der Blick in die Zukunft nicht zu den menschlichen Fähigkeiten gehört.

Genau in dem Augenblick machten sich die Studenten über den Schreibtisch des Universitätspräsidenten her und fingen an, seine Briefe zu lesen –

Mit plötzlichem Schwung seines altersschwachen Rades,
war das Glück wütend davongestrampelt;

aber Kate, die davon nichts wußte, setzte sich und genoß den Anblick der blühenden Tulpen.

Kate hatte Auden zum erstenmal vor zehn Jahren im Fernsehen gesehen, und da sie keinen Fernsehapparat besaß, hatte sie einiges an Unbequemlichkeiten auf sich nehmen müssen, um die Sendung nicht zu verpassen. (Für ihre Gastgeber war es allerdings mit noch mehr Unannehmlichkeiten verbunden gewesen, denn die Sendung hatte erst gegen Mitternacht begonnen und sich bis in die frühen Morgenstunden hingezogen; schließlich hatten sie Kate und Auden in ihrem Wohnzimmer sich selbst überlassen und waren schlafen gegangen.) Kate konnte sich nicht mehr an den Anlaß für die Sendung erinnern und auch nicht an das Thema, worüber Auden und die anderen diskutiert hatten, aber sie erinnerte sich sehr wohl daran, daß Auden während der stundenlangen Übertragung laut und erfolglos um eine Tasse Tee gebeten hatte: So etwas war in einem Fernsehstudio offenbar ähnlich schwer aufzutreiben wie eine Coca-Cola in einem Pariser Vier-Sterne-Restaurant. Kate hatte Audens Stirnrunzeln nie vergessen. Wie zu lesen war, runzelte er seit seiner Kindheit die Stirn. »Ich sehe ihn«, hatte Christopher Isherwood geschrieben, »die Stirn runzeln, während er mir gegenüber im Chor singt und in einem Chorhemd mit riesigem Eton-Kragen steckt, über dem seine enormen roten Ohrmuscheln von seinem schmalen, finster blickenden, puddingweißen Gesicht abstehen.« Sie waren Schulkameraden gewesen: Isherwood sollte heute nachmittag Auden die Medaille überreichen.

»Und so hat man mich nach all den Jahren gewaltsam aus meinem Büro vertrieben. Die Uni haben sie auch besetzt.«

»Wer?« Kate starrte den Mann an, der neben ihr stand.

»Das Schicksal hat Ihnen, wie ich sehe, ein paar zusätzliche Augenblicke glücklicher Unwissenheit geschenkt«, bemerkte Frederick Clemance. »Und woran haben Sie gedacht, während Sie dasaßen und die Tulpen betrachteten?«

»An Auden«, sagte Kate.

»Was Sie nicht sagen!« Clemance setzte sich neben sie auf die Bank. »Kennen Sie seine Gedichte gut?«

»Ich führe mir hin und wieder eins zu Gemüte«, gab Kate zu. Sie betrachtete Clemance mit einer gewissen Verlegenheit. Sie bewunderte ihn seit Jahren, hatte in den höheren Semestern bei ihm studieren dürfen (was damals für eine Frau eine besondere Auszeichnung war) und mit Spannung und Hingabe verfolgt, wie sein Ruf immer weiter gewachsen war – mittlerweile galt er als eine der Berühmtheiten der Universität. Formal gesehen, war sie inzwischen seine Kollegin, aber zu einem privaten Gespräch war es noch nie zwischen ihnen gekommen.

»Nun sehen Sie sich das an. Klettern auf die Fensterbänke wie die Affen und brüllen Obszönitäten. Wenn Sie nah genug herangehen, werden die Sie anspucken. Soll das eine neue Art von Schabernack unter Studenten sein? Jedenfalls«, fügte Clemance hinzu, »hat mich bisher noch niemand in einen derart tollen Streich einbezogen.«

Sie kletterten auf die Bank und konnten nun die Studenten erkennen, die, zumeist bärtig und auch auf die Entfernung ungewaschen wirkend, auf den Fensterbänken hockten. »Miss Fansler«, sagte Clemance, während er von der Bank stieg, »vielleicht könnten Sie mir einen Gefallen tun.« Kate lächelte nervös. So, stellte sie sich vor, hatte Friedrich der Große mit einem seiner Höflinge gesprochen.

»Natürlich, wenn ich kann«, sagte sie.

»Es geht um Auden.«

Kate sah ihn verblüfft an. Beiden war natürlich noch nicht klar, daß sich ihre Welt verändert hatte. Für beide mahlte die akademische Mühle noch vor sich hin. Hätte jemand in diesem Moment behauptet, Kate oder Clemance würden schon bald miterleben, wie ihre Kollegen von Studenten verspottet und von Polizisten mit Schlagstöcken bearbeitet werden, sie hätten an seinem Verstand gezweifelt. Wir verbrachten damals miteinander eine letzte Stunde der Unschuld, würde Kate sich später erinnern.

»Ich betreue eine Dissertation über Auden. Sie ist inzwischen fertig: die Arbeit eines brillanten jungen Mannes, der darauf brennt, bald sein Rigorosum zu machen. Professor Pollinger ist einer der Gutachter. Ich war gerade auf der Suche nach jemandem, der die abschließende Prozedur leiten kann, ich habe einfach zu viele Verpflichtungen. Sie verstehen, wie glücklich ich bin, Sie gefunden zu haben. Kennen Sie Auden?«

»Nein«, sagte Kate. »Und ich habe mich auch nie auf wissenschaftlicher Ebene mit seinem Werk befaßt. Ich bin für eine solche Aufgabe wirklich nicht qualifiziert.«

»Sie werden es bestens machen. Ich kenne Auden und habe trotzdem noch nie wirklich wissenschaftliche Kategorien für sein Werk entwickeln können. Ich sage im Englischen Seminar Bescheid. Vielen Dank. Ich werde jetzt gehen und sehen, wohin das alles führt. Ich bin aus mehr als einem Grund froh, daß wir uns hier bei den Tulpen begegnet sind.« Er lächelte und ging davon. Und tatsächlich beförderte ein oder zwei Tage später die akademische Mühle eine offizielle Mitteilung auf Kates Schreibtisch, in der es hieß: »Titel der Dissertation: ›Die Dichtkunst W. H. Audens‹; Name des Doktoranden: R. E. G. Cornford; Erster Gutachter: Frau Professor Fansler.«

Am frühen Nachmittag hatten die Studenten ein drittes Gebäude besetzt und dem Präsidenten der Universität, der, wie üblich, irgendwo anders war, eine Reihe von Ultimaten gestellt. Gerüchte wollten wissen, daß er nach Hause geflohen sei. Inzwischen hatten sich die Fakultätsangehörigen in Gruppen zusammengefunden und diskutierten, was zu tun sei. Der Vizepräsident, der jetzt die Verantwortung hatte, fing an, von Polizei zu reden. Kate rief ein Taxi und ließ sich zur American Academy of Arts and Letters fahren.

Aber sie würde Auden nicht persönlich zu Gesicht kriegen; das war ihr sofort klar. Bei der Jahresfeier der American Academy of Arts and Letters sitzen die Mitglieder, die Preisempfänger und die, die als neue Mitglieder aufgenommen werden sollen, auf numerierten Plätzen. Dem Veranstaltungsprogramm lag auch eine Zeichnung bei, aus der hervorging, wer auf welchem Stuhl auf der Bühne Platz nehmen würde. Weder Auden noch Isherwood waren anwesend. Gegen Ende der Veranstaltung erklärte sich Mr. Wescott bereit, beide Reden zu verlesen – die Isherwoods zur Verleihung der Goldenen Medaille und Audens Dankesrede.

Das Publikum war enttäuscht, aber Kate, die oben auf dem Balkon saß, war merkwürdig zufrieden; interessiert hatte sie ohnehin nur, was die beiden zu sagen hatten, auf ihre Anwesenheit konnte sie verzichten. In Isherwoods kurzer Ansprache war die Rede von »der Verwandlung des siebenjährigen Jungen Auden in den einundsechzigjährigen Dichter, den wir heute ehren«, und sie endete damit, daß Isherwood die Gelegenheit seiner Nicht-Anwesenheit dazu benutzte, ihm zu sagen, wie ungeheuer stolz er sei, sein Freund zu sein. »Mein lieber Christopher«, fing

Audens Dankesrede an, und dann: »Für mich ist die Poesie zuallererst ein Spiel.« Deswegen darf er auch so tiefschürfend sein, dachte Kate, während sie der Stimme von Mr. Wescott lauschte. Wer außer Auden hätte ein so feinsinniges Gedicht über sein Schlafzimmer schreiben können:

Don Juan, viel zu ungeduldig, sich auszuziehen, braucht kein Bett,
Tristan und Isolde sind viel zu verliebt, um sich um so etwas
Profanes zu kümmern, doch gewöhnliche
Sterbliche verlangen danach und legen, auch wenns nur zum Schlafen ist,
lieber die Kleider ab.

Es war tatsächlich ein eigentümliches Gedicht, an das Kate hatte denken müssen – besaß sie vielleicht an jenem Tag bis dahin unerkannte prophetische Kräfte? Denn an ihrer Universität sollte sich eine ganze Woche lang niemand ausziehen und schlafen gehen. Als Mr. Cornfords Dissertation in ihrem Büro abgeliefert wurde, war Kate viel zu erschöpft, um in Audens Interesse diesen akademischen Zugriff übelzunehmen.

Eins

Wenn auch die milde und klare Luft
Dich wieder lächeln und das Leben schätzen lassen,
Wenn dein Gesicht sich wieder rötet, der Sturm hat dich verändert:
Du wirst sie nie vergessen, niemals,
Die Düsternis, die die Hoffnung auslöschte, der Sturm,
Der deinen Untergang verkündete.

Daß die Vorlesungen an der Universität ganz nach Plan am 17. September begannen, war für alle Beteiligten ein Grund zum Staunen. Für Revolutionen sprach nicht gerade viel – jedenfalls war Kate dieser Meinung –, aber durch sie gewöhnte man sich an die Alltäglichkeit außergewöhnlicher Ereignisse und an das angenehme Gefühl atemloser Überraschung, wenn das Erwartete einfach geschah. Das jedenfalls äußerte Kate gegenüber Professor Castleman, während beide in der Lowel Hall auf den Aufzug warteten.

»Nun ja«, gab er zur Antwort, »wahrscheinlich wäre ich um einiges verblüffter gewesen, wenn es ihnen nicht gelungen wäre, meine Vorlesung über Methoden der Geschichtsschreibung, zu der nie weniger als einhundertfünfzig Studenten kommen, in einen Saal zu verlegen, der nur dann neunzig Studenten faßt, wenn zwei sich einen Sitz teilen, was ja heutzutage ohnehin in Mode ist. Aber genaugenommen«, fügte er hinzu, während der Aufzug leer und achtlos an ihnen vorbeifuhr, offenbar unterwegs in eigenem, mysteriösem Auftrag, »weiß ich nicht, warum die Studenten noch Sitzplätze erwarten, wenn nicht einmal ein Theaterpublikum darauf rechnen kann. Gestern abend haben wir uns ein Stück angesehen – ich benutze den Begriff ›Stück‹, um anzudeuten, was wir zu sehen erwarteten, nicht, was wir dann tatsächlich gesehen haben. Nicht nur, daß es keine Sitzgelegenheiten gab – die ganze Unterhaltung bestand darin, daß die Schauspieler sich ihrer Kleider entledigten und, natürlich höflich, vom Publikum ein Gleiches verlangten. Voll angekleidet, kamen wir, meine Frau und ich, uns vor wie zwei Missionare in Afrika, die sich mit den Bräuchen der Eingeborenen nicht auskennen. Wollen wir zu Fuß hinuntergehen? Zumindest *eines* hat sich an der Universität nicht verändert: die Fahrstühle. Sie haben früher nicht funktioniert, sie funktionieren heute nicht, und obwohl ein Historiker niemals eine feste Aussage über die Zukunft machen sollte, so bin ich doch bereit zu wetten, daß sie auch niemals funktionieren werden. Wohin gehen Sie? Sagen Sie nichts, ich weiß es. Zu einer Sitzung. Und ich kann Ihnen auch sagen, worüber diskutiert werden soll: über die Relevanz als solche.«

»Das wäre zu erwarten«, sagte Kate. »Tatsächlich bin ich auf dem Weg zu einem Rigorosum: über das poetische Werk von W. H. Auden. Er hat Ihrer Muse einen Haufen kluger Verse gewidmet.«

»Meiner? Gütiger Himmel, habe ich denn eine Muse? Genau das, was mir all die Jahre gefehlt hat. Glauben Sie, ich könnte sie gegen eine Putzfrau tauschen, drei Tage pro Woche, sie braucht auch nur ab und an zu bügeln? Meine Frau würde vor Dankbarkeit auf die Knie fallen.«

»Ein Tauschgeschäft: Klio gegen eine Putzfrau? Unmöglich. Sie ist es doch, ›der wir um Hilfe flehend in die Augen schauen, nachdem wir erwischt worden sind‹.«

»Hat das Auden geschrieben? Offensichtlich war er nie verheiratet. Das ist eine Beschreibung, die auf jede Frau paßt. Ich dachte, Sie wären Expertin für die Viktorianische Epoche.«

»Das bin ich auch. Auden wurde 1907 geboren. Er hat Victoria also nur um sechs Jahre verpaßt. Und reden Sie nicht so frivol über Klio. Auden hat sie die ›Madonna des Schweigens‹ genannt, ›der wir uns zuwenden, wenn wir die Kontrolle verloren haben‹.«

»Nun, dann halten Sie sie fest«, sagte Professor Castleman. »Ich wende mich jetzt ab.«

Das Rigorosum sollte erst in einer Stunde beginnen. Kate wanderte ohne Eile in ihr Büro zurück, denn sobald sie die Baldwin Hall erreichte, wo das Englische Seminar für das weiterführende Studium untergebracht war, würde man sie bestürmen, in fünf weitere Komitees einsetzen, sie bitten, einige Fragen zum Curriculum zu klären, von denen sie keine Ahnung hatte (etwa die erforderlichen Sprachkenntnisse für d. Studium des Mittelalters), und auffordern, die Probleme der endlos wartenden Studenten zu lösen. Diese Probleme betrafen nicht nur Fragen der Dichtung und der politischen Polarisierung, sondern auch Drogen und die Antibabypille. Kate schlenderte in einer Art Trancezustand daher, an den sie sich inzwischen gewöhnt hatte. Er war das Ergebnis von Erschöpfung und geistiger Verdauungsprobleme, einem Gefühl der Unsicherheit, ähnlich dem, sich blindlings fallen lassen zu müssen, und, was am befremdlichsten war, einer Liebe zur Universität, die so irrational wie unerwidert schien.

Es würde ihr nicht leichtfallen zu sagen, was sie an der Universität liebte. Kate dachte darüber nach, während sie sich umschaute. Ganz sicher nicht die Leitung (wenn es denn wirklich eine gegeben hätte, was, da sie wie die zehn kleinen Negerlein einer nach dem anderen zurückgetreten waren, nicht der Fall war). Den Verwaltungsrat genausowenig, ein Verein von müden, ultrakonservativen Geschäftsleuten, die nicht begreifen konnten, wieso sich eine Universität nicht wie ein Geschäftsunternehmen oder ein Countryclub führen ließ. Und die Studenten, die Fakultät, der Campus? Es war nicht erklärbar. Die Liebe, mit der jemand an einer Stadt hängt, ist oft genug ein Geheimnis, hatte Camus gesagt; mit der Liebe zu einer Universität war es offenbar nicht anders.

»Kate Fansler!« sagte eine Stimme. »Wie nett, wie nett, dich zu sehen. ›Ich muß unbedingt Kate anrufen‹, habe ich wieder und wieder zu Winthrop gesagt, ›wir müssen uns zum Lunch verabreden oder zum Dinner, wir müssen uns einfach mal treffen.‹ Und jetzt ist es uns gelungen.«

Kate blieb auf den Stufen zur Baldwin Hall stehen und lächelte beim Anblick von Polly Spence. Es passiert immer das, was man am wenigsten erwartet! Polly Spence gehörte zum Kreis um Kates Familie – sie war vor Jahren ein Schützling von Kates Mutter gewesen –, und sie verbreitete die Aura von St. Bernard's – dort waren ihre Söhne zur Schule gegangen – und von der Milton Academy.

»Ich weiß es genau«, sagte Polly Spence, »meine Instinkte verraten mir, daß du, wenn ich hier nur lange und geduldig genug warte, irgend etwas sagen wirst, vielleicht sogar etwas so Profundes wie ›Hallo‹.«

»Schön dich zu sehen, Polly«, sagte Kate. »Ich weiß nicht, was mit mir los ist. Ich fühle mich wie die Heldin in diesem Stück von Beckett, die bis zum Halse eingegraben ist und jeden wachen Augenblick damit verbringt, in ihrer großen, unordentlichen Handtasche herumzuwühlen. Bist du gekommen, um zu sehen, wie die Aktion läuft – ich glaube, so drücken die jungen Leute das jetzt aus.«

»Die Aktion? Ich würde das eher Respektlosigkeit nennen. Flüche und Fäkalsprache für alles von A bis Z. Wenn ich daran denke, daß meine beiden armen Lämmchen schon mißbilligend angefunkelt wurden, wenn sie nur mal ›verdammt‹ sagten... Nicht leicht, mit dieser Welt zurechtzukommen.«

»Aber wie ich dich kenne, schaffst du es.«

»Natürlich. Ich mache meinen Doktor. Eigentlich habe ich die Promotion schon fast in der Tasche. Wie findest du das? Ich schreibe meine Dissertation bei den Linguisten über die Entstehung des Vernerschen Gesetzes. Sei bitte entsprechend beeindruckt. Im Linguistischen Seminar waren sie überglücklich, weil die Süßen dort keine Ahnung hatten, daß es überhaupt noch etwas Neues über das Vernersche Gesetz zu sagen gibt. Nun habe ich es ihnen erzählt, und sie haben es mit Fassung getragen.«

Kate lächelte. »Ich hatte schon immer den Verdacht, daß hinter all deinen Frauenkomitee-Talenten ein außerordentlicher Verstand steckt, aber was hat dich denn auf die Idee gebracht, den Doktor zu machen?«

»Meine Enkel«, sagte Polly. »Drei krähende kleine Buben und ein brabbelndes kleines Mädchen, alle unter drei. Das bedeutete entweder tagein, tagaus den Babysitter spielen – ganz abgesehen davon, daß die kleinen Lieblinge nur zu gern unter den durchsichtigsten Vorwänden bei uns abgeladen würden –, oder ich mußte mir einen Job suchen, der Respekt einflößt. Winthrop hat mir Mut gemacht. ›Polly‹, hat er gesagt, ›wenn wir nicht jedes gesegnete Wochenende windelnwechselnd verbringen wollen, dann such du dir lieber eine anspruchsvolle Arbeit, die du vorschieben kannst.‹ Die Kinder sind natürlich sauer, aber ich bin inzwischen Assistentin und habe sehr viel zu tun, Gott sei Dank, und bin nur noch an Weihnachten und Ostern in der Lage, bei den Kleinen die Runde zu machen. Im Sommer mache ich mich davon und forsche, und Winthrop kommt mit, wenn er kann. Aber du siehst müde aus, und ich schwatze hier vor mich hin. Treffen wir uns mal zum Lunch im Cosmopolitan Club?«

»Ich bin kein Mitglied.«

»Natürlich nicht, meine Liebe, obwohl ich nie verstanden habe, warum nicht. Warum siehst du denn so müde aus?«

»Sitzungen. Sitzungen und wieder Sitzungen. Wie du wohl gehört haben wirst, versuchen wir, die Universität umzustrukturieren, mit anderen Worten, wir haben, wie der Bursche in dem Zeichentrickfilm, nach unten geschaut und plötzlich entdeckt, daß wir keinen Boden unter den Füßen haben. Und dann fallen wir natürlich.«

»Aber es sind doch längst alle zurückgetreten. Der Präsident. Der Vizepräsident. Wir haben jetzt einen geschäftsführenden Präsidenten, wir bekommen einen Fakultätsrat, bestimmt geht es jetzt aufwärts.«

»Vielleicht. Aber am Englischen Seminar hat man entdeckt, daß es für die meisten Dinge, die man seit Jahren glücklich und zufrieden getan hat, überhaupt keine Grundlage gibt. Und was die Assistenten angeht – wo bist du eigentlich Assistentin? Erzähl mir bloß nicht, unsere werte Hochschule hätte sich in einem Akt der Selbstheilung so weit reformiert, daß sie nicht mehr nur ganz junge, egal wie begabte Damen als Lehrkräfte anstellt.«

»Nein, die doch nicht. Verdammt unwahrscheinlich. Ich bin am University College. *Sehr* aufregend. Wirklich, Kate, du kannst es dir nicht vorstellen.«

Kate betrachtete sie ratlos und merkte, daß das stimmte.

»Wirklich«, sagte Polly Spence, »was seid ihr doch für ein versnobtes Volk in den Seminaren für die Graduierten! Wir machen eine *hervorragende* Arbeit...«

»Hat das University College nicht immer Fortbildungskurse veranstaltet? Diese seltsamen Kurse für Gewerkschaftler, die nur zwanzig Stunden pro Woche arbeiten, und für Hausfrauen, deren Kinder inzwischen...?«

»Das ist hundert Jahre her. Kurse im Körbeflechten gibt es nicht mehr. Wir vergeben richtige Diplome und Abschlußzeugnisse, und unsere Studenten sind wirklich sehr intelligente Leute, die bloß keine Lust haben, Football zu spielen oder sich für Fotos in Positur zu stellen.«

»Verzeih mir, Polly. Wie immer, wenn man über Ignoranz und Vorurteile redet, klingt das wirklich fürchterlich versnobt.«

»Na gut. Du wirst noch von uns hören, warte nur ab. Unterdessen mußt du zu uns zum Essen kommen. Wenn ich Winthrop erzähle, daß ich dich getroffen habe, wird er darauf bestehen. Er findet dich immer so unterhaltsam.«

»Und so up to date, nicht? Ich habe nachgelassen, Polly. Um die Wahrheit zu sagen, im Moment überlege ich mir, Bridge zu spielen oder mich vielleicht der Handlesekunst, der Astrologie und den Feinheiten übersinnlicher Wahrnehmung zuzuwenden. Einer meiner Studenten hat mir angeboten, mich mit einem Medium für elektronische Hirnströme bekannt zu machen.«

»Kein Zweifel, wir müssen uns zum Lunch im Cosmopolitan Club treffen«, sagte Polly. »Das stärkt das Selbstbewußtsein.«

Kate stieg die Stufen zur Baldwin Hall hinauf und winkte ihr zum Abschied zu.

»Kafka«, sagte Mark Everglade, der ihr vor ihrem Büro über den Weg lief, »wo ist dein Stachel?«

»Ich habe den Eindruck«, sagte Kate, »das ist eine Bemerkung, die in diesen Tagen auf alles und jedes paßt.«

»Auf alles und jedes. Was halten Sie von dem Vorschlag, nächstes Jahr eine Text-Übung über die Romane von Bulwer-Lytton zu halten?«

»Sie geruhen zu scherzen. Und was, bitte schön, ist, während ich vor Begeisterung Luftsprünge mache, eine Text-Übung?«

»Das ist ein Kurs, bei dem man Bücher benutzt. Klar? Ich weiß, Kate, wir sind alle müde am ersten Tag im Semester, aber das hätten Sie doch eigentlich raten können. Erinnern Sie sich an Bücher? So was haben wir gelesen, *bevor* wir anfingen zu diskutieren, was wir lesen sollten. Die Studenten haben den ganzen Sommer damit zugebracht, unsere Vorlesungsvorschläge zu reformieren, und herausgekommen sind dabei diese Text-Übungen.«

»Ich habe aber Bulwer-Lytton nie gelesen.Ich habe nicht einmal über Bulwer-Lytton diskutiert, außer mit einem seltsamen Studenten, der alle sieben Jahre bei mir auftaucht, mit den nächsten tausend Seiten über die Entwicklung des historischen Romans. Ah, ›Die letzten Tage von Pompeji‹ gelten jetzt als relevant. Vielleicht stimmt's ja.«

»Wenn nur ein Vulkan ausbräche und uns alle mit seinem Staub bedeckte«, sagte Mark Everglade. »Wir haben, wie Sie eigentlich wissen müßten, wenn Sie jemals bei einer von all den Sitzungen in diesem Sommer zugehört hätten, alles abgeschafft, die Vorlesungen und die Seminare. Statt dessen haben wir jetzt die Text-Übungen, vorzugsweise über Texte, von denen noch nie zuvor jemand etwas gehört hat, wie etwa Bulwer-Lytton oder die Literatur afrikanischer Entwicklungsländer. Da fällt mir ein, wir brauchen jemanden, der Suaheli beherrscht. Falls Sie jemand wissen...«

»Das geheimnisvolle Fremde«, sagte Kate. »Zweifellos gibt es haufenweise faszinierende Literatur in Suaheli. Aber ich habe gerade gestern abend mit jemandem gesprochen, der in Afrika war. Er erzählte, daß es zum Beispiel allein in Äthiopien fünfundsiebzig verschiedene Dialekte gibt und die verschiedenen Stämme sich untereinander nur auf englisch verständigen können. Und in Nigeria werden zweihundertfünfundzwanzig Sprachen gesprochen, und auch dort ist Englisch die Sprache der Verständigung untereinander. Warum bilden wir nicht Leute aus, die Englisch-Unterricht auf Suaheli geben, statt es umgekehrt zu versuchen? Oder ist das eine besonders reaktionäre Bemerkung?«

»Nicht nur reaktionär«, sagte Mark, »sondern wahrscheinlich auch Grund genug, das ganze Gebäude zu besetzen. Was nun dieses Vorlesungsverzeichnis betrifft...«

»Wieso reden wir am ersten Tag dieses Semesters über die Vorlesungen für das nächste?«

»Wie Sie sehen werden, wenn Sie sich mit dem studentischen Komitee für die Endfassung des revidierten Verzeichnisses treffen, wird alles ständig umgeworfen, und deswegen müssen wir dieses verdammte Verzeichnis für das kommende Semester umgehend in Druck geben, damit daran nicht mehr gedreht werden kann und wir uns über das übernächste Semester in die Haare geraten können.«

»Ich sitze in keinem studentischen Komitee für die Endfassung von irgend etwas, und ich werde auch niemals in einem Ausschuß sitzen, der solch ein barbarisches Wort wie ›Endfassung‹ in seinem Namen hat, und das ist endgültig«, sagte Kate.

»Der Name steht noch nicht fest«, sagte Mark, »aber ich fürchte, Sie müssen einfach an dem Ausschuß teilnehmen, weil Sie das den ganzen Sommer über getan haben und als einzige wissen, was da vor sich geht.«

»›Uns fehlt die Fähigkeit, zu wissen, was wirklich vor sich geht‹, sagt Auden.«

»Ich hatte keine Ahnung, daß Auden so relevant ist; allerhöchstes Kompliment.«

»Ja, er ist es vielleicht«, sagte Kate, »aber ich nicht. Meinen Sie, das könnte mein ganzes Problem sein?«

»Das ist das Problem, stimmt. Wir sind nicht nur wunderbar irrelevant, man hindert uns rätselhafterweise daran, die Früchte unserer Irrelevanz zu genießen, die da heißen frivole Freuden und Beschaulichkeit.«

»Ich wünschte, ich wäre eine afrikanische Nation«, sagte Kate. »Es muß so tröstlich sein, sich für im Stadium der Entwicklung befindlich zu halten.«

Kate hatte gerade genug Zeit, in ihr Büro zu spurten, die Post, die sie unten aus ihrem Fach genommen hatte, zu der übrigen ungeöffneten auf ihren Schreibtisch zu legen, nach der Dissertation über Auden zu greifen, drei Studenten, die aus dem Nichts auftauchten, klarzumachen, daß sie jetzt weder Büro- noch Sprechstunde hatte, und mit totalem Gleichmut dem Läuten des Telefons zu lauschen. Kate behauptete nicht, aus den Zerreißproben des letzten Frühjahrs oder aus den anstrengenden Ausschußsitzungen des Sommers allzu viel gelernt zu haben, aber eines hatte sie begriffen: Es ist nicht nötig, den Telefonhörer abzuheben. Man kann immer so tun, als sei man nicht da. Diese irgendwie existentielle Entscheidung hatte zur Folge, daß Kate für weitere zweieinhalb Stunden dem entgehen konnte, was ihre Gouvernante die Begegnung mit dem Schicksal zu nennen pflegte. Eine hübsche Phrase. Aber Kate hatte früh entdeckt (wenn auch erst einige Zeit nach dem Verschwinden dieser Gouvernante), daß man einer vorbestimmten Begegnung nicht »entgehen« kann. Begegnungen sind entweder unvermeidlich oder unmöglich.

Es war keineswegs üblich, daß ein Rigorosum, die letzte Prüfung zur Erwerbung des Doktorgrades (hier der Philosophie), am ersten Tag eines neuen Semesters stattfand. Tatsächlich hatte es das noch nie gegeben – wie so vieles, was gerade geschah. Doch die Revolte des Frühjahres hatte die Verschiebung einer ganzen Reihe von Doktorprüfungen unvermeidlich gemacht, teils, weil der vom Dekan eingesetzte siebenköpfige Prüfungsausschuß nur selten vollzählig zusammentreten konnte (die Mehrzahl kämpfte entweder mit Polizisten in Zivil, die am Eingang der Universität die Ausweise kontrollierten, oder sie flehten den Bürgermeister an, in die Vorgänge an der Universität einzugreifen. Und selbst wenn es möglich gewesen war, alle sieben zur gleichen Zeit am gleichen Ort zu versammeln, fand sich kein Raum, in dem das Ganze dann stattfinden konnte. Der Direktor des Englischen Seminars, ein Mann, für den (so hatte Kate während des Sommers beschlossen) die Bezeichnung »langmütig« eine Untertreibung war, hatte mehrere Prüfungen in seinem Wohnzimmer abgehalten (zum sichtlichen Ärger seiner Kinder, die fernsehen wollten), aber nach einer Weile wurden alle derartigen Bemühungen aufgegeben. Als der Punkt erreicht war, an dem ein Prüfungsausschuß (der zum Glück keine weiblichen Mitglieder hatte) sich auf der Herrentoilette des Fakultäts-Clubs versammelte und sich bald herausstellte, daß zwei seiner Mitglieder, die man in letzter Minute in den Ausschuß gebeten hatte, noch nie von dem Thema gehört hatten, das Gegenstand der Prüfung war, erklärte sich das Dekanatsbüro offiziell für geschlossen. Die studentischen Stoßtruppunternehmungen gegen die Verwaltung entnervten die Sekretärinnen, die gezwungen waren, sämtliche Unterlagen und Dissertationen immer wieder vor der drohenden Beschlagnahme in Panzerschränke zu retten. Sie weigerten sich schließlich, die Büros überhaupt noch zu betreten, bevor die Lage sich nicht »beruhigt« habe.

Heute waren vier Mitglieder des Prüfungsausschusses erschienen, was für die Beschlußfähigkeit reichte und Kate ebenso erleichterte wie den Kandidaten, der extra für diese Prüfung von Kalifornien eingeflogen war, wo er unterrichtete. Gott sei Dank langt es für ein ordentliches Verfahren, dachte Kate und nahm ihren Platz als Vorsitzende des Ausschusses am oberen Ende des Tisches ein. Rechts von ihr saß das andere Mitglied ihres Seminars, Peter Pakker Pollinger, der offizielle Doktorvater. Links von ihr saßen die beiden notwendigen Vertreter der anderen Fachbereiche, Professor Kruger von der Germanistik und Professor Chang vom Institut für Asiatische Zivilisation. Professor Changs Anwesenheit war das Resultat absoluter Verzweiflung, denn die Anwesenheit eines nicht zum Englischen Seminar gehörigen Professors war vorgeschrieben, und schließlich hatte Auden ja mit Isherwood 1938 eine Reise nach China gemacht und darüber ein Buch geschrieben. Das Institut für Asiatische Zivilisation hatte Kate zwar mitgeteilt, daß Professor Chang noch nie in China war, aber schließlich konnte man von Beisitzern nicht zuviel verlangen.

Alles fing ganz ordnungsgemäß an. Kate bat Mr. Cornford, den Raum zu verlassen, und teilte dem Prüfungsausschuß über Mr. Cornford mit, was sie einer speziellen Personalakte des Dekanats entnahm und ihr von Bedeutung erschien: seine Ausbildung, seine gegenwärtige Stellung, Thema und Datum seiner Arbeit. »Dann können wir den Kandidaten ja zur Prüfung hereinbitten«, sagte Kate hoffnungsvoll.

»Einspruch«, sagte Professor Chang.

»Ich bitte um Entschuldigung«, sagte Kate. »Ich wollte nicht zur Eile treiben. Gibt es eine Frage zur Person von Mr. Cornford? Oder zu Auden?«

»Bitte sehr. Ich habe die Dissertation aufmerksam und mit großem Interesse gelesen. Aber ich möchte darauf hinweisen, daß ich nicht dem Institut für Asiatische Zivilisation angehöre. Ich bilde Ingenieure aus.«

»Ingenieure?« sagte Kate mit schwacher Stimme. »Ich fürchte, da hat es eine Verwechslung gegeben.«

»Mr. Auden ist ein äußerst interessanter Schriftsteller«, sagte Professor Chang, »aber gibt es in China viel Kalkstein?«

»Kalkstein!« sagte Professor Kruger. »Hier geht es wohl eher um die Weimarer Republik. Auden begreift einfach nicht, daß Todessehnsucht und die Ablehnung jeglicher Autorität...«

An der Stelle fing Professor Peter Packer Pollinger an, durch seinen Schnurrbart zu schnaufen, was, wie Kate sehr gut wußte, ein untrügliches Zeichen dafür war, daß er demnächst in eine Rede ausbrechen würde. Professor Pollinger hatte nur drei Reden in seinem Programm. Die erste handelte von der Interpunktion unter besonderer Berücksichtigung der Tatsache, daß im Englischen bei wörtlicher Rede das Komma immer *innerhalb* der Anführungszeichen steht. Er war bekannt dafür, daß er über die ungeheuren Gefahren, die eine Stellung des Kommas *außerhalb* der Anführungszeichen beinhalte, einen Vortrag von bis zu zwei Stunden Dauer halten konnte. Seine zweite Rede behandelte Fiona Macleod, das alter ego und Pseudonym eines irischen Schriftstellers der Jahrhundertwende namens William Sharp. Es war ihm gelungen (William Sharp, nicht Professor Pollinger, obwohl eine derartige Verwechslung auf rätselhafte Weise auch wieder passend zu sein schien), sich so perfekt, so schizophren vollkommen in sich selbst und gleichzeitig sein alter ego (das natürlich eine Frau war) aufzuteilen, daß er Anfälle bekam, wenn William Sharp nebst Gattin zu einer Party eingeladen wurden und Fiona Macleod nicht. Die letzten zehn Jahre hatte Professor Pollinger (er war jetzt siebenundsechzig) dem Sammeln aller erreichbaren Daten über William Sharp gewidmet, und er war entzückt, um nicht zu sagen gezwungen, jedem, der seinen Weg kreuzte, die neuesten Erkenntnisse mitzuteilen. Auf diese Weise war trotz allen Sich-Versteckens praktisch jedermann im Englischen Seminar, vor allem aber die Sekretärinnen, die hinter ihren Schreibtischen festsaßen und nicht so schnell verschwinden konnten, zu einer Autorität in Sachen William Sharp/Fiona Macleod geworden.

Professor Pollinger hatte noch eine dritte Rede in seinem Repertoire, die nicht festgelegt war: variabel, wie die Mathematiker sagen. Diese Rede konnte von allem handeln, was Professor Pollinger jüngst passiert war und seine Aufmerksamkeit genügend gefesselt hatte, um ihm im Gedächtnis zu bleiben: Wie er geistesabwesend in einer Schneewehe gelandet und diese ihn begraben hatte, wie er eine Stunde lang ganz deutlich das Rauschen der Irischen See gehört hatte, bis seine Frau nach Hause gekommen war und entdeckt hatte, daß die Wanne im Badezimmer nebenan übergelaufen war und Professor Pollinger knöcheltief im Wasser stand; ganz selten und wirklich nur unter zwingenden Umständen konnte es passieren, daß Professor Pollinger von sich aus etwas beitrug, das zur Sache gehörte und das, wie es jetzt der Fall war, einen beunruhigenden Einfluß auf die Diskussion ausübte.

»Auden war technisch sehr interessiert«, verkündete Professor Pollinger jetzt und blies dabei durch seinen Schnurrbart. »Wollte selber mal Ingenieur werden. Als der Kollege für orientalische Sprachen ausfiel, habe ich einen Ingenieurwissenschaftler vorgeschlagen.« Professor Pollinger schnaufte ein- oder zweimal. »War froh, als ich entdeckte, daß sie einen chinesischen Ingenieur haben«, sagte er. »Damit wäre alles in Ordnung, dachte ich. Habe Sie nicht finden können«, fügte er hinzu und warf Kate einen schmollenden Blick zu.

Kate hüstelte. »Dann«, sagte sie und wandte sich an den Herrn vom Ingenieurwesen, »ist Ihr Name gar nicht Professor Chang?«

»Ist er«, beharrte der Herr. »Einspruch. Ist er wirklich.«

»Ich verstehe«, sagte Kate, was sie nicht tat. »Also, dann können wir vielleicht anfangen. Professor Pollinger, würden Sie wohl die übliche erste Frage stellen?«

»Gewiß doch«, sagte Professor Pollinger und schnaubte durch seinen Bart. »Aus welchem Grund haben Sie dieses Thema gewählt, Mr. Wie-immer-Sie-heißen?«

»Bitte, Professor Pollinger«, sagte Kate, »stellen Sie doch, wenn es Ihnen nichts ausmacht, die Frage erst, wenn der Kandidat anwesend ist.«

»Sehr schön«, sagte Professor Pollinger verdrossen. »Sehr schön.« Kate, die aufstand, um Mr. Cornford hereinzubitten, warf Professor Pollinger einen mißtrauischen Blick zu. Sie hatte den ernsthaften Verdacht, daß er sie alle auf den Arm nahm. Ende des Jahres würde er in Pension gehen, und möglichst vertrottelt zu wirken schien seinem eigenartigen Humor zu entsprechen. Aber Kate vermutete, daß Freude an der Konfusion, die er anrichtete, gepaart mit generellem Ressentiment gegen die moderne Welt als solche, für sein exzentrisches Verhalten verantwortlich war. Natürlich war diese wie alle anderen Dissertationen nicht wirklich unter seiner Aufsicht und Leitung entstanden, aber immerhin hatte er jede einzelne gründlich durchgelesen auf der Suche nach Kommata außerhalb der Anführungszeichen.

»Nehmen Sie bitte Platz, Mr. Cornford«, sagte Kate. Die Ausschußmitglieder erhoben sich, wie üblich, als der Kandidat eintrat. »Fangen wir also an, Professor Pollinger, würden Sie bitte die erste Frage stellen?«

»Mr., ehm, Wie-immer-Sie-heißen-mögen«, kam es schnaubend durch seinen Schnurrbart, »wissen Sie zufällig, ob Auden jemals die Versdramen von Fiona Macleod gelesen hat?«

»Vielleicht«, warf Kate ein, »könnte Mr. Cornford damit beginnen, daß er uns erzählt, warum er sich dieses Thema...«

»Sagen Sie bitte«, sagte Professor Chang und deutete im Sitzen eine kleine Verbeugung an, »hat Ihr Mr. Auden in China Landschaften aus Kalkstein gefunden? Und was, bitte schön, sind Dildos?«

Wie sie die nächsten beiden Stunden überstanden – denn

Professor Kruger zeigte sich sehr interessiert an Audens Erlebnissen in Deutschland, und Professor Chang interessierte sich schlichtweg für alles –, wußte Kate später nicht mehr genau. Aber alle genossen das Gespräch so sehr, daß sie ganz glücklich für eine Auszeichnung stimmten (die Mr. Cornford wirklich verdient hatte), und Kate gratulierte ihm noch, als die anderen drei sich schon mit einer Verbeugung verabschiedet hatten.

»Mein Gott«, sagte Mr. Cornford. »Das wird mir kein Mensch jemals glauben. Kann das wirklich amtlich sein? Bis an mein Lebensende, das noch in weiter Ferne liegen möge, werde ich die Geschichte dieser Prüfung erzählen, und niemand, niemand auf Gottes schöner Erde, wird mir das jemals glauben. Das ist also die Welt der Gelehrten, zu der ich so gern gehören will!«

Kate lachte. »Nun, laut T. S. Eliot ist Auden kein Gelehrter, wissen Sie.«

»Eliot liebte seine Gedichte.«

»Selbstverständlich. Trotzdem bestand er aber darauf, daß Auden kein Gelehrter sei. Jemand hat ihn einmal gefragt, warum, und Eliot hat geantwortet: ›Ich habe die Einleitung zu einer Auswahl von Tennysons Gedichten gelesen, die er geschrieben hat, und dort stand, Tennyson sei der stumpfsinnigste Dichter im englischen Sprachraum. Wenn Auden ein Gelehrter wäre, wären ihm bestimmt noch stumpfsinnigere Dichter eingefallen.‹ Und wenn Sie, Mr. Cornford, so lange an dieser Universität wären wie ich, dann wüßten Sie, daß es besser ist, wenn eine erstklassige Arbeit hinter einer Prüfungsfarce steckt, und das ist bei Ihnen der Fall, als daß, wie ich es oft genug erlebt habe, einer ein brillantes Examen hinlegt, aber die Doktorarbeit eine Farce ist.«

»Dann hat Auden also recht«, sagte Mr. Cornford. »›Auch trockener Weizen bringt, gegen alle Erfahrung, Körner hervor.‹ Aber, mein Gott – ›Hat Ihr Mr. Auden in China Kalkstein gefunden?‹« machte er Mr. Chang nach.

Kate verabschiedete sich am Haupteingang von Mr.

Cornford; er mußte noch die Maschine um Mitternacht erreichen. Was für ein Tag, dachte sie. Aber er hatte seine lustigen Momente gehabt, sagte sie sich und kicherte leise bei dem Gedanken an Professor Chang. Gott schütze ihn.

»Haben wir denselben Weg, meine Dame?« hörte sie eine Stimme. »Oder, genauer gesagt, darf ich mich anschließen?« Ein Mann, der offensichtlich auf sie gewartet hatte, zog schwungvoll die Baskenmütze und verbeugte sich. »Bill McQuire ist mein Name«, sagte er. »Erinnern Sie sich an mich? Institut für Wirtschaftswissenschaft. Statistik ist mein Spezialfach. Ich habe Ihnen einmal gesagt, daß ein paar Daten, mit denen Sie arbeiten wollten, für sich genommen nichts Bedeutendes enthüllen würden.«

»Ich will mir gerade ein Taxi nehmen«, sagte Kate. »Kann ich Sie irgendwo absetzen?«

»Ich würde gern mit Ihnen reden«, sagte McQuire, »und zwar über eine ganz persönliche Angelegenheit. Darf ich Sie zu einem Drink einladen?«

»Ist es wirklich so wichtig? Ich habe einen anstrengenden Tag hinter mir.«

»Sehr wichtig. Dekan Frogmore hat den ganzen Tag über versucht, Sie zu erreichen, aber Ihr Telefon wurde nie abgehoben. Also wurde ich bestimmt, mich hier aufzustellen und Sie abzufangen, wenn Sie mit der Prüfung fertig sind. Ich hoffe, der Kandidat hat gut abgeschnitten.«

»Er übertraf meine kühnsten Hoffnungen«, antwortete Kate. »Worum geht es denn?«

»Mir ist klar«, sagte McQuire, »daß ich vielleicht nicht der ideale Mann bin, um Ihnen diese Angelegenheit zu erklären. Aber ich mußte zugeben, daß ich Sie kenne. Haben Sie schon mal von Boulding gehört?«

»Das ist nicht zufällig eine Figur aus einem Roman von Bulwer-Lytton oder ein Bürger eines afrikanischen Entwicklungslandes?«

»Er ist ein Wirtschaftswissenschaftler, und er hat eines der großen Gesetze der heutigen Zeit formuliert: Wenn etwas existiert, muß es auch möglich sein. Genau deswegen wollte ich mit Ihnen sprechen: Es gibt nämlich etwas, das tatsächlich existiert, aber von dem alle Welt behauptet, es sei unmöglich.«

»Ich habe immer gedacht«, sagte Kate, »daß ihr Sozial- und sonstigen Wissenschaftler euch ein Zitat von J. B. S. Haldane an die Wand hängen solltet: ›Woher weißt du, daß der Planet Mars nicht von einem Engel herumgeschleppt wird?‹ Drückt es mein abgrundtiefes Vertrauen in Ihre ritterlichen Qualitäten aus, wenn ich Sie zu einem Drink bei mir einlade?«

»Aber gewiß«, sagte Bill McQuire und hielt ein Taxi an. »Noch dieselbe Adresse?«

»Dieselbe Adresse«, sagte Kate. »Und wer, zum Teufel, ist Dekan Frogmore?«

Kate hatte Bill McQuire vor etwa fünf Jahren um Rat gefragt, als die Zulassungsstelle für das Graduiertenstudium sie in einen Ausschuß geschickt hatte, der die alten Regeln für die Zulassung überprüfen und neue entwickeln sollte. Zum erstenmal in ihrem Leben war Kate damals mit Statistiken konfrontiert und wußte nicht, was sie mit ihnen anfangen sollte. Sie hatte aber das ausgeprägte Gefühl, daß entweder die Zahlen oder die Schlüsse, die daraus gezogen wurden, fehlerhaft waren. Jemand hatte ihr vorgeschlagen, einen Statistiker zu Rate zu ziehen und Bill McQuire empfohlen. Professor McQuire hatte sich dann sehr bald als eine neue statistische Größe in Kates Leben entpuppt. Er war der einzige Mann, der ihr ziemlich gut gefallen hatte, mit dem sie jemals auf der Basis einer zehnstündigen Bekanntschaft ins Bett gegangen war und dem sie dann nie wieder begegnet war.

Natürlich hatten sie sich gelegentlich an der Universität gesehen, im Club der Fakultät zum Beispiel und einmal in einer Prüfungskommission, als Kate einen Studenten hatte, der sich irgendein abstruses Thema über den Zusammenhang von Ökonomie und Literatur ausgesucht hatte. Die beiden begrüßten sich bei solchen Gelegenheiten nicht nur mit der freundlichen Höflichkeit, die die Umgebung erforderte, sondern auch mit dem freundlichen Desinteresse, das beide füreinander fühlten.

In Kates Wohnung angekommen, ließ sie McQuire im Wohnzimmer allein, wo er sich einen Drink mixen sollte. Es war ein Raum, dachte Kate, der Audens Zustimmung gefunden hätte:

Makellose Räume,
wo nirgends etwas herumliegt,
lassen mich frösteln, aber auch Tassen, die als
Aschenbecher dienen oder verschmiert sind von
Lippenstift: Heime, für die ich mich erwärme,
strahlen zwar selten Reichtum aus, aber geben einem
immer das Gefühl, hier werden Rechnungen prompt
bezahlt,
mit Schecks, die nicht platzen.

McQuire schien der gleichen Meinung, denn er räkelte sich wohlig in ihrem Knoll-Sessel, als sie zurückkam. »Es ist zwar außerordentlich ungalant von mir, das zu sagen«, er lachte, »aber als ich Ihre Hausbar öffnete, hatte ich ein wunderbares Déjà-vu-Erlebnis. Mir fiel ein, daß ich vor Jahren schon einmal hineingeschaut und gedacht habe: Mein Gott, Jack Daniel's, und genau das habe ich heute wieder gedacht. Was darf ich Ihnen einschenken?«

Kate bat um einen Scotch. Sie sah ihm zu, während er einschenkte. Wie alt mochte er jetzt sein? Irgendwo zwischen fünfundvierzig und fünfzig? Sein gelocktes Haar war dünner und grau geworden; wenigstens färbt er es nicht, dachte Kate und war überrascht, daß sie so etwas überhaupt dachte. Bill hatte seine Locken immer länger getragen, als es der Mode entsprach – er war einwandfrei der Typ Lord Byron –, und jetzt, da die Mode ihn überholt hatte, wirkte er merkwürdig mehr aus der Mode als vorher. Sein Gesicht war zerfurcht, und die Falten sprachen dafür, daß er seit langem und heftig trank. Als er sich mit dem Glas in der Hand umdrehte, merkte er, wie sie ihn anstarrte. »Porträt eines alternden Weiberhelden«, sagte er. »Verbraucht, aber nett. Wenn Sie die schreckliche Wahrheit wissen wollen, ich mag sie immer jünger und jünger, ich bin in Gefahr, ein schmutziger alter Mann zu werden. Humbert Humbert, Euch gilt mein Mitgefühl. Nein, wirklich«, fügte er hinzu, als er sah, wie Kate die Augen aufriß, »achtzehn ist noch immer meine unterste Grenze. Prost.«

»Ich versuche herauszubekommen«, sagte Kate, »wieso es Ihnen nicht gelingt, mich zu schockieren, obwohl ich Ihren Lebenswandel tadelnswert finde und Promiskuität mich schockiert, vor allem bei verheirateten Männern.«

»Das glaube ich Ihnen. Tatsächlich habe ich oft festgestellt, daß eheliche Untreue diejenigen am meisten schokkiert, die selbst nicht verheiratet sind. Cecilia, meine Frau, hat sich ganz gut mit ihrem Leben eingerichtet, obwohl sie mit Freude zur Kenntnis nimmt, daß keiner unserer Söhne einem wilden Weiberhelden ähnelt – und damit mir. *Sie* haben sich gut gehalten, Kate. Ich mag Sie und Ihr Aussehen, und es ist sehr nett von Ihnen, mit mir diesen Nachmittag zu verbringen.«

»So gut habe ich mich gar nicht gehalten. Wahrscheinlich werde ich immer groß und dünn sein, eine schlechte Haltung haben und ein Gesicht, auf dem sich alle Sorgen dieser Welt spiegeln. Wissen Sie, was ich an Ihnen mag, Bill? Es ist mir gerade erst klargeworden, also lassen Sie es mich schnell sagen, und dann können wir uns dem widmen, was Sie und diesen Dekan Toadwell so bewegt.«

»Sein Name ist Frogmore. Was mögen Sie an mir? Meine ewige Vergänglichkeit?«

»Die Tatsache, daß Sie, egal wie Sie sich an Ihre Opfer heranschleichen, Frauen nicht mit schönen Autos gleichsetzen, wenn sie hübsch sind, oder mit Schmeißfliegen, wenn sie es nicht sind.«

»Schmeißfliegen?«

»Ja, mit etwas Lästigem. Das war ein Zitat von Forster, der zufällig damals über Indien schrieb, und so kam er auf Schmeißfliegen.«

»Jemand hat einmal gesagt – im Gegensatz zu Ihnen erinnere ich mich nie, wo ich etwas gelesen habe –, daß man es einer Frau von zwanzig nicht vorwerfen kann, wenn sie nicht schön ist; wenn sie es aber mit vierzig noch nicht ist, dann ist es ihre Schuld. Haben Sie je ans Heiraten gedacht?«

»Ein- oder zweimal in der letzten Zeit. Die Folgen der Umwälzungen an der Universität sind endlos. Halten Sie Heiraten denn für empfehlenswert? Man kann doch so wunderbar mit Männern befreundet sein, deren Frauen mit zwanzig schön waren.«

»Eine schrecklich zynische Bemerkung. Auch verheiratete Frauen können Freunde haben; und für die Männer ist das ein eher beruhigendes Gefühl.«

»Soll heißen, Sie wären jetzt beruhigter, wenn ich verheiratet wäre.«

»Kate, legen Sie mir keine Worte in den Mund. Ich habe...«

»Antworten Sie mir ehrlich, wenn Sie wollen, daß ich Ihnen aus Ihrer scheußlichen Krise helfe.«

»Das ist nicht fair. Leute, die verlangen, daß man ihnen ehrlich antwortet, haben schon längst beschlossen, wie diese ehrliche Antwort lauten muß. Aber Sie irren sich. Ich würde mich nicht wohler fühlen mit Ihnen, aber ich glaube, ich hätte das Gefühl, daß Sie glücklicher wären, vor allem in diesen Zeiten der institutionalisierten Unsicherheit.«

»Ich werde Ihnen etwas sagen«, sagte Kate und riß sich zusammen. »Ich habe an die Worte einer erstklassigen Wissenschaftlerin geglaubt, die achtzig Jahre alt wurde und sich ständig neu verliebte. Sie sagt, daß die Ehe für eine Frau jene beiden Dinge zerstört, die das Leben herrlich machen: Lernen und Freundschaften schließen. Irgendwie scheint das jetzt nicht mehr so fraglos zu stimmen. Gießen

Sie sich noch ein Glas ein, und erzählen Sie mir von Toadwell.«

»Frogmore. Daß Sie noch nie von ihm gehört haben, ist absolut symptomatisch.«

»Ach, kommen Sie, Bill, wie viele Dekane kenne ich denn schon?«

»Können Sie mir den Dekan der Theologen nennen? Der Juristen? Der anderen Fakultäten? Verwaltungswissenschaftler? Betriebswirtschaft? Ingenieurwissenschaften?«

»Den für Verwaltungswissenschaften nicht.«

»Trotzdem, die anderen kennen Sie.«

»Die meisten anderen Namen weiß ich nur wegen des Wirbels im letzten Frühjahr.«

»Immerhin. Aber den Dekan des University College kennen Sie nicht?«

»Frogmore?«

»Frogmore.«

»Wissen Sie, Bill, manchmal *will* ich einfach nicht wissen, wie der Dekan des University College heißt oder was es mit dem University College auf sich hat oder...«

»Soll ich Ihnen mal was sagen? Im letzten Frühjahr, als hier alles drunter und drüber ging, hat nur eine Institution weiter funktioniert.«

»Sagen Sie es mir nicht, lassen Sie mich raten.«

»Die Studenten des University College haben ihr eigenes Gebäude besetzt und gehalten. Sie erwiesen sich als die einzige wirklich loyale Studentenschaft dieser ganzen beschissenen Universität, und diese Universität hat nun, mit jener Dankbarkeit und Klugheit, die alle ihre Entscheidungen auszeichnet, beschlossen, dem University College den Hahn abzudrehen.«

»Bill, ich bin für die höheren Semester zuständig, nicht für die Colleges. Ich plane gerade die Vorlesungen und Übungen für das nächste Semester. Ich werde eine Text-Übung über die Romane von Bulwer-Lytton halten und vielleicht auch eine über die Literatur afrikanischer Entwicklungsländer. Ich spiele mit dem Gedanken, selbst in solch ein afrikanisches Entwicklungsland zu emigrieren. Wollen Sie angesichts dessen wirklich, daß ich nun auch das noch zu meinem Problem mache?«

»Ja, meine Dame, das will ich. Und zu Ihrem vierzigsten Geburtstag werde ich Ihnen ein ganz besonders reizendes Geschenk machen, wie es einer schönen und menschlich fühlenden Frau gebührt.«

»Wie würde Polly Spence sagen? Mein Gott, Polly Spence mit ihren lockeren Sprüchen. Alles Quatsch, würde sie sagen.«

Zwei

In unserer Moral muß unsere Stärke liegen.

»Ich bitte Sie nur um eins, Kate: Hören Sie zu. Geben Sie der Sache eine Chance. Denken Sie daran, daß hier Leute für das Überleben eines Colleges kämpfen, das sie selbst gar nicht brauchen. Diese Leute haben alle Festanstellungen in anderen Fachbereichen der Universität. Es geht um den Glauben an eine Sache.«

»Das gilt auch für Dekan Frogmore?«

»Sogar für den.« Bill McQuire und Kate waren einen Tag später auf dem Weg in den Club, wo sie mit Dekan Frogmore und einigen führenden Mitgliedern seiner Fakultät zum Lunch verabredet waren. Kate hatte deswegen zwei Termine absagen müssen, und das tat sie letzten Endes nur aus Gefälligkeit gegenüber McQuire. Ihm war klar (und Kate wußte das zu schätzen), daß sie inzwischen gelernt hatte, jedes offizielle Ersuchen abzuschmettern, aber gegen persönliche Bitten nicht immun war. »Frogmore bekommt jeden zweiten Tag neue Jobs als Präsident an diesem und jenem College angeboten. Alle Welt sucht erfahrene Verwaltungsleute; die sind fast so selten wie Installateure. Wahrscheinlich wird er sich über kurz oder lang in ein paradiesisches College irgendwo auf dem Lande zurückziehen, aber seine Begeisterung für das University College steht, glaube ich, außer Frage. Alle haben Frogmore von Anfang an unterschätzt, ich auch. Lassen Sie mich nur zwei Dinge über ihn sagen: Er hat einen Mumm, den Sie bewundern, und ein aalglattes Auftreten, das Sie verabscheuen werden. Zum Beispiel nennt er – ich will Sie gleich im voraus warnen, weil ich Ihre Vorurteile kenne – jeden Menschen, absolut *jeden*, vom ersten Augenblick an beim Vornamen.«

»Du meine Güte«, sagte Kate.

»Ich weiß. Darum erwähne ich es ja. Sie sind manchmal bemerkenswert europäisch, Kate.«

»Bemerkenswert, stimmt. Es macht mir nichts aus, mit einem Mann, den ich erst mittags kennengelernt habe, um zehn Uhr abends im Bett zu landen, aber ich vertrage es nicht, beim Vornamen genannt zu werden, ehe eine Beziehung nicht die Zeit zum Reifen gehabt hat. Sehr altmodisch, in der Tat.«

McQuire lachte in sich hinein. »Diese Art kann einen schon verrückt machen – ich meine Frogmores. Bei unserem ersten Gespräch redete er dauernd von Lou und Teddy, und erst nach einer halben Stunde dämmerte mir, daß er den Präsidenten und Vizepräsidenten der Universität meinte. Aber unterschätzen Sie ihn nicht, Kate. Er setzt sich in allem Ernst und mit allen Mitteln für das University College ein, obwohl es für ihn ein Leichtes wäre, sich herauszuhalten.«

»Das wäre vielleicht für uns alle das Beste. Für mich ganz bestimmt. Ich kann mir, ehrlich gesagt, nicht vorstellen, wieso Sie glauben, ich...«

»Doch, das können Sie. Seien Sie jetzt artig. Nachher dürfen Sie wüten und toben, und ich verspreche Ihnen, wenn Ihre Antwort wirklich ›nein‹ ist, dann stärke ich Ihnen den Rücken.«

»Soll heißen: Wenn ich mich heute auf intelligente Weise interessiert gebe und konstruktive Fragen stelle, schließen Sie daraus nicht gleich, daß ich mitmache.«

»Habe ich Ihnen heute schon gesagt, daß Sie wunderschön sind?« sagte Bill.

Das Essen wurde in einem der kleineren, abgeschlossenen Räume des Clubs serviert. Sowie Kate und Bill McQuire in der Tür erschienen, sprang Frogmore auf und stürzte ihnen entgegen, um sie zu begrüßen. Von seinem Enthusiasmus mitgerissen, erhoben sich auch die anderen Herren, die schon um den Tisch Platz genommen hatten, schoben unbeholfen ihre Stühle zurück, ließen ihre Servietten fallen und wedelten sich Krümel von den Hosenbeinen. (Es gehörte zu den ehernen Gesetzen des Clubs, daß erst, lange nachdem der letzte am Tisch Platz genommen hatte, das Essen serviert wurde; dafür lag aber auf jedem Teller stets ein riesiges, total vertrocknetes Brötchen, das man mit der Zeit einfach zerbröseln mußte, mit dem Erfolg, daß alles und jeder mit Krümeln übersät war.)

»Bitte«, sagte Kate schwach. Die akademischen Kreise hatten länger als andere gebraucht, die alten Formen guten Benehmens abzuschütteln. Als Kate Mitglied der Fakultät wurde, hatte sie sich daran gewöhnen müssen, daß Räume voller Männer sich ständig von den Sitzen erhoben, wenn sie eintrat. Natürlich war diese Sitte Schritt für Schritt dahingegangen. Nur Frogmore mit seinem schwungvollen Benehmen und seinem Pfadfinder-Gehabe hatte sie in ihr altes Verhalten zurückfallen lassen.

»Das ist also Kate«, sagte Frogmore. »Schönen Dank, Bill, daß Sie sie hergebracht haben.« Kate betrachtete Frogmore mit trübem Blick und vermied jeden Seitenblick auf McQuire. Klug von ihm: Der Schlag traf weniger schmerzhaft, weil sie vorbereitet war. »Darf ich Ihnen schnell die anderen Herren vorstellen, bevor wir zur Sache kommen? Wir haben eine umfangreiche Tagesordnung. Was möchten Sie trinken, Kate? Das geht auf meine Rechnung – aus dem Schmiergeldfond des Dekanats.«

»Eine Bloody Mary, bitte«, sagte Kate spröde. (Reed hatte oft gesagt, daß Kate immer dann, wenn sie sich spröde und zurückhaltend gab, in Wirklichkeit am liebsten ein Kissen genommen, es einem Kerl auf das Gesicht gelegt und sich daraufgesetzt hätte.) Für gewöhnlich trank Kate nichts zum Lunch – eine Mahlzeit übrigens, die sie ausließ, wann immer sie konnte –, und ganz bestimmt trank sie nichts, wenn sie in Gefahr war, in eine heftige Auseinandersetzung verwickelt zu werden. Deswegen war sie auf die reizende Kriegslist verfallen, ein Getränk zu bestellen, das im Club zu gleichen Teilen aus Worcestershire-Sauce und wäßrigem Tomatensaft bestand und so wenig Wodka enthielt, daß ihn nur ein Totalabstinenzler spürte.

»Sicher kennen Sie alle«, sagte Frogmore. »Luther Hankster, Biologie.« Tatsächlich hatte Kate Seite an Seite mit Luther Hankster gestanden, als man zum erstenmal und, wie sich herausstellen sollte, erfolglos die Polizei gerufen hatte, um das Verwaltungsgebäude räumen zu lassen. Hankster, ein radikal gewordener Playboy, wurde jedoch weiter von seinen Kollegen akzeptiert wegen seiner unfehlbar guten Manieren und dem vorsichtigen Gebrauch seiner Stimme, die niemals laut wurde. Er neigte zu grauenhaft radikalen Meinungsäußerungen, die, wären sie in einem anderen Ton als dem des heimlichen Liebhabers gemacht worden, auf jeden beleidigend gewirkt hätten.

George Castleman ist natürlich unser Guru.« Kate lag die Frage auf der Zunge, ob Castleman kürzlich Entkleidung in der Öffentlichkeit angetragen wurde, sie hielt sich aber zurück; sie wunderte sich erneut über Frogmores Liebe zu Klischees, die fast so groß war wie seine Leidenschaft für Vornamen. Wenn auch kein Guru, so war Castleman doch zumindest eine gewisse Macht an der Universität, er saß in allen wichtigen Ausschüssen und verfügte über jene Art politischen Scharfsinn, den es in akademischen Kreisen ebenso selten gab wie wirklich inspirierte Lehrtätigkeit.

»Das ist Herbert Klein, Politikwissenschaft. Herbie, ich glaube, unsere Kate kennt Sie nicht so gut wie uns.« »Herbie« erhob sich äußerst würdevoll und mit unheilvollem Blick und schüttelte Kates Hand mit einer Festigkeit, die zweifelsfrei ausdrückte, wie sehr es ihn danach verlangte, beide vor der unverdienten Intimität zu retten, mit der Frogmore sie behandelte. Kate fragte sich, ob irgendwer sonst ihn je Herbie genannt haben mochte. »Wir hoffen, Sie können uns helfen, Professor Fansler«, sagte er förmlich. Kate unterdrückte ein Grinsen.

»Und dies«, fuhr Frogmore unerbittlich fort, »ist der

zweite Unbekannte für Sie, Kate: John Peabody, Student am University College.«

»Hi«, sagte Peabody, dem Formalitäten offenbar nichts sagten. Kate sah ihn überrascht an. Obwohl das Prinzip, daß Studenten in allen Gremien der Universität vertreten sein sollten, inzwischen formal akzeptiert war, waren in den Fällen, in denen heikle Entscheidungen anstanden, Studenten bisher gewöhnlich nicht anwesend. Allerdings wirkte Peabody älter als der übliche Student. Er sah eher wie dreißig denn wie zwanzig aus.

»Und Tony Cartier kommt natürlich von Ihrem eigenen Institut.« Kate mußte stets lächeln, wenn sie Cartier sah: Seine kaum kontrollierbare Ruhelosigkeit machte solche Arbeitsessen für ihn zu einer Tortur; er warf ständig wilde Blicke um sich, als könnte jeden Augenblick jemand die Türen verschließen und ihn auf alle Zeit zum Gefangenen machen.

Der ältliche Kellner nahm die Bestellungen für die Drinks entgegen und verglich sie umständlich mit dem Angebot auf der Karte. Alle Kellner im Club waren alt und langsam. Die in den abgeteilten Räumen bedienten, waren zwar auch nicht schneller – das war ein Ding der Unmöglichkeit –, aber wenigstens unterschritten sie nicht noch absichtlich die Grenzen, die Alter und Rheumatismus ihnen setzten. Nachdem er, wohl zu seinem Bedauern, nichts Ausgefallenes und damit auf der Karte nicht Verzeichnetes gefunden hatte, verschwand er.

Frogmore ergriff das Wort. Schon nach wenigen Sätzen wurde Kate klar, daß er, trotz seines dümmlichen Gebarens, ein Genie war für solche Ausschußsitzungen. Kate, die sich selbst in Komitees bemerkenswert unfähig fühlte, erkannte dieses Talent sofort. Gott sei Dank, dachte sie; wäre Frogmore ein Schwätzer, wir säßen alle hier und verschwendeten Zeit und Geduld.

»Alsdann«, sagte Frogmore, »lassen Sie uns kurz die Hauptpunkte rekapitulieren, vor allem für Sie, Kate. Wir übrigen schieben das Ganze schon eine Weile hin und her.

Ich will nicht lange um den heißen Brei reden, komme also gleich zur Sache, zum Eingemachten sozusagen.« (Am Ende dieses Satzes zuckte Kate nicht einmal mehr zusammen; sie nahm die Schläge mannhaft hin. »Es gibt ein Übel, das ... man niemals mit Schweigen übergehen, sondern unaufhörlich in aller Öffentlichkeit bekämpfen sollte, und das ist die Korruption der Sprache...«, hatte Auden geschrieben, aber schließlich hatte Auden seine Zeit nicht mit Dekanen und Sozialwissenschaftlern verbracht.)

»Wie Sie wissen, Kate«, fuhr Frogmore strahlend fort, »muß die Universität, die bisher eine Ansammlung von Kleinfürstentümern war, anfangen, als eine Ganzheit zu operieren, wenn sie nicht binnen zehn Jahren zu einer vom Staat verwalteten Institution werden will. Mit gewissen Veränderungen sind wir alle einverstanden. Es würde zum Beispiel drei Millionen Dollar kosten, unseren zahnärztlichen Ausbildungsbereich angemessen auszustatten und noch mal zehn Millionen, um ihn erstklassig zu machen. Brauchen wir hier wirklich den Fachbereich Zahnmedizin? Nein. Aber Umstrukturierungen werden immer gern als Vorwand genommen für irgendwelchen, lange geplanten faulen Zauber. Ich nehme an, Sie kennen Professor Jeremiah Cudlipp?« Kate wußte, wann eine Frage rhetorisch gemeint war, und machte sich weder die Mühe, zu nicken noch den Kopf zu schütteln. »Er und sein Verbündeter, Bob O'Toole, haben beschlossen, daß diese Phase der Umstrukturierung der richtige Augenblick ist, um das University College vom Campus zu verbannen.«

»Verbannen?«

»Auflösen, abschaffen, für null und nichtig erklären, mit Stumpf und Stiel ausrotten.«

»Aber Cudlipp ist doch nur Vorsitzender des Englischen Seminars«, sagte Kate.

»Da gibt es kein ›nur‹, fürchte ich«, sagte Castleman. »Aus Gründen, die wir nicht ganz verstehen, hat er beschlossen, daß das University College verschwinden muß. Es nimmt Prüfungen ab, die nach Cudlipps Meinung das

Prestige des Abschlusses, den das *eigentliche* College, sprich: die Universität zu vergeben hat, beeinträchtigen. Daß er uns so von oben herab behandelt, macht mich rasend. Der springende Punkt ist nun: Weil er das Englische Seminar leitet, haben wir das Gefühl, wir brauchen außer Professor Cartier noch jemanden, der uns bei unserem Kampf ums Überleben zur Seite steht, denn so fürchte ich, muß man es nennen.«

»Die alteingesessene Professorenriege führt sich auf«, flüsterte Luther Hankster, »wie jemand mit einer Villa in einer teuren Gegend, dessen Nachbar droht, an einen Schwarzen zu verkaufen.«

»Und Bob O'Toole zieht dabei mit? Ich habe ihn immer für einen Gefolgsmann von Clemance gehalten.«

»Das ist er auch«, sagte Castleman. »Aber er verfügt, wie Ihnen vielleicht schon aufgefallen ist, über ebenso viel Arroganz wie Ehrgeiz, und das macht ihn zum idealen Partner für Cudlipp.«

»Wo steht Clemance?«

»Ach«, sagte McQuire, »er steht auf der Seite der Alma Mater; das hat er immer getan. Auf seine wunderbar vernünftig klingende Art meint er, wir wären einfach nicht gut genug. Was natürlich Unsinn ist; wir sind das beste College für Erwachsene in diesem Land.«

»Hatten Sie viel mit den Unileuten zu tun, Professor Fansler?« fragte Herbert Klein.

»Genug, um zu sehen, daß ihre Überheblichkeit auf sie zurückfällt«, sagte Kate geringschätzig.

»Genau«, rief Frogmore und klatschte in die Hände. »Sehr gut gesagt, Kate.«

»O. K.«, sagte Kate. »Sie suchen also jemanden aus dem Englischen Seminar – von dem Sie richtigerweise annehmen, daß er Cudlipps Wichtigtuerei leid ist.« Sie hoffte, Frogmore würde das auch für einen gut gewählten Ausdruck halten.

»Und«, sagte Castleman, »wir brauchen ganz generell Unterstützung, damit der Verwaltungsrat bei seinem nächsten Treffen das Weiterbestehen des University College unmißverständlich garantiert. Natürlich wird Cudlipp alles daransetzen, das zu verhindern.«

»Stimmt«, sagte Kate. »Ich verstehe oder glaube es wenigstens. Aber warum sind Sie gerade auf mich gekommen?«

»Sie machen einfach mehr her als unsere übrigen Kollegen«, sagte Cartier.

»Wir haben uns natürlich fleißig umgehört, Kate«, sagte Frogmore, »und als die Rede auf Sie kam, war das Sperrfeuer minimal.« (Mein Gott, dachte Kate, er ist wirklich mit allen Wassern gewaschen; schlau genug, um zu wissen, daß Anspielungen à la »Wir haben Sie Ihres weiblichen Charmes wegen ausgesucht« bei ihr nicht wirkten; ein Punkt für ihn.) »Von allen Seiten haben wir gehört, wieviel Sympathie Sie den Studenten entgegenbringen – wie bereitwillig Sie ihnen Zeit geopfert haben, schon lange bevor jetzt das Kind in den Brunnen gefallen ist. Wir haben auch gehört, daß Sie gegen diesen Rummel um die Veröffentlichungen sind, dieses Bücherschreiben um jeden Preis, und gegen Professoren, die nur Zeit haben für ihre eigene Karriere.«

»Alles übertrieben, das versichere ich Ihnen. Ich habe im Unterrichten von Erstsemestern keine große Erfahrung und, ehrlich gesagt, keine besondere Sehnsucht danach. Ich gehe lieber mit Studenten der höheren Semester um; da hat schon eine gewisse Auswahl stattgefunden.« Sie blinzelte Bill McQuire zu.

»Warum unterrichten Sie nicht gern Erstsemester?« fragte Hankster. »Oder haben Sie das nur gesagt, um uns zu ärgern?«

»Ich habe das gesagt, weil es wahr ist – und Takt ist nicht gerade meine Stärke. Warum es die Wahrheit ist? Das liegt am Alter der Erstsemester – ein entzückendes Alter, keine Frage, aber nicht für mich. Ich halte Jugend für eine vorübergehende Erscheinung und ziehe es vor, sie außerhalb meines Blickfeldes vorbeigehen zu lassen. Natürlich habe ich nichts *gegen* junge Leute – abgesehen von der Tatsache, daß sie arrogant sind, verwöhnt, unhöflich, unfähig zu Kompromissen und keine Ahnung haben von dem Preis all dessen, was sie zerstören wollen. Es ist nicht so, daß ich mit ihren Überzeugungen nicht einverstanden wäre, oder daß es mir etwas ausmachte, wenn ich das nicht bin. Ich ziehe einfach diejenigen vor, die das Leben schon etwas reifer gemacht hat.

Was für eine lange Rede. Ich sollte besser nicht so deutlich sein; es gilt als wenig damenhaft und merkwürdig unpopulär, wenn man die Gesellschaft der Jugend nicht schätzt. Irgend jemand muß mich etwas gefragt haben, und nun rede ich schlecht über Kinder. Darüber habe ich die Frage vergessen.«

»Wir beantworten die Frage, warum wir Sie gebeten haben, sich uns anzuschließen«, sagte Klein. »Wir hatten den Eindruck, wir könnten Sie für ein College interessieren, dessen Studenten sich nicht mehr mit ihrer Rollenfindung herumschlagen: die älter, welterfahrener, insgesamt reifer und absolut motiviert sind – eine Auswahl haben Sie das, glaube ich, genannt.«

»Ich verstehe«, sagte Kate. »Und soll ich nun zu einer bestimmten Aktion oder nur ganz allgemein zu Beifall und Unterstützung überredet werden?«

»Lassen Sie ein paar von unseren Studenten an Ihren Vorlesungen und Übungen teilnehmen«, sagte Frogmore. »Lernen Sie sie kennen. Informieren Sie sich ein bißchen über das, was wir tun, und geben Sie uns die Gelegenheit, Eindruck auf Sie zu machen. Halten Sie in Ihrem Englischen Seminar dort, wo es Ihnen richtig erscheint, unsere Fahne hoch, und setzen Sie sich für unsere Sache ein.«

»Ich habe gewiß nichts gegen ein paar von Ihren Studenten in meinen Kursen, wenn ich vorher mit ihnen sprechen kann. Und was den Kampf in unserem Englischen Seminar angeht – wissen Sie, eigentlich trinke ich zum Lunch keinen Alkohol, aber im Moment habe ich das Bedürfnis nach dem, was Auden einen ›anregenden Schluck‹ nennt.«

»Du mußt zugeben, Reed, es paßt eigentlich nicht zu mir. Ich meine, kannst du dir vorstellen, daß *ich* mich in einen universitären Machtkampf verwickeln lasse?«

»Dann laß es«, sagte Reed. »Was ich mir wirklich nicht vorstellen kann ist: Warum sagst du nicht einfach nein? Aber schließlich habe ich, wie alle Außenstehenden, einige Schwierigkeiten, zu verstehen, was um alles in der Welt an deiner Universität eigentlich los ist. Du kannst doch sicher diesem Frogmore eine nette, aber eindeutige Absage schicken und ihn wissen lassen, daß du mit seinem blöden College nichts zu tun haben willst.«

»Aber bin ich denn sicher, daß ich nichts damit zu tun haben möchte? Schließlich ist es ein schrecklich befriedigendes Gefühl, daß sie mich brauchen.«

»Und sie sind eine ziemlich schlaue Bande, das muß ich sagen. Obwohl mir völlig unbegreiflich ist, wieso solch ein Antrag, von welchem College auch immer, so sorgfältig bedacht wird, während mein ...«

»Ich habe bisher noch keinen deiner Anträge abgelehnt, Reed, das mußt du zugeben.«

»Kate, immer wenn du anfängst, wie eine schlechte Imitation von Nancy Mitford zu reden, weiß ich, daß du nicht nur einen Schwips hast, sondern dir Sorgen machst.«

»Wie süß und scharfsichtig du doch bist. Obwohl ich sagen muß, ich kann nicht glauben, daß Auden eine ganze Flasche Cherry Heering austrinken konnte.

Sie saßen am Abend desselben Tages in Kates Wohnzimmer, es war sehr spät, und Kate wollte, wie sie ausführlich erklärte, herausbekommen, ob sie, nachdem ihr seit langem klar war, daß sie keine Gedichte wie Auden schreiben konnte, nicht wenigstens so trinkfest war wie er. »Stell dir vor«, hatte sie Reed erzählt, »Auden verbrachte einmal einen Abend mit Strawinsky und Robert Craft, und er schaffte es, vor dem Dinner eine Karaffe Martini zu trinken, während des Essens dann eine Flasche Champagner und später noch eine Flasche Cherry Heering. Craft glaubt, Auden hätte den Cherry Heering für Chianti gehalten – ich wünschte, es wäre so. All das beeinträchtigte seine Ausdrucksweise nur wenig und seinen Witz überhaupt nicht. Auch seinem Magen schien es offensichtlich nichts auszumachen, seiner Leber genausowenig, von seiner Blase ganz zu schweigen – kein einziger Gang zum Klo. Na ja, ich habe die Prüfung nicht bestanden – das heißt, mein Magen ist in Ordnung; wie es meiner Leber geht, weiß ich Gott sei Dank nicht; ich sitze hier viel zu gemütlich, um aufs Klo zu gehen; aber diese Flasche Cherry Heering auszutrinken, das schaffe ich nicht. Mitkämpfen oder nicht, das ist hier die Frage. Ob's edler im Gemüt, den Jeremiah Cudlipp schlagen, was doch so freudig mich erregte, von dem Segen, den es brächte, ganz zu schweigen...«

»Kate«, sagte Reed, »was ist in diesem Herbst mit dir passiert? Im letzten Frühjahr, zumindest bevor all diese Studenten beschlossen, diese Gebäude zu besetzen, schienst du mir...«

»Sara Teasdale.«

»Wie bitte?«

»Im Frühling fragte ich die Gänseblümchen,
Ob seine Worte wahr,
Und die klugen kleinen Gänseblümchen,
Sie wußten's klar.
Nun sind die Felder braun und kahl,
Herbstlich geht der Wind,
Und all die dummen Astern
ohne Ahnung sind.«

»Ich bin sicher«, sagte Reed, »daß Auden nicht einmal nach drei Flaschen Cherry Heering Sara Teasdale zitieren würde. Warum machst du dir Sorgen? Wegen dieses University College?«

»Vergiß mein Motto nicht.«

»Oh, mein Gott, welches Motto? Wenn etwas wert ist, getan zu werden, dann ist es auch wert, daß man es schlecht tut?«

»Nein, das meine ich nicht. Das der britischen Marine: Frag nie nach einer Aufgabe, und lehne nie eine ab.«

»Ich frage mich, ob ich nicht auch Ehrenmitglied der britischen Marine bin; ich überlege mir, die Bezirksstaatsanwaltschaft zu verlassen.«

»Reed Amhearst! Warum? Du hast doch bestimmt nicht den Kampf gegen das Verbrechen satt?«

»Man hat mir einen Job – genauer gesagt: eine Beteiligung an einer Anwaltskanzlei an der Wall Street angeboten. Das würde ein viel größeres Einkommen bedeuten, unter anderem. Ein Mann könnte sogar erwägen, eine Frau und einen kleinen Kanarienvogel zu ernähren.«

»Soll das heißen, du würdest Leuten beim Gründen von Gesellschaften helfen und mit ihren Aktienpaketen und Wertpapieren herumspekulieren?«

»Nein. Das tun schon alle anderen in der Firma. Von mir würde man erwarten, daß ich ihren Klienten zu Hilfe komme, wenn sie mal freinehmen und mit anderen Dingen als Wertpapieren herummachen. Es bedrückt mich, Kate, daß du, während ich immer genauer weiß, was ich will, immer unsicherer wirst. Mir ist klar, daß die Universität eine Phase der Umorganisation und Prüfung durchlebt, aber – also, du scheinst wirklich entschlossen zu sein, …«

»… mich zu betrinken.«

»Das auch, aber ich wollte sagen – jede nur denkbare Alternative zu prüfen, als hättest du irgendwie das Recht verwirkt, einfach ›nein‹ zu sagen.«

»Aber das habe ich doch, verstehst du? Früher war es leicht, für sich den Stand der Unschuld zu reklamieren; heute ist es schrecklich leicht, sich schuldig zu fühlen. Irgendwo zwischen mir und meinen Brüdern hat sich dieser Abgrund zwischen den Generationen aufgetan. Sie sind nicht bereit, Schuld an irgend etwas zu akzeptieren, und werfen sich höchstens ein Übermaß an Großzügigkeit vor, und ich halte mich immer für mitschuldig und verkünde ständig gute Vorsätze. Entschuldige mich für einen Moment, ich glaube, ich muß mich übergeben.«

Reed beobachtete ihren mehr oder weniger würdevollen Abgang und beschloß, daß das eine Übertreibung war. Tatsächlich kam sie in fröhlicher Stimmung zurück.

»Ich habe mir alles genau überlegt«, sagte Kate. »Bist du soweit? Also. Das University College ist eine verdammt gute Idee, und niemand ist dagegen, außer den unerträglichen Snobs an der sogenannten Universität. Jetzt, da ich darüber nachdenke, wird mir klar, daß ich viele Menschen meiner Generation und beiderlei Geschlechts kenne, für die solch ein exzellentes College für Erwachsene die Chance für ein neues oder ein zweites Leben wäre, und das wird in den Vereinigten Staaten immer wichtiger, aber die gegenwärtig vorhandenen Institutionen lassen es nicht zu. Hurra, ich bin dabei, eine Rede zu halten. Meine Damen und Herren...«

»Stimmt«, sagte Reed. »Also schick Frogmore ein kleines, nettes Briefchen, in dem du ihm sagst: Laß uns Seite an Seite für ein gutes University College kämpfen, herzliche Grüße, Kate Fansler.«

»Nur Kate. Er gebraucht niemals Nachnamen.«

»Gut. Dann schließt du dich dem Kampf um die Universität an, und ich schließe mich meiner Anwaltskanzlei an. Warum nicht?«

»Frederick Clemance.«

»Unser Held und Meister.«

»Du brauchst nicht vulgär zu werden. Wenn du voller Bewunderung von deinen muffigen Gerichtsmenschen erzählst, erntest du auch keinen Spott von mir.«

»Ich spotte nicht, sondern bin einfach überrascht, daß sein Name fällt. Was hat er denn mit dem University College zu tun?«

»Er ist dagegen. Mit Stumpf und Stiel – oder sollte ich sagen, mit Mann und Maus? Egal, er haßt es, er will es zertreten, er hat sich mit Jeremiah Cudlipp verbündet, um es zu vernichten. Will ich wirklich gegen diese beiden in die Schlacht ziehen?«

»Warum nicht? Zum Erwachsenwerden gehört, daß wir unsere ehemaligen Helden bekämpfen.«

»Mag sein. So erwachsen bin ich noch nicht. Ich möchte Clemance nicht so nahe kommen, daß ich entdecke: Er ist gar nicht so großartig, wie ich ihn gern hätte.«

»Mit den Lippenlauten bin ich nicht so zufrieden, aber deine Zischlaute kommen prächtig. Wenn ich mich an das Gedicht Audens zum Tod von Yeats richtig erinnere – was nicht so schwierig sein dürfte, schließlich hast du es mir nicht weniger als achtzehnmal vorgelesen –, dann hatte Auden kein Problem damit, Yeats als einen Menschen zu sehen, der zugleich großartig und albern ist. Da heißt es doch sinngemäß, die Zeit vergibt jenen, die als Schriftsteller Gutes geleistet haben. Wenn ich dir glauben darf, hat Clemance gute Sachen geschrieben. Laß die Zeit ihm vergeben, und kümmere dich doch um dein College.«

»Aber Clemance ist nicht dumm; er hat immer Seelengröße besessen, während um ihn herum alle kleinlich waren. Jedenfalls habe ich ihn verehrt, schon bevor ich als Studentin meine erste Übung bei ihm besuchte, und das ist, so wahr mir Gott helfe, fast zwanzig Jahre her.«

»Wenn Clemance soviel Seelengröße besitzt, wie du sagst, warum tut er sich dann mit Jeremiah Cudlipp zusammen?«

»Ich weiß nicht. Aus Liebe zur Universität vielleicht.«

»Vielleicht.«

Kate stand auf und ging zum Bücherschrank. Dort standen Clemances Bücher in einer Reihe, die Biographien, Essays, Stücke und Gedichte – alle nebeneinander, was eine ungewöhnliche Auszeichnung darstellte, denn Kate hatte ihre Bibliothek unbarmherzig nach Sachgruppen geordnet: Gedichte, Romane, Dramen, Biographien, Literaturkritik, Kulturgeschichte und Bücher-die-es-nicht-wert-sind-behalten-zu-werden-aber-von-denen-ich-mich-nicht-trennen-kann. »Und wenn wir jetzt im

Kino wären«, sagte Reed, »dann käme an dieser Stelle eine Rückblende auf die begeisterte junge Kate, die mit glänzenden Augen und Haaren, die seidig ihre Schultern umspielen, unserem Clemance in der Blüte seiner Jahre lauscht, wie er uns erklärt, wer wir sind.«

»Meine Haare haben nie seidig meine Schultern umspielt, aber das mit der Blüte seiner Jahre stimmt, und ich wollte, es gäbe heute noch solche Filme.«

»Er muß fast so alt wie Auden sein.«

»Wir sind alle fast so alt wie Auden, ›mittleren Alters und hoffend, daß wir verstehen, / Was wir sind, nicht, was wir sein werden‹.«

»Ich werde dir sagen, was ihr, Clemance und du, als nächstes sein werdet.«

»Was denn?«

»Gegner. Meinst du, ich dürfte dabeisein, wenn erste Salven die Feindseligkeiten eröffnen? Es verspricht ein höchst spannendes Scharmützel zu werden.«

»Du darfst, wenn du morgen mitkommst. Du wirst es kaum glauben, aber Frederick Clemance hat mich zum Lunch eingeladen. Warum willst du einen kleinen Kanarienvogel ernähren?«

»Warum sollte ich eine Frau ernähren wollen? Die einzige Frau, die ich heiraten würde, steht schon lange auf eigenen Beinen, mit Hilfe eines mageren Gehalts und eines großen Privatvermögens, und ist im Augenblick mit der Gründung eines neuen Colleges beschäftigt.«

»Ich gründe kein College, ich stelle Ressourcen zur Verfügung, falls du mit der Beschreibung mich meinen solltest. Willst du mich wegen meines Geldes heiraten?«

»Merkwürdig, daß du das sagst«, sagte Reed. »Das ist der einzige Grund für eine Ehe mit dir, an den ich noch nicht gedacht hatte. Was dagegen die Gründe, dich *nicht* zu heiraten angeht: da habe ich kein einziges Argument ausgelassen. Aber ich bin wie der Jude bei Boccaccio, der zum Katholizismus übertritt, aus dem vernünftigen Grund, daß eine Kirche, die sich trotz soviel Korruption, wie er sie in Rom erlebt hat, durchsetzen kann, Gottes Wohlwollen besitzen muß.«

»Die Welt ist voll schöner junger Frauen, die sich nach einem so stattlichen Mann wie dir verzehren, du mit deinen grauen Schläfen und deinem jungenhaften Benehmen. Ich werde alt, bin zänkisch, stürze mich in dumme Scharmützel und trinke zu viel Wein. Mindestens fünfzig junge Frauen warten auf dich, Reed.«

Reed ging nun seinerseits zum Bücherschrank, Abteilung Lyrik, zog einen Band heraus und las vor: »›Eine Heldentat, die man Herkules zuschreibt, war, daß er fünfzig Jungfrauen in einer Nacht ›geliebt‹ haben soll: Man könnte dazu bemerken, daß Aphrodite Herkules geliebt hat, aber man würde ihn nicht als Liebhaber bezeichnen.‹ Und, das ist noch nicht alles«, sagte Reed und blätterte weiter. »Wir sind uns ja einig, daß wir in unsicheren Zeiten leben. In der Tat, sagt Auden:

Wieviel dummer Unfug und schwachsinniger Aufruhr war nötig, um euch beide zusammenzubringen?«

Drei

Wenn gleiches Maß an Liebe nicht sein kann,
Laß mich der sein, der mehr liebt.

An einem Samstagmorgen können sich im Central Park Menschen mit jener Geschwindigkeit bewegen, die um die Jahrhundertwende üblich war: zu Pferde, mit dem Rad und – fast vergessene Freude – genüßlich flanierend. Immer wenn Kate und Reed mit der endlosen Folge niederschmetternder Katastrophen konfrontiert wurden, aus denen das Leben in New York bestand – Streiks, stinkender Müll, Schneeberge, Verkehrsstaus, ausfallende Heizungen, keine Sicherheit auf den Straßen –, oder wenn sie andere über das Stadtleben klagen hörten, trösteten sie sich mit dem einen Gedanken: Aber am Wochenende fahren im Central Park keine Autos. Es war der einzige urbane Segen, den dieses Jahrzehnt hervorgebracht hatte.

»Um auf unser Gespräch von gestern abend zurückzukommen«, sagte Reed, »warum haben ungeordnete Verhältnisse und blöder Unfug dich in einen solchen Zustand der Verwirrung gestürzt? Beziehungsweise, darf ich, da es nun mal geschehen ist, dir meine Hilfe bei der Entwirrung anbieten? Bedeutet dir die Universität denn so viel?«

»Am Donnerstag, als das Semester anfing«, sagte Kate, »habe ich mir die gleiche Frage gestellt. – Vielleicht nicht, *ob* sie mir so viel bedeutet, denn das tut sie offensichtlich, aber *warum*.« Kate blieb stehen und streichelte einen jungen Hund, der Aufmerksamkeit heischend herbeigestürzt war. »Ich erinnere mich an viele Phasen der Revolution oder des Aufstandes oder wie man das nennen soll. An die Begeisterung in der Woche, als die Gebäude besetzt waren, an diese ergreifende, allumfassende Lebendigkeit, die wir trotz aller Probleme empfanden. Ich erinnere mich, wie ich von einem Polizisten in Zivil mit einem Knüppel gegen eine Mauer gedrückt wurde, und dachte, so, jetzt ist es soweit. Ich erinnere mich an die endlos wiederholten Beschimpfungen, die die Studenten uns entgegenschrien. Auf den Fensterbänken und Dächern der Universitätsgebäude standen sie wie Figuren auf den Giebeln und Postamenten eines Tempels, und ich habe mich gefragt, ob sie nicht, wie die Helden in Forsters Romanen, im Grunde hoffnungslos unmodern waren. Ich erinnere mich, wie die Blumen und der Rasen zertrampelt wurden, und weiß noch genau, wie jemand die letzte Tulpe zertrat. Ich erinnere mich, wie ich am ersten Tag, als sie das Präsidentenbüro besetzt hatten, am Verwaltungsgebäude vorbeiging und dachte: Aha, dort hat also der Präsident sein Büro. Wieso habe ich in all den Jahren, die ich dieser Universität angehöre, nicht gewußt, wo das Büro des Präsidenten ist? Und wieso hat es mich nie interessiert? Später haben wir dann natürlich erfahren, daß die Polizei das Büro gestürmt hatte, nicht etwa, um die Studenten hinauszuschmeißen, sondern um einen van Gogh zu retten, der dort hing, und ich dachte mir: Seltsam, ich habe gar nicht gewußt, daß die Universität eines der großartigsten Gemälde der Welt besitzt.«

Beide gingen weiter, und Kate fuhr fort: »Aber, weißt du, das alles war ja noch nicht das Schlimmste. So erschien es nur denen, die das Ganze von außen erlebten, denen die Aktionen der Studenten oder der Polizei entsetzlich vorkamen. Aber als mir dann mit einem Schlag klar wurde, daß es in Wirklichkeit nie *eine* Universität gegeben hatte... Daß ein Haufen halbfertiger, vulgärer Maoisten eine ganze Universität zum Stillstand bringen konnte, daß fast tausend gemäßigte, nachdenkliche Studenten sich ihren illegalen Aktionen anschlossen, und, um alldem die Krone aufzusetzen, daß sich herausstellte, daß diese Universität tatsächlich nie *verwaltet* worden war... Wir hatten einen Präsidenten, den niemand je zu Gesicht bekam und dessen Verständnis von der tatsächlichen Lage an dieser Universität so verschwommen war, daß es sich genausogut um den Jachtclub in East Hampton hätte handeln können; wir hatten einen Verwaltungsrat, der niemals, buchstäblich niemals mit einem Studenten ein Wort gewechselt oder die Universität besucht hat, außer zu der monatlichen Sitzung, zu der sie von ihren Chauffeuren auf den Campus gefahren wurden; wir hatten eine Fakultät, die ausschließlich mit ihren eigenen Angelegenheiten beschäftigt war. Ihr fiel gar nicht auf, daß es keine Universität als Ganzes gab, nur lauter Egos, Institute, Fachbereiche, Programme, die, jeder für sich, auf ihre Wichtigkeit pochten.«

»Weißt du«, sagte sie und sah Reed an, »meine Brüder, die natürlich völlig außer sich waren, weil ein Haufen ungewaschener Radikaler so viel Einfluß bekam, konnten nie begreifen, daß da etwas faul war, und zwar nicht bei den Studenten und ihren vielleicht allzu nachsichtigen Eltern! Sie konnten nicht verstehen, daß eine ungeschickte Universitätsleitung, die nicht Stellung bezieht, und eine selbstgefällige und gleichgültige Fakultät mindestens ebenso schuld daran waren, daß eine junge Generation sich nicht an ›Recht und Ordnung‹ hielt. In den besetzten Gebäuden haben mir Studenten, die ich aus meinen Vorlesungen kannte und die genausowenig Maoisten sind wie ich, gesagt, daß dieses gemeinschaftliche Leben in den besetzten Gebäuden die erste lebendige Erfahrung gewesen sei, die sie an der Universität gemacht hätten. Für all das waren wir total unzugänglich, Reed. Egal, was an anderen Universitäten passiert sein mag, was Zerstörungsfreude radikaler Gruppen sonstwo angerichtet haben mag – Berkeley, Columbia und so weiter –, die Schuld für das, was an meiner Universität passiert ist, trage ich – ich und meine Kollegen.«

»Diese jungen Leute waren eine schlimme Truppe – ich meine den radikalen Kern.«

»Stimmt. Aber ihnen die Schuld an allem zu geben, was dann folgte, das hieße, die Schuld am Ersten Weltkrieg diesem Attentäter in Sarajewo zuzuschieben. Ich bin natürlich in historischen Analogien nicht besonders gut. Auden sagt das so:

Zu jeder Stunde mag an andrer Stelle
Ein neuer Aufschrei ertönen
Aus den Kehlen einer neuen Generation von Vögeln, die zwitschern,
Nicht um des Effektes willen, sondern weil Zwitschern das Richtige ist.

Das alles weiß ich; ich weiß, daß das für Studentenrevolten an anderen Universitäten zutrifft. Aber nicht an meiner Universität.«

»Versuchst du in deinem Kreuzzug für das University College nun ein paar Steine aus den Ruinen zu holen und mit ihnen ein festeres Haus zu bauen?«

»Tut mir leid, wenn ich mich nicht bremsen kann. Jedenfalls finde ich es verblüffend, daß das University College die einzige Institution innerhalb der Universität war, an der Studenten, Dozenten und Verwaltung weder automatisch noch gelegentlich annahmen, ihre Interessen stünden im Widerspruch zueinander. Die alten Uniprofessoren demonstrierten nur Abscheu, oder sie benahmen sich wie Väter, die alles für ihre Söhne getan hatten und nun dafür verhöhnt, verachtet und mit Undankbarkeit bedacht wurden. Die höheren Semester offenbarten, wie lange und wie sehr sie unter den überholten Strukturen und dem Prüfungssystem gelitten hatten. Aber Frogmores kleines Reich hielt sich vom allgemeinen Chaos fern und arbeitete weiter. Das interessiert mich.«

Sie blieben am See stehen und sahen den Ruderern zu. »Wollen wir uns ein Boot mieten?« fragte Reed. Kate schüttelte den Kopf.

»Entschuldige, daß ich so hartnäckig bei dem Thema bleibe«, sagte sie. »Ich versuche, eine Struktur in alles zu bringen. Also gut, ich will sagen: Wir haben etwas falsch gemacht. O. K., wir haben uns geirrt, und wir wollen das ändern. Aber was für eine Aufgabe das ist! All die entspannten Beziehungen innerhalb der Fakultät, alles dahin. Jeder hat jetzt jeden mit einem Etikett versehen: radikal, konservativ, unzuverlässig. Reed, ich möchte dich etwas fragen.«

»Ich weiß.«

»Du weißt? Wieso?«

»Ich bin schließlich ein schlauer Kopf von der Bezirksstaatsanwaltschaft... Ich kenne dich ja schon eine Weile, Kate. Ich weiß, wann du etwas sagen willst, und ich weiß, daß du dich nicht durch Martinis und Champagner bis zum Cherry Heering vorkämpfst, nur weil Auden das auch mal getan hat. Was du sagen willst, kannst du weder nüchtern, noch, wie wir jetzt wissen, betrunken aussprechen. Vielleicht geht's an diesem lieblichen Herbstmorgen? Leihen wir uns Fahrräder?«

»Du hast jetzt bis auf Pferde alles vorgeschlagen. Und geritten bin ich nicht mehr seit, ach, das war in einem anderen Leben. Wir könnten uns natürlich eine von diesen Pferdekutschen nehmen.«

»Wollen wir?«

»Laß uns lieber zu Fuß gehen. Wir können uns am Bootshaus ein Bier besorgen.«

Sie kauften sich Bier, schlenderten schweigend weiter und trugen die Dosen bis zum einem Platz auf einem Hügel, von dem aus sie den Radfahrern zuschauen konnten; die meisten schoben ihre Räder, aber einige legten sich in die Pedale und erklommen den Berg. Kate sah besonders gern, wie die, die es bis oben geschafft hatten, sich vom Wind erfassen ließen und bergab rollten.

Eines Tages werden wir die Erinnerung
An vergangenes Glück bitter nötig haben.

»Das Leben, das wir vor dem letzten Frühjahr geführt haben, scheint eine Zeit der Unschuld gewesen zu sein.

Heute bin ich mir in nichts mehr sicher, Reed, aber in meiner Unsicherheit glaube ich, daß ich gern mit dir leben würde, wenn du mich haben willst.«

»Mit mir leben. Was bedeutet das?«

»Sogar Worte haben keine Bedeutung mehr. Mit dir leben. Dasselbe Haus bewohnen, dieselbe Adresse haben. So tun, als wären wir verheiratet.«

»So tun?« Reed stand an einen Baum gelehnt, die Hände in den Hosentaschen. »Das einzige Wort, das ich nie aus deinem Mund erwartet hätte. Ich habe dich oft gebeten, mich zu heiraten; ich habe nichts dagegen, wenn du mich jetzt mal fragst.«

»Ich glaube nicht an die Ehe; jedenfalls nicht in meinem Alter.«

»Kate, ich kann nicht behaupten, das Durcheinander an der Universität hätte dir gutgetan. Du hast bloß eine Menge alarmierender Symptome entwickelt, und dazu gehört, daß du ständig so tust, als stündest du am Rande der Gebrechlichkeit. Auch Leute in deinem Alter heiraten, wie du sehr wohl weißt, und sogar solche, die doppelt so alt sind wie du. Aber wie dem auch sei, wenn du anfängst, tatterig zu werden, bin ich noch viel tatteriger und nicht die Spur begeistert – wie du zu erwarten scheinst – bei dem Gedanken an eine Ehefrau, die zwanzig Jahre jünger ist als ich, wie süß sie auch immer sein mag.«

»Reed, ich... sogar Auden hat eine ›Dichtung und Wahrheit‹ über die Liebe geschrieben, und kein Liebesgedicht. Für die Worte, die ich sagen will, gibt es keine Worte.«

»Darf ich dir ein paar vorschlagen? Einfach, direkt, unmißverständlich?«

»Sie treffen nicht das, was ich sagen will. Ich habe die Sache ganz falsch angefangen. Wieso mein Vertrauen in mich selbst von der Besetzung eines Präsidentenbüros, das ich sowieso nicht einmal hätte finden können, beeinträchtigt worden sein soll, weiß ich nicht. Keine Ahnung. Eine alleinstehende Frau zu sein kommt mir nicht mehr so leicht vor wie früher. Ich brauche, zumindest für einige Zeit, das Gefühl, Teil einer Partnerschaft zu sein; ich meine all die kleinen Dinge, an die du vielleicht denkst: diese Gewißheit, einen Mann zu haben. Aber nichts davon scheint mir Grund genug für eine Ehe.«

»Was mußt du für eine seltsame Vorstellung von der Ehe haben. Die einzigen Menschen, die der zumindest nahekommen, dürften Tristan und Isolde gewesen sein, und die konnten nichts anderes tun als sterben. Jetzt, da ich darüber nachdenke, fällt mir auf: Alle großen Liebenden haben keine Wahl, sie müssen sterben, weil die Ehe ihrem Wesen nach irdisch ist und alltäglich und nützlich.«

»›Ein Spiel, das, wie ein Krieg, Geduld braucht, Voraussicht, Übung, und geeignet ist für all jene, die ihre Wanderjahre hinter sich haben‹, hat Auden einmal gesagt.«

»Er hat eine ganze Menge gesagt, das muß man ihm lassen. Weißt du, was ich glaube? Ich glaube, du hättest dich so oder so verändert, auch wenn deine Universität nicht in ihren Grundfesten erschüttert worden wäre. Es ist ganz einfach; wir finden ein Schwein mit einem Ring durch die Nase und heiraten.«

»Reed, ich will gerne einen Ring, egal ob von einem Schwein oder meinetwegen auch von Tiffany's. Ich will die eine Hälfte eines Paares sein, so, als wären die Welt und jede Dinner-Party die Arche Noah und man dürfte nur paarweise hinein. Ich will aber nicht wirklich legal verheiratet sein. Ich will, daß du vor dem Gesetz frei bist.«

Reed lachte. »Du willst einen Schwindel inszenieren, einen sauberen, einwandfreien Schwindel, weil du dir nicht zugestehen willst, die Ehefrau von jemandem zu sein, wie jede andere Frau auch. Du kannst meine Wohnung nicht mit mir teilen, wenn du mich nicht heiratest. Basta!«

»Es wäre eine Schande, wenn ich jetzt zu dir sagen

würde, laß uns heiraten, weil ich nun die Sicherheit brauche, für die ich früher nur Hohn und Spott übrig hatte. Was ich mit den süßen jungen Frauen meinte, ist übrigens die schlichte Einsicht der Tatsache, daß es für Männer leichter ist zu heiraten.«

»Ich falle nicht unter die Rubrik ›Männer‹, und ich bezweifle, daß es mir leichtfällt zu heiraten. Soll ich dir sagen, was dir Sorgen macht? Nein, unterbrich mich nicht. Ich kenne dich als jemanden, der nicht die Wahrheit scheut, und das solltest du jetzt nicht ändern. Ein Gefühl bisher ungekannter Schwäche, ähnlich der nach langer Krankheit, läßt dich nach einem Ort suchen, an den du gehörst – glücklicherweise liegt dieser Ort an meiner Seite. Nun findest du es zum einen falsch, in einer Phase der Schwäche vor etwas zu kapitulieren, wogegen du dich in Zeiten der Stärke gewehrt hast. Zum anderen ist dir klar, daß die Liebe, die du für mich fühlst, nicht dieselbe Klangfarbe, ja nicht einmal dasselbe Ausmaß hat, wie die Liebe, die ich für dich empfinde. Kein Widerspruch. Ich weiß, das macht wenig Sinn. Ich bin deiner Meinung, es macht wenig Sinn. Ich, ein stattlicher, talentierter, umgänglicher Mann in den besten Jahren, und du, eine alternde, streitlustige, irrationale Jungfer. Aber egal, ob Sinn oder nicht, ich liebe dich, und wenn wir heiraten, dann richtig, mit Ring und Standesbeamtem und Heiratsurkunde, damit für den Fall, daß du mich verläßt oder ich dich, am Ende kein Anwalt um die Gelegenheit betrogen wird, eine Scheidung zu arrangieren. Müssen deine Brüder bei der Hochzeit dabeisein? Ich wäre froh zu hören, daß dem nicht so ist, denn, offen gesagt, der Gedanke an deine Brüder erschreckt mich. Kate, laß uns am Thanksgiving heiraten. Auf diese Weise brauchen wir uns unseren Hochzeitstag nicht zu merken, wir feiern ihn halt immer am letzten Donnerstag im November – und außerdem wird es immer ein Feiertag sein, das ist soviel angenehmer, meinst du nicht auch? Willst du denn gar nichts sagen?«

»Ich dachte gerade«, sagte Kate, »daß ich nie ernsthaft

die Gänseblümchen gefragt habe, und sie haben es mir nie erzählt, aber in diesem Herbst wissen es alle Astern.«

»Ich bin bereit, mich mit Auden zu arrangieren«, sagte Reed lapidar, »ich bin sogar bereit, selber ab und an einen Vers von Auden zu zitieren, aber eines möchte ich ganz entschieden klarstellen: Mit den Gedichten einer Sara Teasdale werde ich mich nie abfinden.«

Vier

Die Witzigsten unter den
Sterblichen und die Freundlichsten sind die, denen
Die Täuschungen des Daseins bewußt sind, die sich nicht einreden,
Unsere Fürsorge könne trösten, die aber glauben, daß ein Lachen
Weniger herzlos ist als eine Träne.

Kate war über Frederick Clemances Einladung zum Lunch erstaunt gewesen. Sie war, gestand sie Reed, so aufgeregt wie ein Teenager bei seinem ersten Rendezvous. Ich meine, versuchte sie zu erklären, ich habe ihn angebetet oder war doch nahe daran, und worüber sollen wir jetzt reden, bei einem scheußlichen Gemüseomelett im Club? Ich weiß, sagte Kate, ich habe, mit Audens Worten gesprochen, Angst, zu entdecken, daß ein Gott, der es einmal wert war, daß man vor ihm in die Knie geht, sich längst in seinem Tabernakel zur Ruhe gesetzt hat.

Doch als Clemance und sie Platz genommen hatten, war ihr erster Gedanke, wie alt er geworden war. Die Ereignisse des Frühjahrs hatten ihm zugesetzt. Sein weißes Haar hatte er wachsen lassen, was ihm gut stand, weil er jetzt nicht so sehr wie Emerson aussah als vielmehr wie Kates Vorstellung von Emerson. Aber es waren weder seine weißen Haare noch das faltige Gesicht, noch die sechzig Jahre, die Kate am meisten bekümmerten. Es war vielmehr die Aura undefinierbaren Bedauerns, wenn nicht sogar der Verzweiflung, die er ausstrahlte.

»So bedurfte es denn einer Revolution, damit wir uns zum Lunch treffen«, sagte er. »Das ist schon schlimm. Nun ja, vielleicht ist das alles Schicksal – wissen Sie, ich glaube, die Griechen hatten recht: Mit einem Familienfluch läßt sich leichter leben als mit einer persönlichen Schuld.«

»Ach, da bin ich nicht sicher«, sagte Kate. »Es muß doch ziemlich ärgerlich sein, in Schwierigkeiten zu geraten, nur ›wegen einer Ur-Ur-Großmutter, die mal von einem heiligen Stier verführt worden ist‹.«

Clemance lächelte. »Wie war denn die Auden-Dissertation?« fragte er. »Ich habe die Sache über all dem Wirbel einfach vergessen. Es war sehr nett von Ihnen, daß Sie geholfen haben.«

Kate zog es vor, über die Einzelheiten dieses Ereignisses hinwegzugehen. »Es war eine ausgezeichnete Dissertation – sie wußte Audens Dichtkunst zu würdigen, ohne sich gegenüber seiner Person und seinem Leben gönnerhaft zu geben. Mr. Cornford verfügt über die segensreiche Einsicht, daß ein neues Gedicht von Auden ein Ereignis für unsere jeweilige Biographie bedeutet, wir aber kein Recht haben, uns in die seine einzumischen.«

»Würden Sie ihn nicht trotzdem gern einmal kennenlernen?«

»Nein«, sagte Kate. »Wirklich nicht. Oh, ich hoffe sehr, ihn eines Tages einmal seine Gedichte lesen zu hören oder noch einmal im Fernsehen zu erleben. Aber ihn kennenlernen: nein. Ich hätte Angst, ihn zu Tode zu langweilen; oder, noch schlimmer, mich zu benehmen wie diese Trottel, die er in dem Gedicht für MacNeice schildert, wie sie über ›Entfremdung‹ reden. Wenn ich ihn kennenlernen würde, wäre ich sicher so nervös, daß ich über *irgend etwas* Vorträge halten würde. Außerdem ist Auden auch nur ein Mensch: Wie wir alle hat auch er seine Dämonen, seine kleinen Launen und Gereiztheiten – das *muß* einfach so sein. Woran mir liegt, das sind seine Gedichte und seine Gestalt, seine literarische Persönlichkeit, die ich mir im Lauf der Jahre zusammengesetzt habe.«

»Sie reagieren wahrscheinlich instinktiv richtig. Wie Auden das in einem seiner kleinen humorigen Gedichte ausdrückt: ›Ich kann nicht schießen – aber spein!‹ Was sind für Sie die wichtigsten Ereignisse in Audens Biographie?«

Kate sah Clemance an. Sie bewunderte sehr, wie er sich bemühte, heiter zu wirken. Ihr fiel Audens Gedicht für T. S. Eliot ein:

Du warst es, der, nicht sprachlos geworden vom Schock,
die richtige Sprache fand
für Durst und Angst, und viel dazu tat,
eine Panik zu verhindern.

»Also«, sagte sie, »was ich habe, ist eigentlich nur eine Ansammlung von Schnappschüssen, die Audens Freunde aufgenommen haben. Isherwood beschreibt Audens Hüte, den Opernhut zum Beispiel, ›der zu der Periode gehört, als er beschloß, Dichter hätten auszusehen wie Bankdirektoren, morgens im Cut mit gestreiften Hosen, abends im Frack mit Schwalbenschwanz. Dann besaß er eine Arbeitermütze mit schwarz lackiertem Schirm, die er gekauft hat, als er in Berlin lebte, und die schließlich verbrannt werden mußte, weil er sich eines Abends im Kino in sie übergeben hatte.‹ Außerdem besaß er einen Panamahut mit schwarzem Band, der für Audens ›Vorstellung von sich selbst als irrem Geistlichen stand, was immer eine seiner Lieblingsrollen war‹. Isherwood ist wirklich die beste Quelle für Geschichten über Auden. Am besten gefällt mir die von Auden in China 1938, als er zusammen mit Isherwood der Übersetzung eines Gedichtes lauschte, das man ihnen zu Ehren auf chinesisch verfaßt hatte. Um sich nicht ausstechen zu lassen, antwortete Auden mit einem Sonett, das er tags zuvor geschrieben hatte. Auden hatte eine Visitenkarte in China, auf der er *Mr. Au Dung* hieß.« Kate kicherte. »Natürlich gibt es noch viel mehr, aber Sie kennen ihn ja, deshalb sollte ich vielleicht...«

»Oh bitte, erzählen Sie weiter«, sagte Clemance.

»Manche Anekdoten über Auden sind nicht zu drucken, obwohl ich sie natürlich schwarz auf weiß gesehen habe. Mir gefällt ganz besonders der Kritiker, der von Auden sagt, daß er viel, sorglos und wunderbar schreibt, ohne für diese Inspiration einen erkennbaren Preis zu bezahlen. Auden ist der einzige Dichter, den ich kenne, auf den das zutrifft – eben ein großer Dichter.«

»Ich denke, Sie lesen keine Kritiken über Auden.«

»Das tue ich auch nicht; darüber bin ich nur durch Zufall gestolpert.«

»Kennen Sie Audens Erklärung für die Erziehungsprobleme von heute?«

»Nein, nie gehört. Nicht genügend Denkmäler für dahingegangene Größen?«

»Sie sind dicht dran. Nicht genug Parties auf den Zimmern der Erstsemester – von der Art, wie sie Auden in Oxford gegeben hat.«

»Oh, ja«, sagte Kate:

»Ach! Diese Zwanziger, bevor ich zwanzig war,
Als Neuigkeiten uns niemals betrübten,
Als der Küchenchef viele Bewunderer hatte
Und wir in unseren Zimmern Festessen gaben.

Da ich nie in meinem Zimmer zum Essen eingeladen habe, weiß ich nicht, ob das stimmt. Aber wir, Auden und ich, haben eine Merkwürdigkeit gemeinsam: wir haben uns als Kinder so daran gewöhnt, in jeder Gesellschaft die Jüngsten zu sein, daß wir uns noch heute oft als die Jüngsten im Raum fühlen, obwohl wir, was inzwischen oft genug vorkommt, die Ältesten sind.«

»Um auf die betrüblichen Neuigkeiten zu kommen, wie wir das früher oder später tun müssen«, sagte Clemance, »ich habe gehört, daß Sie dieses University College unterstützen, das ich, wie ich fürchte, immer für eine Art Volkshochschule gehalten habe. Es heißt, daß Sie, im Unterschied zu meinen Kollegen, den Professoren Cudlipp und O'Toole, tatsächlich meinen, das University College sei wichtiger und besser als die Universität, auf die ich gegangen bin und an der ich heute lehre. Cudlipp und O'Toole sind überzeugt, daß das University College als eine – wie sie sich ausdrücken – Institution für Studienabbrecher den Wert jedes anderen Abschlusses an dieser Universität mindert. Ich vermute, Sie sind nicht dieser Ansicht?«

»Das bin ich wirklich nicht«, sagte Kate. »Warum sollten Sie etwas anderes angenommen haben?«

Clemance lachte. »Eine gute Frage«, sagte er. »Warum auch? Kate Fansler, wenn ich Sie jetzt fragen würde, an was aus Ihrer Kindheit Sie sich spontan erinnern, was würden Sie antworten? Sie wissen schon, wie in diesen Assoziationsspielen, von denen man immer so viel hört.«

»Rosenblätter«, sagte Kate.

Clemance sah sie überrascht an.

»Ja, es mag seltsam erscheinen, und um nichts in der Welt würde ich das gegenüber meinen revolutionären Studenten zugeben, aber ich erinnere mich an Rosenblätter in Fingerschalen, sogar in Nantucket, wo wir immer den Sommer verbrachten. Ich habe als Kind eine Wirtschaftskrise erlebt und dann einen Krieg; trotzdem war meine Kindheit wie die Edwardianische Ära, als, wie alle Welt weiß, die Sonne immer schien. Wir hatten in New York und in Nantucket immer eine Köchin, dazu eine Wäscherin, die stundenlang an der Mangel saß, Dienstmädchen, die die Treppen hinauf und hinunter rannten, und zum Dinner hatten wir Fingerschalen mit Rosenblättern darin. Meine Brüder waren in der Schule und dann im Krieg; ich hatte eine Gouvernante. Ist das wichtig?«

»Es klingt sehr nach Proust.«

»Das habe ich vor kurzem zu hören bekommen. Die Duchess of Guermantes wäre mir immer fremd geblieben, aber ich hätte Tante Leonie kennen können und die beiden Wanderwege und die Weißdornblüten. Stellt das eine Verbindung zum University College her, die ich nicht verstehe?«

Clemance beugte sich vor, schürzte nachdenklich die Lippen und brachte einen seiner wohlüberlegten Sätze hervor, die nur langsam entstehen konnten. »Ich habe eine Grundschule für begabte Jungen besucht«, sagte er, »und auf die Uni konnte ich nur gehen, weil ich ein Teilstipendium bekam und zu Hause wohnen konnte, und weil meine Eltern jahrelang das Geld zusammengespart hatten, damit ich hier und nicht am City College studieren konnte. Ich weiß, das City College hat zu meiner Zeit und auch später Jahrgänge gehabt, aus denen ein paar der brillantesten Männer unseres Landes hervorgegangen sind, aber an dieser Institution hier gab es etwas, was mir besonders zusagte und was ich nur mit dem Wort Kultur umschreiben kann – eine Form von Höchstleistungen, die nicht allein aus dem Ehrgeiz entstand. Ich fühle mich beleidigt von den Manieren und dem Mangel an Bildung im eigentlichen Sinne des Wortes. Ich glaube, weil wir jedem eine Chance geben wollen, opfern wir unsere wirklich begabten Leute.« Clemance machte eine ungeduldige Handbewegung. »Ich schweife ab«, sagte er. »Ich weiß nicht, wieso ich angenommen habe, Sie würden verstehen, wovon ich spreche.«

»Ihr Instinkt hat Sie nicht getäuscht«, sagte Kate. »Ich ertrage keine schlechten Manieren und mag es nicht, wenn Fremde mich beim Vornamen nennen, aber mir ist auch klar, daß hinter vermeintlich guten Manieren manchmal üble Gesinnung und Feindseligkeit stecken. Meine Brüder haben hervorragende Manieren, aber im Grunde sind sie die rüdesten Männer, denen ich je begegnet bin. Sie sehen, auch ich schweife ab. Mein ungehobeltster Student hat Princeton mit einem Voll-Stipendium absolviert, und soweit ich das beurteilen kann, redet er nur über Dialektik und Hermeneutik und gehört zu einer ›mechanisierten Generation, die zufällige Grunzlaute schon für höhere Weisheit hält‹. Halten Sie die Studenten am University College für ungehobelter als die an Ihrem eigenen Institut? Den Eindruck habe ich nicht.«

»Vielleicht wollte ich gar nicht über Manieren reden. Vielleicht meine ich Leistungen.«

»Da bin ich Ihrer Meinung. Aber, Professor Clemance, akademische Leistungen sind nicht so leicht meßbar. Immer mehr Studenten bekommen bei den Aufnahmeprüfungen für das College die besten Noten – mein Absolvent mit dem orakelhaften Grunzen hat sehr gut abgeschnitten –, aber Leistung läßt sich eben so und anders messen, je nachdem, wie weit man mit den Anforderungen heruntergeht. Die Absolventen des University Colleges studieren zum großen Teil weiter – in erstaunlich großer Zahl, wenn man an das Durchschnittsalter der Studenten denkt. Ich weiß, daß einige dieser älteren Studenten, vor allem die älteren Studentinnen, die Bürschchen an der Uni langweilen, wenn sie in deren Übungen und Kursen auftauchen. Aber offen gesagt, langweilen Ihre Bürschchen mich wiederum. Ich habe jungmännliche Überheblichkeit, selbst wenn sie mit großem Talent gepaart war, nie besonders reizvoll gefunden, während Ihnen das natürlich so gegangen sein muß. In dem Punkt werden wir uns wohl nicht einigen können.«

»Sie beschuldigen mich der Voreingenommenheit?«

»Ja, stimmt. Und was die Manieren angeht, da haben Ihre Uni-Jungs weit weniger. Die haben als Revolutionäre die originelle Idee gehabt, dem Universitätspräsidenten auf den Teppich zu pinkeln. Die waren es doch, die die Polizisten Schweine genannt und der Leitung einen zweideutigen Namen verliehen haben, den ich hier lieber nicht wiederhole, um uns nicht in Verlegenheit zu bringen. Was ich so schwer verstehen kann, ist: Was fürchten Sie so sehr am University College – Sie alle, meine ich? Diejenigen, die nicht damit zufrieden sind, sich im Eiltempo durch Schule, College und Universität zu arbeiten und dann in die väterliche Anwaltskanzlei einzusteigen, machen auf mich einen klugen Eindruck. Es ist schließlich besser, sich Zeit zum Nachdenken zu lassen, und ein Land wie dieses sollte auch ein College für diejenigen haben, die klüger geworden sind und sich für eine spätere, anders geartete Ausbildung entschieden haben oder für den Start in ein zweites Leben.«

»Miss Fansler, könnte Ihr University College einen Mann wie Auden hervorgebracht haben?«

»Nein. Aber die Institution, an der Sie arbeiten, genausowenig, Professor Clemance.« (Es war für Kate ein Erbe aus der Zeit, als Kinder noch »erzogen« wurden, daß sie es nicht fertigbrachte, Clemance mit »Frederick« anzureden – eine Schwierigkeit, die Reed, der nie eine Gouvernante hatte, absurd fand.) »Auch Oxford hat Auden nicht hervorgebracht, obwohl es ihm seine Parties auf dem Zimmer erlaubt hat; und auch sein Vater nicht, aus dessen medizinischen Büchern er die Dinge des Lebens lernte, die er dann in seiner Klasse an die Tafel malte, oder seine Mutter, die er liebte und der er ähnlich sah. Was schafft einen Auden? In der Jugend einen Freund wie Isherwood zu haben?«

»Würde es Ihnen nicht gefallen, wenn Auden Ihnen eines seiner Gedichte widmete?«

»Tagträume habe ich aufgegeben. Nein, ich hätte bei Auden immer die ganz furchtbare Angst, ihn zu langweilen oder als Schreckschraube zu wirken. Stellen Sie sich nur die Folgen vor: Man müßte sich ja ertränken, um das zu vergessen.«

»Gar so schlimm ist er nicht; er ist ein hervorragender Lehrer.«

»Alles, was ich über ihn als Lehrer weiß, ist eine weitere Besonderheit, die wir gemeinsam haben: Wir sind die beiden einzigen Literaturprofessoren, die je ihren Studenten gestanden haben, daß sie den ›Don Quixote‹ niemals zu Ende gelesen haben.«

»Gut, daß ich das nicht gewußt habe, als ich für Ihre Berufung zur Professorin gestimmt habe.«

»Professor Clemance, ich habe mir oft die Gelegenheit gewünscht, Ihnen sagen zu können, daß ich von Ihnen mehr gelernt habe – über Literatur, über etwas, das ich nur mit Moral umschreiben kann, und über die Ehre des Berufs des Literaturprofessors – als von irgendwem sonst an der Universität. Aber Sie schienen sich nur für junge männliche Schüler zu interessieren, und ich wollte Sie nicht mit einer älteren Anhängerin weiblichen Geschlechts belasten. Sie wissen ja sicher, daß kein Lehrer abschätzen kann, wie weit sein Einfluß reicht.«

»Ich erinnere mich, daß Sie über ›Portrait of a Lady‹ eine Arbeit geschrieben haben. Ich habe mich nie besonders um weibliche Studenten gekümmert. Das war ein Fehler. Mag sein, daß es am University College Isabel Archers gibt.«

Kate sah ihn eine Zeitlang an. »Vielleicht«, sagte sie. »Ist alles in Ordnung – mit Ihnen persönlich, meine ich?«

»Nein«, sagte er. »Mein Herz ist gebrochen. Ich spüre den Schmerz.« Kate fiel auf, wie es ihm immer wieder gelang, dramatische Dinge einfach auszudrücken, so, als hätte er keine Angst vor Gefühlen. »Hat diese Studentenrevolte Ihnen nicht das Herz gebrochen, Ihre Liebe zur Universität beeinträchtigt?«

»Nein«, sagte Kate. »Egal, wie sehr ich die Rosenblätter in den Fingerschalen geliebt habe, ich kenne meine Brüder zu gut. Ich habe nie etwas übrig gehabt für Playboys oder Reaktionäre, und beide sind das Ergebnis desselben Prozesses, der auch diese Fingerschalen geschaffen hat. Ich liebe Begabung, aber ich habe nichts für Privilegien übrig, die als selbstverständlich angesehen werden. Anders ausgedrückt, ich habe nichts für eine Gesellschaft übrig, die Platz hat für einen Oblonski, aber keinen für eine Anna Karenina oder einen Wronski.«

»Und was ist mit Lewin?«

»Lewin wäre es ohne seine Landgüter und seine Leibeigenen ergangen wie Anna. Heute sind wir alle Annas.«

Clemance saß eine Weile schweigend da. »Am Montag findet eine Institutsversammlung statt«, sagte er schließlich. »Kein Zweifel, daß die ganze Geschichte« – er machte die für ihn typische Handbewegung – »dabei zur Sprache kommt.«

»Kein Zweifel.«

»Jeremiah Cudlipp und Robert O'Toole haben eine eindeutige Meinung zu diesem Thema. Eine sehr eindeutige.«

»Das habe ich gehört«, sagte sie. »Professor Clemance, lassen Sie mich Ihnen eine Neuigkeit erzählen, die nichts mit der Universität zu tun hat: Ich werde heiraten.«

»Tatsächlich? Das freut mich. Es ist schön, ›wiedergeboren zu werden im Land der Rücksichtnahme‹.«

»Das Land der Rücksichtnahme. Was für eine schöne Definition der Ehe.«

»Ja«, sagte Clemance. »Und wenn man sich in mittleren Jahren dafür entscheidet, ist das die beste Definition, die ich kenne.«

Nachdem Kate sich vor dem Club von Clemance verabschiedet hatte, wanderte sie ein wenig auf dem Campus herum; der Herbst war ihr die liebste Jahreszeit, abends würde sie Reed zum Dinner treffen, sie war glücklich. Der Campus wirkte friedlich, freundlich, was vielleicht ein falscher Eindruck war, aber »wann war der Frieden und das Lächeln, das ihn begleitet, etwas anderes als unverdient«? Vielleicht, dachte sie, ist Reed heute früher fertig.

Sie war überrascht, wenn auch nicht allzu sehr, an der Bushaltestelle McQuire zu sehen, der auf sie wartete.

»Noch ein paar unsittliche Anträge?« fragte Kate.

»Ich bin Frogmores Kuppler. Ich habe ihm versprochen, daß ich versuche, Sie zu einem Gespräch in den Club zu schleppen. Wir haben gehört, daß die Institutsversammlung am Montag stattfindet, und würden Ihnen gern vorher noch ein paar Dinge ins Ohr flüstern.«

»Ich komme gerade aus dem Club«, sagte Kate, »mäßiges Essen, glänzende Gespräche. Als ich mich auf diese Geschichte eingelassen habe, war mir nicht klar, daß ich auch samstags arbeiten würde.«

»Gehen Sie mit mir zurück in den Club. Ich verspreche Ihnen feierlich, daß dies die letzte Entführung ist.«

»Übrigens«, sagte Kate, während sie den Club ansteuerten, »was interessiert Sie eigentlich so am University College? Bestimmt gibt es dort nicht genügend junge, hübsche Dinger, die den ganzen Aufwand lohnen.«

»Na ja, das University College ist dieser Tage eine außerordentlich lebendige Institution, während die Universität, geben wir es doch zu, in erster Linie für die Jungs da ist, die die Schule satt haben und deren einziger Ehrgeiz darin besteht, sich zu prügeln und mit Mädchen ins Bett zu steigen, und das vorzugsweise abwechselnd. In zweiter Linie sind dort die alten Herren wichtig, die wollen, daß sich an der Alma Mater nichts ändert, die die gleichen Vorurteile und Begeisterungen hegen, an die sie sich aus ihrem Studium erinnern oder zu erinnern glauben. Als Wirtschaftswissenschaftler bin ich an dem interessiert, was ökonomisch lebensfähiger ist, und auf lange Sicht ist das, glaube ich, eine Institution für Erwachsenenbildung. Ganz bestimmt in New York. Ich meine, es ist sicher reizend, zum Charles River zu ziehen und in Harvard herumzuhüpfen, aber der Fluß in dieser Stadt ist kein Fluß, sondern eine Bucht, und die folgt den Gezeiten des Ozeans. Ich meine, wir sollten aufhören, Harvard oder Yale zu imitieren, und lieber unser eigenes Modell entwickeln. Ich sollte hinzufügen, daß Judas Thaddäus mein Lieblingsheiliger ist: der für die aussichtslosen Fälle – oder hat ihn die Kirche inzwischen degradiert wie all die anderen?«

»Alle Fälle sind aussichtslose Fälle, wie E. E. Cummings zu sagen pflegte; andernfalls wären es Affektiertheiten.«

Frogmore begrüßte Kate mit dem Überschwang eines Gastgebers, der nicht wirklich mit dem Ehrengast gerechnet hat.

»Kümmern Sie sich nicht um das Gesäusel, das er von sich gibt«, hatte McQuire gesagt. »Daran ist bestimmt eine repressive Erziehung schuld. Ich habe sogar schon unanständige Worte aus seinem Mund gehört. Ich weiß nicht, warum er das University College so zu seiner persönlichen Sache macht, aber ich glaube, er würde alles tun für das reine Vergnügen, Cudlipps Gesicht zu sehen, wenn der Verwaltungsrat verkündet, daß das University College erhalten bleibt.« Heute machte Frogmore (»Nennen Sie mich Vivian«, hatte er zu Kate gesagt, die verblüfft war; ihrer Meinung nach müßte ein Mann, der mit Vornamen Vivian hieß, sich schon aus reinem Überlebenswunsch an Nachnamen halten.) nicht viele Worte. »Sie werden es nicht glauben, aber dieser Hurensohn – oh, ich bitte um Verzeihung, Kate – hat es doch tatsächlich fertiggebracht, einen von seinen Kumpeln zum Dekan zu machen.«

»Aus dem Englischen Seminar? Kenne ich ihn? Oder ist sein Name unaussprechlich?«

»Er heißt O'Toole«, sagte Frogmore. »Robert J. O'Toole. Fällt der Groschen?«

»Das glaube ich nicht«, sagte Kate. »Warum sollte Robert O'Toole solch eine Aufgabe übernehmen? Er ist bereits ordentlicher Professor und eine der führenden Persönlichkeiten der sogenannten New Yorker Intellektuellen-Szene, und sein Einfluß reicht bis in gewisse Kreise in New Jersey und Connecticut. Warum sollte er...?«

»Das hat Cudlipp organisiert. O'Toole ist für die Professorenschaft natürlich ein akzeptabler Mann, weil er einen Namen hat und innerhalb wie außerhalb der Universität bekannt ist. Die einzigen Fakultätsmitglieder, die gegen ihn gestimmt haben, dürften die sein, die O'Toole nicht ausstehen können, oder die, die ihn nicht für so brillant halten wie er sich selbst...«

»Was offensichtlich unmöglich ist«, warf McQuire ein.

»Und die hat Cudlipp natürlich auf seine leise Art überzeugt, daß nur ein...«

»Dünkelhafter, überheblicher, gefühlsarmer Schweinehund diesen Kampf gewinnen kann«, schloß McQuire den Satz fröhlich ab. »Verzeihen Sie mir, daß ich Ihre Sätze vollende, Frogmore, aber Sie fangen alle so wunderbar provokativ an.«

»Damit erklärt sich wohl«, sagte Kate, »warum Sie bei der Sitzung am Montag jemanden aus dem Englischen Seminar an Ihrer Seite haben wollen. Denken wir mal einen Augenblick über das Englische Seminar nach. Können Sie das ertragen?«

»Das war es, Kate, was ich mir von Ihnen erhoffte«, sagte Frogmore und beugte sich zu ihr hinüber. »McQuire hat wohl die Wirtschaftswissenschaftler im Griff, aber die machen sowieso nicht viel Ärger. An diesem Fachbereich interessiert man sich – abgesehen von Bill – nicht sonderlich für die Erstsemester, aber wenn wir in Ihrem Seminar nichts in Bewegung bringen, Kate, dann können wir gleich aufgeben. Was möchten Sie trinken?«

»Bier«, sagte Kate. »Es wird mich daran erinnern, wie schön der Park heute morgen war. O. K. Wir haben Cartier für das University College gewonnen und außerdem, wenn ich mal unbescheiden sein darf, haben Sie mich. Als Gegner des University College treten auf: Cudlipp, Clemance, O'Toole. Aber als Dekan gehört O'Toole nicht mehr zur Fakultät. Das ist zwar diesen Preis nicht wert, da er den Kampf in der Hauptarena anführen wird, aber die Chancen stehen für uns so schlecht, daß jeder Vorteil zählt. Von den übrigen aus unserem Seminar haben wir den Vorsitzenden, Michaels, auf unserer Seite; er ist vermutlich so wütend über die Art, wie Cudlipp und Clemance über seinen Kopf hinweg mit dem stellvertretenden Präsidenten verhandeln, daß ihm jeder Plan recht wäre, der auf halbwegs dezente Weise sein Gewicht bei den beiden gegenüber verstärkt. Everglade ist der süßeste Kerl der Welt, aber ich weiß wirklich nicht, auf welche Seite er sich stellen wird. Vielleicht auf unsere. Dann haben wir Professor Peter Packer Pollinger. Der ist fähig, für die eine wie die andere Seite zu stimmen – das hängt davon ab, wie Fiona Macleod seiner Meinung nach unter vergleichbaren Umständen gehandelt hätte; aber Tatsache ist, daß er Clemance nicht leiden kann, weil der einmal Fiona Macleod als dümmliche Poetin bezeichnet hat, deren Reime nicht besser würden durch die Tatsache, daß Fiona in Wirklichkeit ein Mann war. Professor Pollinger könnte mit uns stimmen, vorausgesetzt, er erinnert sich an dem Tag, an dem abgestimmt wird, an Clemances Ausspruch.«

»Meine liebe Kate«, unterbrach McQuire, »ich hoffe, Sie wissen, wovon Sie reden. Frogmore und ich werden Sie jetzt nicht bitten, uns zu erklären, warum eine Dichterin ein Mann sein soll, aber Sie könnten uns vielleicht versichern, daß Sie nicht, sagen wir, ein wenig abschweifen?«

»Das versichere ich Ihnen. Derjenige, der ständig abschweift, ist Peter Packer Pollinger. Also gut, dann hätten wir Chaucer, Literatur des Mittelalters, Renaissance, Siebzehntes Jahrhundert, Achtzehntes Jahrhundert, Shakespeare. Ich weiß nicht, wo die jeweils stehen (ich zähle lieber die Lehrstühle auf statt der Professoren, um Ihnen den Umfang des Problems klarzumachen), aber je älter der Bereich, desto konservativer sind in der Regel die Ansichten. Das einzige Problem dabei ist, daß ich nicht sicher bin, wie für sie in diesem Fall die konservative Position aussieht. Von den beiden, die Literatur der Gegenwart lehren, heißt der eine Plimsole, ist ein überzeugter Anhänger der Universität im alten Sinne und für uns verloren, fürchte ich. Aber er ist ein so unglaublich langatmiger Mensch, daß wohl noch nicht einmal die Universität selbst ihn für einen Trumpf halten wird, obwohl er kein schlechter Kerl ist, wenn er nur lernen könnte, den Mund zuzuklappen, wenn er gesagt hat, was er sagen wollte. Seine Kollegin heißt Emilia Airhart.«

»Sie nehmen uns wohl auf den Arm? Von der habe ich noch nie gehört, ich meine, als Mitglied des Lehrkörpers am Englischen Seminar. Sie wollen doch wohl nicht sagen, daß sie aus einer anderen Abteilung zu uns gekommen ist und ein neues Leben beginnen will?«

»Mir war gar nicht klar, was für ein seltsamer Haufen wir sind. Emilia ist wenig bekannt, weil sie nie irgendwo in Erscheinung tritt. Sie kümmert sich nur um die Studenten, die sie liebt, und schreibt Theaterstücke, die gewöhnlich off-Broadway aufgeführt werden, aber die sind so experimentell und modern, daß jahrelang niemand im ganzen Seminar auf den Gedanken kam, daß sie von Emilia stammen könnten. Sie hat sonst im Seminar mit nichts etwas zu tun; sie geht auf keine Party und gibt auch nie eine; es wäre *möglich*, daß sie sich in dieser Sache auf unsere Seite stellt – es ist nicht ausgeschlossen.«

»Wie sieht sie denn aus?« fragte Frogmore. »Ich dachte, ich kenne alle Englischprofessoren.«

»Wie sie aussieht ist das eigentliche Problem. Das würde Ihnen auf den ersten Blick klarwerden. Sie ist eine große Frau, trägt flache Schuhe, weite Röcke und Brille, und sie macht den Eindruck, als könnte sie durchaus eine *jolie laide* werden, wenn jemand mit dem kombinierten Talent von Sophie Gimbel und Yves St. Laurent sich ihrer annähme. Sie hat fünf Kinder und einen Ehemann, und das ist auch schon fast alles, was ich über sie weiß, obwohl ich sie besser kenne als die meisten – wir sind nämlich die einzigen Frauen mit einer Professur am Seminar, und wir treffen uns unweigerlich von Zeit zu Zeit auf der Damentoilette. Drama ist ihr Spezialgebiet, und sonst weiß ich nur von ihr, daß ich sie einmal gefragt habe, was sie von Clemance hält, und sie hatte geantwortet, er sei ein Wichtigtuer, der sich mit seinem Laden identifiziert, und ein Chauvinist, aber abgesehen davon habe sie nichts gegen ihn, was für uns, finde ich, ein gutes Zeichen ist. Alle anderen aus unserem Seminar haben in der Fakultätsversammlung kein Stimmrecht, weil sie nicht fest angestellt sind. Also brauchen wir uns keine Sorgen um sie zu machen, obwohl sie mehr Einfluß haben, als man sich häufig klarmacht. Ich hoffe, es ist deutlich geworden, daß wir einen Kampf gegen einen überlegenen Gegner vor uns haben.«

»Sie wissen nicht, *wie* überlegen der Gegner ist«, sagte McQuire. »In der Frage der Beförderungen habe ich Probleme an meinem Fachbereich. Wir brauchen Ihre Unterstützung dafür, daß zwei Assistenzprofessoren, die am University College gelehrt haben, befördert werden.«

»Mit Kleinigkeiten geben Sie sich nicht ab, was?«

»Das ist typisch Frogmore«, sagte McQuire. »Kämpfe, die leicht zu gewinnen sind, langweilen ihn.«

»Hören Sie, Kate«, sagte Frogmore. »Wenn das University College erst mal neue Lebenschancen, ein neues Image, eine neue Zukunft bekommt, will ich dort nicht mehr Dekan bleiben. Ich möchte Präsident eines Colleges für Mädchen werden, irgendwo auf dem Lande und sehr vornehm. Aber ich will miterleben, daß das University College das Modell für die Ausbildung einer erwachsenen Elite wird und beispielhaft für die Vereinigten Staaten, und das wünsche ich mir so sehr, daß ich es auch bekommen werde.«

»Was für eine seltsame Begründung«, sagte Kate.

»Nein, das ist es nicht«, sagte Frogmore. »Wenn Sie einem Mann begegnen, der etwas unbedingt will und das nicht für sich selbst, dann passen Sie bloß auf.«

Kate starrte Frogmore eine Zeitlang an. »Also Vivian«, sagte sie, »wie er, McQuire, gesagt hat: Sie haben Mumm.«

»Was am Montag in der Versammlung passiert, wird für uns sehr lehrreich sein«, sagte Frogmore.

Kate lachte. »Ich kann es kaum abwarten.«

Dann eilte sie heim zu Reed.

Fünf

Es gibt keinen Frieden.
Schlag also zurück mit allem Mut, den du hast,
Und allen unfeinen Finten, die du kennst.
Denn eines weißt du genau:
Ihre Sache, so sie denn eine war, ist längst vergessen;
Sie hassen um des Hassens willen.

Am Montag erreichte Kate die Baldwin Hall um zwei Uhr, rechtzeitig zum Beginn ihrer Sprechstunde. Der Große Fakultätsrat sollte um vier Uhr nachmittags zusammentreten, und Kate hoffte, wenn auch mit wenig Überzeugung, bis dahin noch ein paar Informationen zur allgemeinen Stimmungslage aufzuschnappen. Einen so »politischen« Einfall hatte sie bisher noch nie gehabt, und er bedeutete zweifellos ihre Aufnahme in die Welt der Geschichte. Klio, dachte sie, steh mir bei, jetzt und immerdar.

»Wir haben niemanden für Suaheli gefunden«, sagte eine Stimme. »Was macht Bulwer-Lytton? Sehen Sie, der Aufzug kommt tatsächlich«, ergänzte Mark Everglade. »Da kann doch etwas nicht stimmen.«

»Ich glaube wirklich«, sagte Kate, als sie einstiegen, die »8« drückten und zusahen, wie sich die Tür schloß, »daß dieser ewige Pessimismus den Sieg der Erfahrung über die Hoffnung bedeutet, von der Vernunft ganz zu schweigen. Sogar universitäre Aufzüge müssen ab und an funktionieren. Nach dem Gesetz des Durchschnitts...« Kate wurde leiser, als der Fahrstuhl zwischen dem dritten und vierten Stock widerwillig, aber endgültig steckenblieb.

»Es gibt ein Gesetz des Durchschnitts«, sagte Everglade. »Es gibt aber auch das Gesetz fallender Körper. Wir sind gerade dabei, Galileis Theorie zu überprüfen, nach der zwei Körper unterschiedlichen Gewichts, wenn sie aus entsprechender Höhe herunterfallen, gleichzeitig und im gleichen Zustand des Zerschlagenseins den Boden erreichen. Sie drücken den Alarmknopf, ich telefoniere.«

Kate drückte den Alarmknopf mit der gleichen Gemütsverfassung, mit der man sich von einer guten alten Tante Kräutertee servieren läßt: Wahrscheinlich hilft er nichts, aber er schadet auch nicht. Mark machte sich unterdessen an einem kleinen Kästchen zu schaffen, das den jüngsten Versuch der Universität beherbergte, mit dem Aufzugsproblem fertig zu werden: ein Telefon. »Was wählt man im Notfall?« fragte Mark und sah dabei Kate an.

»Ich weiß nicht. Es steht auf dem Einband des Telefonbuchs für den Campus, aber ich fürchte, ich habe nie darauf geachtet.«

»Wer, wehe uns allen, hat das schon? Also müssen wir die Vermittlung anrufen und wissen nur zu gut, wohin das führt.«

»Glauben Sie, wir haben genug Sauerstoff?«

»Wozu? Verglichen mit der Luft, die ich bei den meisten Versammlungen in letzter Zeit geatmet habe, dürfte hier weniger Kohlenmonoxid, Nikotin und Teer enthalten sein als sonstwo.«

»Kann ich Ihnen helfen?« fragte eine Stimme aus dem Telefon.

»Das können Sie ganz sicher«, antwortete Mark fröhlich. »Wir stecken in einem Aufzug fest und...«

»Wenn Sie auf dem Campus sind«, fuhr die Stimme fort, »dann können Sie die gewünschte Nummer direkt anwählen. Rufen Sie von draußen an?«

»Ich komme ja nicht einmal aus diesem Aufzug heraus«, sagte Mark. »Hilfe, Hilfe, Hilfe«, fügte er sanft hinzu.

»Ich verbinde Sie mit der Wartungsfirma«, sagte die Stimme. »Wenn Sie auf einem Campus sind, wählen Sie eins-zwei, eins-vier. Sind Sie auf einem Campus?«

»Wahrscheinlich ist das ein Tonband«, meinte Kate.

Mark drückte auf die Gabel, wartete, bis das Amtszeichen kam, und wählte dann 1214. Es war besetzt.

»Versuchen Sie das Büro des Englischen Seminars«, sagte Kate.

»Ein glänzender Vorschlag, der todsicher nichts bringt. Alsdann.« Mark wählte die Nummer des Sekretariats.

»Englisches Seminar«, sagte die Sekretärin mit strahlender Stimme, »einen Augenblick bitte.« Dann hörten sie, wie die Sekretärin den entsprechenden Knopf drückte. Mark knallte den Hörer mit soviel Wucht auf die Gabel, wie das Telefonkästchen zuließ. Kate stellte Aktenkoffer und Handtasche auf den Boden.

»Das erinnert mich an eine Geschichte«, sagte sie, »die mein Vater zu erzählen pflegte, immer wieder, um uns eine Moral zu verdeutlichen, deren Anwendungsmöglichkeit mir bis zu diesem Moment nicht klar war. Mein Vater war mit dem Präsidenten irgendeiner Eisenbahngesellschaft befreundet, New York Central oder so, und eines Tages bat er seine Sekretärin, ihm den nächsten Zug nach Tuxedo herauszusuchen, wo er sich mit jemandem treffen wollte. Die Sekretärin kam in sein Büro zurück, um ihm zu sagen, daß sie nicht zur Zugauskunft durchkäme, es sei dauernd besetzt. ›Unsinn‹, sagte darauf mein Vater. ›Geben Sie mir den Präsidenten dieser Sowieso-Eisenbahnlinie.‹ Die arme Sekretärin bekam nicht den Präsidenten, aber immerhin seine Privatsekretärin ans Telefon. ›Es tut mir furchtbar leid, Mr. Fansler‹, sagte die Privatsekretärin des Präsidenten, ›aber Mr. Wie-auch-immer ist verreist. Kann ich Ihnen vielleicht helfen?‹ ›Aber sicher‹, sagte mein Vater. ›Wann geht der nächste Zug nach Tuxedo?‹ Nun, sie fand schließlich einen Fahrplan und sagte es ihm. Die Moral von der Geschichte: wende dich immer an den Präsidenten.«

»Ich bin überzeugt«, sagte Mark, »da wir gerade keinen Präsidenten haben, reicht der geschäftsführende Präsident.«

»Ganz bestimmt«, sagte Kate.

»Und kennen Sie zufällig seine Nummer?«

»Jawohl. Ich habe neulich einen Blick ins neue Telefonverzeichnis geworfen, wie man das so tut, wenn es gerade erschienen ist, und mir fiel auf, daß seine Nummer 1837 ist. Versuchen wir es?«

»Wieso haben Sie sich gerade seine Nummer gemerkt und nicht den Notruf? Der väterliche Rat?«

»Natürlich nicht. Ich habe bis zu diesem Augenblick keinen Gedanken mehr verschwendet an Ratschläge meines Vaters. Achtzehn-siebenunddreißig ist das Jahr der Thronbesteigung von Königin Victoria.«

»Natürlich. Wie dumm von mir.« Mark griff nach dem Hörer und wählte 1837.

»Hier ist das Büro von Präsident Matthewson«, sagte eine freundliche Stimme. »Guten Tag.«

»Guten Tag«, sagte Mark. »Könnte ich bitte Mr. Matthewson sprechen? Hier ist Mark Everglade vom Englischen Seminar.«

»Es tut mir furchtbar leid, Mr. Everglade, aber Präsident Matthewson ist in einer Sitzung. Wollen Sie ihm eine Nachricht hinterlassen?«

»Aber sicher«, sagte Mark. »Sagen Sie ihm, daß Professor Fansler und ich – beide vom Englischen Seminar – in Baldwin Hall im Aufzug festsitzen und uns sehr bald der Sauerstoff ausgehen wird. Vielleicht sollte ich, falls Sie das zu größerer Eile antreibt, hinzufügen: Professor Fansler und ich sind verschiedenen Geschlechts. Einen schönen Tag noch.«

Mark hängte ein. »Ich gebe ihr fünfzehn Minuten«, sagte er, »uns in unserem Aufzug zu finden. Sollen wir in der Zwischenzeit das Vorlesungsverzeichnis durchgehen?«

»Mark, was halten Sie von Cudlipp?«

»Er macht seinen Job ordentlich, wie ich den meinen. Michaels, als Leiter des Fachbereichs, beklagt sich hin und wieder über Cudlipp, aber schließlich tut jeder seine Arbeit, nicht wahr?«

»Ich frage mich oft«, sagte Kate, »ob er das wirklich tut. Wissen Sie irgend etwas über das University College?«

»Sicher«, sagte Mark überraschenderweise. »Ich habe in letzter Zeit Studenten von dort in meine Kurse aufgenommen. Sie sind gut.«

»Komisch, das haben Sie nie erwähnt«, sagte Kate.

»Um die Wahrheit zu sagen, ich bin nicht sicher, ob das koscher ist. Je weniger darüber geredet wird, desto besser.«

»Glauben Sie, Cudlipp wäre dagegen, wenn er davon erführe?«

»Zweifellos. Aber er kann eigentlich gar nichts dagegen machen, weil wir keine Scheine vergeben, und was das University College seinen Studenten gibt, ist deren Sache. Er sorgt nur eisern dafür, daß kein Student vom University College an Pflichtseminaren der Uni teilnimmt oder umgekehrt, und genau so weit reicht seine Macht.«

»Warum mauert er so gegen das University College? Ich weiß Bescheid, was die finanziellen Fragen angeht, aber seine Leidenschaft hat tiefere Wurzeln als das Haushaltsdefizit der Universität.«

»Nun, er ist wohl der Meinung, der Abschluß am University College bedrohe den Wert unserer Abschlüsse. Er will, daß die Ausbildung an der Universität absolut erstklassig ist, und all diese älteren Studenten, die ihren müde gewordenen Verstand an die Universität zurücktragen, empfindet er als eine Bedrohung.«

»Höre ich da die Rufe unserer Retter?« sagte Kate.

»Professor Everglade«, rief eine Stimme. »Schalten Sie den Notknopf auf *Aus*, und schieben Sie die Tür auf.«

Mark sah Kate an und zuckte mit den Schultern. »Na gut«, sagte er. »Sind Sie bereit, mit mir in den Schacht hinabzutauchen?« Er drückte den Knopf und rüttelte an der Innentür, die sich zu seinem Erstaunen tatsächlich öffnete. Unter ihnen hatte man die Tür zum dritten Stock geöffnet. »Haben Sie eine Dame bei sich?« fragte die Stimme. »Professor Fansler ist hier«, sagte Mark und zwinkerte Kate zu, »falls das Ihre Frage beantwortet. Ich nehme an, der Trick besteht darin«, sagte er zu Kate, »denen dort unten im dritten Stock in die Arme zu sinken und *nicht* in den Schacht zu fallen. Die Ritterlichkeit gebietet, daß Sie den Anfang machen, damit ich Ihnen in die wartenden Arme da unten helfen kann. Wir haben noch keinen Blick in das verdammte Vorlesungsverzeichnis geworfen.«

Es war typisch für Kates postrevolutionäre Haltung, daß das Steckenbleiben in einem Aufzug – was sie früher vielleicht mal für ein Abenteuer gehalten hätte – ihr heute nicht einmal mehr erwähnenswert schien. Sie rannte die Treppen vom dritten bis zu ihrem Büro im achten Stock hinauf, entschuldigte sich für die Verspätung und stürzte sich gleich in ein Gespräch mit vier Studenten, die an ihrem Kurs über Viktorianische Literatur teilzunehmen hofften. John Peabody kannte sie schon von dem Mittagessen, das Bill McQuire arrangiert hatte. Er stellte die übrigen vor: Barbara Campbell, Greta Gabriel und Randolph Selkirk. »Bestimmt wollen Sie einiges über uns erfahren«, sagte Peabody. »Warum wir am University College sind und warum wir in Ihren Kurs wollen und so. Vielleicht ist es am besten, wenn einfach jeder von sich erzählt.« Für Kate, die sich überlegt hatte, wie sie bei ihrer grundsätzlichen Abneigung gegen persönliche Fragen unaufdringlich Informationen bekommen könnte, war diese unverblümte Einleitung eine große Erleichterung.

»Wir sind alle ans College zurückgegangen«, begann Mr. Peabody, »nachdem wir unser Studium freiwillig unterbrochen hatten – der Begriff ›freiwillig‹ muß jedoch sehr weit gefaßt werden. Jedenfalls sind wir nicht von der Uni geflogen, wir haben uns sozusagen selbst hinausgeworfen. Als wir später mit der entsprechenden Reife beschlossen, wieder zu studieren, hatten wir kein Interesse mehr an Studentenwohnheimen, dummen Spielen und der Gesellschaft von Achtzehnjährigen, die noch am Rockzipfel ihrer Familien hängen. Deswegen war für uns das University College so etwas wie ein Wunder. Es gibt im ganzen Land wenige Studienmöglichkeiten für Erwachsene, nicht einmal in New York – Colleges, an denen man Diplome machen kann und nicht nur in Vorlesungen und Kursen die Zeit totschlagen muß. Das University College stellte keine sportlichen Anforderungen, hatte kein organisiertes Gesellschaftsleben, und bei der Aufnahmeprüfung haben einige von uns in Mathe schwer gezittert. Aber wir sind alle am College, weil wir uns dafür entschieden haben. Wir sind, wie es so schön heißt, hoch motiviert, und die meisten von uns sind sogar ziemlich gescheit. Ich sollte hinzufügen – aber darüber kann Barbara mehr erzählen –, daß die Studentinnen auf einen Abschluß scharf sind und nicht auf einen Ehemann.«

Barbara Campbell sah umwerfend aus, war gut gekleidet und wirkte wie Anfang zwanzig. »Ich bin wohl ziemlich typisch«, sagte sie mit einem Lächeln, das deutlich machte, daß ihr Aussehen wenig typisch war. »Ich war auf einer hervorragenden Schule, wo ich mich in erster Linie für das interessierte, was unsere vorsintflutliche Direktorin gewöhnlich ›die Kerle‹ nannte, und danach in Bennington. Dort blieb ich drei Jahre – fast; mitten im dritten Jahr ging ich ab. In Bennington machte ich die Entdeckung, daß es mir Spaß macht zu denken, und daß es, wenn man sich anstrengt, viele Leute gibt, die einem Mut machen. Ich arbeitete fünf Tage in der Woche wie der Teufel, und da wir nur Mädchen waren, brauchten wir uns in der Zeit weder Hände noch Füße oder gar das Gesicht zu waschen, wenn uns nicht danach war. Und die Wochenenden verbrachte ich woanders mit einem Mann. Zum Teil fing ich an zu begreifen, daß ich jahrelang geistig und emotional wie in einem Kokon gelebt hatte, zum Teil wollte ich nur *bouleverser les parents* – und tatsächlich hatte ich höchst unerwarteten Erfolg dabei, meine Eltern zu schockieren. Sie hatten nicht nur etwas dagegen, daß ich mit einem Mann zusammenlebte, sie hatten auch etwas gegen den Mann als Person, was zumindest etwas Sinn ergab, und sie sagten, wenn ich ihn nicht aufgäbe, würden sie weder für das Studium noch sonst etwas zahlen. Ich habe nicht gehorcht, und sie haben es mir gezeigt. Nach einiger Zeit hatte ich den Mann satt und meinen Job als Fotomodell genauso. Ich wollte wieder studieren. Ich hatte genug Geld gespart, und da bin ich. Meine Eltern haben inzwischen wieder Frieden mit mir geschlossen, aber ich nehme kein Geld von ihnen, akzeptiere jedoch ab und zu ein großzügiges Geschenk. Wenn ich ihr Geld nähme, würden sie annehmen, egal wie stillschweigend, ich hätte auch ihre Wertvorstellungen akzeptiert, und das tue ich nicht. Ich möchte Ihren Kurs belegen, weil ich gehört habe, Sie wären großartig und streng, und weil mir klargeworden ist, was für ein Harem Bennington war. Das soll nicht heißen, daß alle Lehrer mit den Studentinnen schliefen, aber ich will damit sagen, daß alle Professoren Männer waren und die Mädchen immer den Männern zu Füßen zu sitzen schienen. Ich finde den Gedanken an einen weiblichen Lehrer belebend. Ende der Rede – ich gebe weiter an Greta.«

Kate hielt Greta Gabriel für Mitte vierzig. Ihre Geschichte ähnelte der von Polly Spence, obwohl sie weder Großmutter war, noch aus den besseren Kreisen der New Yorker Gesellschaft stammte. Sie war vielmehr eine Hausfrau aus der Vorstadt, die beschlossen hatte, daß ihr Leben als Hausmädchen, Chauffeur und emotionaler Papierkorb wenig anregend war. Ihr neues akademisches Leben brachte ihr in jeder Hinsicht Schwierigkeiten ein, vom täglichen Pendeln bis zum Druck der vielfältigen Verpflichtungen ihres täglichen Lebens, aber zum erstenmal seit Jahren fühlte sie sich wieder lebendig und war dankbar für das University College, das ihr die Möglichkeit bot, richtig zu arbeiten, statt nur zu dilettieren, und das bereit war, ihre Arbeit mit einem Abschluß zu belohnen.

Randolph Selkirks Geschichte war verblüffender. »Ich war in Yale«, sagte er, »hatte in allen Fächern die besten Zensuren und schuftete dafür sechs Tage pro Woche von morgens bis abends. Ich hatte ein Mädchen, und eines Tages verließ sie mich, weil ich ihr nicht menschlich genug war. Ich brauchte ein paar Wochen, um mich zu beruhigen und zu begreifen, daß sie vollkommen recht hatte – ich benahm mich niemandem gegenüber menschlich. Ich hörte auf, so viel zu arbeiten, ließ mich schließlich von der Yale University beurlauben und arbeitete als Lehrer in den Slums. Dann habe ich das Mädchen geheiratet, das mich inzwischen menschlicher fand. Wir bekamen ein Kind, das war für uns die Lebensbejahung schlechthin, und nach einiger Zeit wollte ich wieder an die Universität zurück. Das University College war die einzige Einrichtung, an der nicht diese halben Kinder oder bloß aufs Geldverdienen erpichte und ansonsten gelangweilte Erwachsene studieren. Meine Frau arbeitet, damit ich mein Studium beenden kann, und mir ist vollkommen schleierhaft, warum die das hier loswerden wollen – das University College, meine ich. Mir ist nur aufgefallen, daß die Jungs von der Uni sich ganz schön radikal gebärden, wenn es darum geht, Gebäude zu besetzen. Wenn es aber um die Unterstützung einer Institution geht, die vielleicht den Wert ihres eigenen Studienabschlusses in Frage stellen könnte, ist davon nicht mehr viel übrig. Mir ist aufgefallen, daß jeder gern Revolutionär ist, solange er glaubt, dabei nichts verlieren zu können. Verzeihen Sie die zynische Bemerkung. Und wenn Sie wissen wollen, warum ich an diesem Kurs teilnehmen will: Ich interessiere mich für das Viktorianische Zeitalter.«

Kate lehnte sich in ihrem Stuhl zurück und betrachtete die vier. Sie hatte das Gefühl, als wäre auf seltsame Weise das Leben in ihre akademische Welt getreten, und das beeindruckte sie mehr, als es der Polizei und den Häuser besetzenden Studenten gelungen war. Sie verstand jetzt, warum McQuire die Tatsache so beeindruckend gefunden hatte, daß die Studenten am University College die einzigen waren, die ihrer Schule gegenüber Loyalität empfunden hatten. Natürlich hatte sie das von Anfang an geahnt – nur deshalb hatte sie sich von McQuire zu diesem Lunch schleppen und zu Gesprächen mit Frogmore verleiten lassen. Sie sah die vier an und dachte: »›Deine Gegenwart, so einzig, so kostbar, so außerordentlich jetzt.‹«

»Willkommen in meinem Kurs«, sagte sie schlicht.

Nach noch mehr Gesprächen mit Studenten, einer Konferenz mit einer Delegation der Studentenvertretung über Fragen des Lehrplans, einer Handvoll hektischer Telefongespräche und ähnlichen Ablenkungen hatte Kate weder einen Wind ausgemacht noch eine Richtung, aus der er wehen könnte. Um vier Uhr machte sie sich auf den Weg zur Sitzung des Fakultätsrats und ging vorher auf die Damentoilette, wo sie auf Emilia Airhart traf, die sich skeptisch im Spiegel ansah. Offensichtlich erleichtert über die Störung, drehte sie sich um und betrachtete Kate. »Was für ein Glück Sie haben!« sagte sie zu Kates Überraschung.

»Ich?« fragte Kate. »Ich bin im Moment tatsächlich glücklich, aus persönlichen Gründen. Sieht man mir das an?«

Emilia Airhart lachte. »Wahrscheinlich«, sagte sie, »aber ich kenne Sie nicht gut genug, um das zu beurteilen. Glückwunsch, egal wofür. Das Glück, das ich meinte, ist Ihre schlanke Figur – ich wollte immer so gern schlank sein. Wenn man sein Äußeres doch nur selber entwerfen könnte, statt eine ziemlich schreckliche Figur vererbt zu bekommen. Dann wäre ich groß und schlank wie Sie, trüge die Haare im Nacken zusammengebunden und wäre attraktiv, aber nicht charmant. Das letzte Wort soll Sie nicht kränken, ich meine das als Kompliment. Ich kann Charme, wie Camus ihn definiert, nicht leiden: Charme ist die Fähigkeit, ein Ja als Antwort zu bekommen, ohne daß man eine Frage gestellt hätte. Mir sind Menschen lieber, die Fragen aussprechen müssen. Trotzdem ist es quälend, die Seele einer Greta Garbo zu besitzen und den Körper der Königin Victoria. Wie gesagt, Sie haben Glück.«

Kate lachte. »Sie sehen wirklich nicht wie Königin Victoria aus«, sagte sie.

»Natürlich tue ich das. Sie müssen sich nur die Königin Victoria in Strumpfhosen und flachen Schuhen und Rökken bis ans Knie vorstellen. Sind Sie auf dem Weg zur Sitzung des Fakultätsrats?«

»Ja«, sagte Kate. »Und zum erstenmal in meinem Leben habe ich nicht den Wunsch, es möge mir noch die passende Entschuldigung einfallen, um nicht teilzunehmen. Ich gehe nämlich mit einer Absicht hin: Ich habe mich entschlossen, für das University College zu tun, was ich kann. Wissen Sie etwas von der Geschichte?«

»Nicht die Spur, sollte ich?«

»Vielleicht«, sagte Kate. »Aber jetzt ist nicht die Zeit für Erklärungen. Die Universität hat vor, es abzuschießen, und das wäre mehr als schlimm, finde ich.«

»Der widerliche alte Cudlipp, nehme ich an. Schrecklicher Mann. Wenn er nur mehr Ähnlichkeit mit Pnin hätte.«

»Mit wem?«

»Sie kennen doch Pnin, den Mann in Nabokovs Roman. Cudlipp sieht genauso aus wie er, aber er könnte kaum verschiedener sein. Es fällt mir schwer, das zuzugeben, aber wenn Cudlipp und Clemance für etwas sind, dann bin ich dagegen. Das klingt reichlich unwissenschaftlich und voreingenommen, was ja auch stimmt –, aber ich tendiere in Ihre Richtung, falls das ein Trost ist.«

»Das ist es«, sagte Kate. »Übrigens, um noch einmal auf mein Glücklichsein zurückzukommen, ich werde heiraten. Im Seminar habe ich es noch nicht erzählt, aber das muß ich wohl bald nachholen. Vielleicht hat mich die Ehelosigkeit dünn gehalten.«

»Herzlichen Glückwunsch oder was immer man da sagt, aber irgendwie tut es mir auch leid.« Kate zog fragend eine Augenbraue hoch. »Verstehen Sie mich nicht falsch, aber Sie sind die einzige Frau, die ich je kennengelernt habe, die aus wunderbar eigenem Entschluß unverheiratet zu sein schien – der gemeinsame Einfluß von Artemis, Aphrodite und Athene. Bitte seien Sie nicht gekränkt.«

»Ganz im Gegenteil«, sagte Kate. »Ich fühle mich geehrt.« Emilia grinste erfreut und ließ Kate den Vortritt. Aber im Gang blieb Kate kurz stehen. »Wissen Sie«, sagte sie, »Forster sagt in einem seiner Romane, die Aufgabe der eigenen Persönlichkeit kann ein Vorspiel der Liebe sein; für die meisten Frauen stimmt das sicherlich. Durch Sie habe ich erfahren, daß das auf mich nicht zutrifft.«

»Mögen Sie Forster?« fragte Emilia Airhart. »Ich sehe schon, Sie tun es; mir ist er zu steril. Aber er hat einmal gesagt, das Leben sei ein Solo auf der Violine, das man aber erst beim Spielen beherrschen lernt. Eine bemerkenswerte Beschreibung unserer Zeit.«

»Sanft vielleicht«, sagte Kate, »aber nicht steril.«

Der Fakultätsrat, der alle Professoren des Englischen Seminars umfaßte, tagte, jedenfalls in vorrevolutionären Zeiten, mehrmals im Semester, um über Promotionen und Neuzugänge zu beraten. Obwohl diese Sitzungen wahrhaftig kein Zuckerlecken waren, herrschte doch eine gewisse Herzlichkeit, so daß, wie Kate sich auszudrücken pflegte, zwar jeder wußte, wie sehr der eine Professor den anderen für ermüdend, päpstlicher als den Papst und einen Angeber hielt, das jedoch nicht aussprach. Bis zum letzten Frühjahr hatte das so gegolten. Doch dann hatten Müdigkeit und das Übermaß an Sitzungen, das der Prozeß der Umstrukturierung unvermeidlicherweise mit sich brachte, ihre Opfer gefordert, und das waren, wie immer, guter Wille, Höflichkeit und Entgegenkommen. Die Professoren waren ausgelaugt, und ausgelaugte Menschen reagieren leicht ärgerlich und grob.

Um die Sache noch schlimmer zu machen, brachte diese Erschöpfung nicht nur schlechte Laune, sondern auch Langatmigkeit mit sich. Das Unvermögen mancher Männer, nachdem sie erst einmal aufgestanden waren, ihre Meinung zu äußern und sich dann wieder hinzusetzen, war in Kates Augen eine Krankheit, die so unheilbar war wie die Satyriasis und für die Gesellschaft viel gefährlicher.

Als sie im Sitzungssaal Platz nahm, wußte sie, daß, sowie Michaels raschelnd seine Papiere geordnet und, unterbrochen von einigem Gekicher, mit dem er seine Erschöpfung abreagierte, ein paar verzweifelte Grunzer von sich gegeben hatte, Plimsole aufspringen und nicht mehr zu halten sein würde. Und so war es dann auch.

Plimsoles Sorge galt, und das schon seit Monaten, der Frage, ob Assistenten, die Lehrfunktionen übernommen hatten, weiterhin in erster Linie als Studenten gelten sollten, was sie noch waren, oder als Lehrer, was sie ja ebenfalls waren. Das war sicherlich eine Frage von Bedeutung und überdies ein Problem, auf das sich die radikale Fraktion mit wahrer Wonne stürzte, weil die konservative Fraktion nicht wußte, wie sie darauf reagieren sollte. Wahrscheinlich ärgerte das Professor Plimsole mehr als alles andere. Kate konnte den Gesichtern um sie herum entnehmen, daß, hätten die hier Versammelten die Möglichkeit gehabt, Mr. Plimsole vor seiner Promotion zu hören, er jetzt wohl kaum als Professor in ihrer Runde stünde. Für Kate war die Tatsache, daß früher Studenten an Fakultätssitzungen nicht teilnehmen durften und die Alten die Sorgen der Jungen nicht kannten, ein Beweis für die Notwendigkeit dieser Revolution. Aber seit dem letzten Frühjahr waren alle Sitzungen öffentlich bis auf die des Fakultätsrats, und die langatmigen Mr. Plimsoles würden in Zukunft besser gebremst werden.

»Ich bin in der Tat der Meinung«, begann Mr. Plimsole seine Ausführungen, »daß dieses Gremium zu einer Entscheidung über die berufliche Autonomie der Assistenten mit Lehrauftrag kommen muß. Ich antizipiere damit keineswegs eine neue Kette von Ereignissen, wie sie unsere Anstalt im letzten Frühjahr erschüttert hat; tatsächlich würde ich heftig protestieren, wenn meine Kollegen davon ausgingen, ich erwartete oder erhoffte gar Ereignisse dieser Art, aber ich bin doch der Meinung, daß wir unseren Assistenten nicht zumuten dürfen, länger im Ungewissen über ihre berufliche Position zu bleiben, und daß sie Lehraufgaben erfüllen, steht für mich außer Frage, denn schließlich kommen sie in direkten Kontakt mit den Studenten, sowohl beim Unterricht als auch beim Korrigieren der Arbeiten, und es ist ganz und gar unerträglich und demütigend, daß man sie einerseits mit der Verantwortung des Lehrens belastet und andererseits wie normale Studenten behandelt, wenn sie zum Beispiel Universitätseinrichtungen besetzen, obwohl ich ja schon gesagt habe, daß ich nicht auf dieses Thema komme, weil ich es für wahrscheinlich hielte, daß schon in nächster Zukunft wieder besetzt wird. Doch nachdem wir sie nun einmal in unseren Beruf hineingezogen haben, müssen sie auch von uns als Lehrende behandelt werden, und wir können sie nicht einfach wieder als Lehrer vor die Tür setzen, weil sie als Studenten gegen etwas gekämpft haben, was sie als ungerechte Politik seitens der Verwaltung ansahen, gleichgültig, ob hier jemand von uns die Politik der letzten Leitung nun für ungerecht halten mag oder nicht...«

»Sein Hut!« rief Emilia Airhart, die von ihrem Stuhl gesprungen war. »Sein Hut!« Einen Augenblick lang herrschte verblüfftes Schweigen, während alle versuchten, die offensichtliche Tatsache zu verdauen, daß Professor Airhart verrückt geworden war; Mr. Plimsole trug natürlich keinen Hut, so weit ging schlechtes Benehmen doch nicht. Professor Airhart setzte sich nach ihrem Zwischenruf wieder hin. Mr. Plimsole mußte sich offenbar, metaphorisch gesprochen, wie ein altes Grammophon erst wieder aufziehen. Doch Professor Cartier, dessen Reaktionsgeschwindigkeit keine Revolution untergraben konnte, sprang rechtzeitig auf.

»Mrs. Airhart, deren Fachgebiet das Drama der Gegenwart ist, bezieht sich auf die Rede des Lucky in ›Warten auf Godot‹; wer von Ihnen näher daran interessiert ist, kann das heute abend nachschlagen, falls wir mit unserer Konferenz rechtzeitig fertig werden. Ich gratuliere Mrs. Airhart zu ihrer treffenden Bemerkung und möchte Mr. Plimsole daran erinnern, daß die Frage hausbesetzender Lehr-Assistenten ein Problem ist, das das Komitee für das Graduiertenstudium angeht. Von *diesem* Komitee hätte ich gern die Beförderung der Professoren Levy und Genero verhandelt, die gegenwärtig am University College lehren.« Er setzte sich so abrupt, wie er aufgestanden war. Kate grinste. Sie erinnerte sich, wie zweifellos alle ihre Kollegen, an Luckys Rede, die, wenn sie auch von der Syntax her weniger Sinn ergab als die von Mr. Plimsole, einen tieferen Sinn zumindest andeutete.

Cartiers Bemerkung brachte natürlich Jeremiah Cudlipp auf die Beine. »Wenn Mr. Plimsoles Thema nicht hierher gehört, und dieser Meinung bin ich auch« (ein vernichtender Blick für Mr. Plimsole; Kate hätte gern Mitleid empfunden, aber es gelang ihr nicht), »dann gilt das auch für Mr. Cartiers Thema. Über die Festanstellung von Assistenzprofessoren, die derzeit am University College lehren, kann hier so lange nicht verhandelt werden, bis feststeht, ob das University College faktisch ein Teilbereich der Universität ist. Ich gehe davon aus, daß das nicht der Fall ist, und darum gehört die Angelegenheit auch nicht vor dieses Gremium.« Er setzte sich. Kate seufzte tief. Nun lag der Haufen dampfend auf dem Tisch, wie McQuire sagen würde, und die Zeit der moderaten Töne war vorbei.

Michaels, der Vorsitzende, kicherte, raschelte mit seinen Papieren und holte Luft, um etwas zu sagen. Vergeblich. Clemance hatte sich erhoben.

»Ich möchte Professor Cudlipp beipflichten«, sagte er, als würde das irgendeinen der Anwesenden überraschen, »aber«, und nun hoben sich alle Köpfe erwartungsvoll, »ich glaube, wir sollten uns dem Problem, das vor uns liegt, offen stellen. Ich habe das Gefühl, dieser Rat hat sich in zwei Lager gespalten, und solch eine Polarisierung beunruhigt mich zutiefst. Ich meine, wir sollten uns anhören, was Professor Cartier zu sagen hat und selbstverständlich auch, was jeder andere von uns dazu meint, auch wenn wir heute vielleicht nicht über die Beförderung von Menschen an einer Institution abstimmen können, die möglicherweise nicht mehr lange existiert.«

Just in diesem Augenblick – es war wahrscheinlich nicht so geplant, aber Kate würde ihm das zutrauen – ging die Tür auf, und Robert O'Toole trat ein. Die Schergen sammelten sich. Kate sah Clemance an. Warum drückt dich wohl dein Gewissen, dachte sie? Gott segne dich. Doch Robert O'Tooles Gedanken waren weit davon entfernt, Segen zu bringen.

»Ich fürchte, ich kann Frederick nicht zustimmen«, sagte O'Toole, Clemance beim Vornamen nennend. »Seine Großherzigkeit verleitet ihn zu einer so offenen Geste, aber wir, seine engherzigeren Freunde, müssen ihn leider daran erinnern, was grundsätzlich geht und was nicht.«

Wieder erhob sich Professor Cartier. »Mr. O'Tooles Begabung, Fragen zu beantworten, die er gar nicht gehört hat, ist wirklich bewundernswert. Ich würde gern meine Empfehlung wiederholen, daß wir uns hier Gedanken über eine mögliche Beförderung von Professor Levy machen. Er hat über das Viktorianische Zeitalter Hervorragendes geleistet, und wenn ich über das, was dem Seminar zur Zeit fehlt, richtig informiert bin, dann könnten wir doch einen Mann mit diesem Forschungsschwerpunkt gut gebrauchen.«

»Ich halte Professor Levys Buch über Wilkie Collins für exzellent«, sagte Michaels. »Kennt es jemand von Ihnen?«

»Ich«, sagte O'Toole, schob seine Manschetten zurück und untersuchte seine Fingernägel. »Es ist auf seine Art ein ganz ordentliches Buch, bescheiden, nicht außergewöhnlich, kompetent, aber nicht ehrgeizig genug. Man kann es nicht verreißen, aber ich glaube, man kann es auch nicht in den Himmel loben.« In diesem Moment klopfte jemand Kate auf die Schulter und reichte ihr einen Zettel; darauf stand: »Egal, wofür dieser aufgeblasene Armleuchter stimmt, ich stimme dagegen. E. A.« Kate grinste Zustimmung und steckte den Zettel in ihre Handtasche. Mehrere ältere Professoren begannen nun einen Streit über Mr. Levys Buch. Kate genoß die kurze Atempause und ließ ihren Blick auf Clemance ruhen. War O'Toole gewissermaßen ein Kommentar zu Frederick Clemance, unvermeidliche Sekundärliteratur, die, wie die Anmerkungen zu ›The Waste Land‹ immer mit dem Original zusammen gelesen werden mußte? O'Toole war einer von Clemances brillantesten, meistgeliebten Studenten gewesen, und er hatte diese Zuneigung aus vollem Herzen erwidert, unter anderem, indem er jede von Clemances Manierismen in sein eigenes Repertoire übernahm. Aber er hatte nie gelernt, seine Arroganz zu zügeln, wie Clemance das vermochte. Oder würde er es mit der Zeit noch lernen? Als Kate Clemance zum erstenmal begegnet war, als sie zum erstenmal in seinem Seminar gesessen hatte, war er den Fünfzig so nah gewesen wie O'Toole jetzt den Vierzig. Konnten zehn Jahre solch einen Unterschied machen? Kate hatte ihre Zweifel.

Die Nachricht, daß O'Toole Dekan werden sollte, hatte offenbar noch nicht die Runde gemacht. Aber daß O'Toole beschlossen hatte, seine Aufgabe könne, wollte er erfolgreich sein, nur in der Auflösung des University College bestehen, das war ganz offensichtlich. An dieser Stelle hörte man Professor Peter Packer Pollinger etwas durch seinen Schnurrbart schnauben; langsam richteten die Anwesenden ihre Aufmerksamkeit auf ihn. »Warum ist er dagegen?« fragte Professor Pollinger die Welt im allgemeinen.

»Meinen Sie mich, Sir?« fragte Clemance sanft.

»Ich habe gefragt: ›Was ist es, das so sanft sich hin und her bewegt?‹« sagte Professor Pollinger.

Clemance betrachtete Professor Pollinger, als gäbe es bei genügender Aufmerksamkeit hinter diesem Satz irgendeinen Sinn zu entdecken, aber die Hoffnung erwies sich als illusorisch. »Ist das ein Zitat?« fragte er geduldig. »Vielleicht aus einem dieser nebulösen Dramen à la Maeterlinck?« Die Frage, weder kränkend gemeint noch so gestellt, katapultierte Professor Peter Packer Pollinger auf den Gipfel der Empörung.

»Was heißt nebulös? Hier geht es wohl eher für jeden von Ihnen um Symbole. Sie benehmen sich so wie die Engländer gegenüber den Iren: absolut snobistisch. Das College für Erwachsene hat etwas Symbolisches für Sie und Sie und Sie«, sagte er mit zitterndem Bart, und deutete auf Clemance, Cudlipp und O'Toole. »Ich weiß auch den Grund. Cudlipp ist selbst auf das University College gegangen, nachdem die Uni ihn rausgeworfen hatte und bevor sie ihn wieder aufgenommen hat, und damals gab es am U. C. nur ein paar Fortbildungskurse. Ich fand Levys Buch großartig und bedeutend, und ich werde es auch weiterhin in höchsten Tönen loben. Sie«, und damit wandte er sich an O'Toole, »haben sich in einen düsteren Wald verirrt.« Wieder schnaubte er durch seinen Schnurrbart, und sein amüsiertes Publikum durfte darüber rätseln, ob dieser düstere Wald in einem der nebulösen Dramen von Miss Macleod vorkam.

»Wir entfernen uns offensichtlich ziemlich weit von unserem Thema«, fuhr Clemance fort. »Zumindest«, fügte er hinzu, einen neuen Ausbruch befürchtend, »von meinem Thema. Wie die Einstellung eines jeden von uns zum University College auch sein mag, gegenwärtig ist sie nicht entscheidend. Der Verwaltungsrat plant, soweit ich weiß, die Bedürfnisse der gesamten Universität zu untersuchen. Zweifellos werden wir als erste nach unserer Sicht der Dinge gefragt werden. Bis dahin scheint es mir doch vielleicht nicht ganz den Regeln entsprechend, über eine Beförderung und Festanstellung von Assistenzprofessoren zu beraten, die ausschließlich an einer Einrichtung mit, sagen wir einmal, problematischer Zukunft lehren.«

Haben Sie vor, alles nur schön glattzubügeln? dachte Kate. Sie fragte sich, ob Peter Packer Pollingers Vorwürfe gegen Cudlipp wohl der Wahrheit entsprachen. Interessant. Nun erhob sich Professor Goddard, der über Literatur des Mittelalters las und dessen Spezialgebiet Piers Plowman war.

»Ich kann den Ausführungen von Professor Clemance nicht zustimmen. Erstens ist es unsere Aufgabe, Leute aufgrund ihrer Fähigkeiten und ihrer Nützlichkeit für unser Seminar zu befördern und nicht aufgrund von Zukunftsaussichten für irgendeine Institution im Verband der Universität. Zweitens gehöre ich dem Verwaltungsrat an, auf den Professor Clemance verweist, und ich begehe wohl keinen Vertrauensbruch, wenn ich sage, daß der Rat auch untersucht, ob denn ein College im alten Stil an einer großstädtischen Universität wie dieser heutzutage noch einen Platz hat, die sich ihren guten Ruf großenteils durch das Graduiertenstudium erworben hat, das sie anbietet. Ich muß sagen, daß ich ein College für Erwachsene für New York passender finde als eine Institution für große Schulbuben, aus deren Reihen – daran muß ich Sie wohl kaum erinnern – die meisten Aufwiegler der Unruhen im letzten Frühjahr kamen.«

Das ehrfürchtige Schweigen, das dieser Bemerkung folgte, wurde von Kates Stimme gebrochen. »Ich frage mich«, sagte sie, »wie viele von uns eigentlich Studenten vom University College in den eigenen Vorlesungen und Übungen haben. Wir haben bisher immer Überschneidungen mit den Kursen des Graduiertenstudiums vermieden, aber ich habe soeben erfahren, daß das University College seine Studenten sogar ermutigt, an möglichst vielen unserer Kurse teilzunehmen. Also: Wie viele der hier Anwesenden haben Studenten vom University College in ihren Veranstaltungen?«

»Ich darf vielleicht hinzufügen«, sagte Michaels, »daß solche Handzeichen inoffiziell sind und das Ergebnis nicht ins Protokoll kommt. Sind Sie einverstanden, Professor Fansler, daß auch Ihre Frage nicht ins Protokoll aufgenommen wird?«

»Natürlich«, sagte Kate. »Ich habe nur zur eigenen Information gefragt und weil ich noch eine Frage anhängen will. Wenn Sie wollen, ebenfalls unprotokolliert, zumindest im Augenblick. Wie gut sind diese Studenten?«

Zuerst zögernd, dann, je mehr Hände in die Höhe gingen, immer weniger zaghaft, bedeuteten die Professoren, daß Studenten vom University College auch bei ihnen eingeschrieben waren. Natürlich war Professor Peter Packer Pollinger der erste, der triumphierend die Hand hob, vielleicht weil er wußte, daß Clemance sich darüber ärgern würde, vielleicht weil er unter ihnen einen Verehrer von Macleod gefunden hatte. Den wahren Grund würde man nie erfahren. »Und sind diese Studenten nach Ihrer Erfahrung gut, schlecht oder bloß zufriedenstellend?«

»Einspruch«, rief Cudlipp und strich sich über den kahlen Schädel. Er hatte die Angewohnheit, seinen kahlen Kopf mit einem Ruck nach hinten zu werfen, als hingen ihm Haare in die Augen. »Die Frage ist irrelevant.«

»Unsinn«, rief Professor Goddard. »Piers Plowman mag es, wie mir meine Studenten dauernd erzählen, an Relevanz mangeln, aber wenn Sie einen Teil dieser Universität quasi zum Tode verurteilen, sehe ich nicht ein, wieso es irrelevant sein soll, über die Qualität dieser Studenten zu diskutieren. Vielleicht könnte mich Professor Cudlipp da erleuchten.«

»Bevor Professor Cudlipp uns erleuchtet«, sagte Michaels, der Vorsitzende, »bitte ich ums Wort. Ich weiß nicht, ob Ihnen bewußt ist, daß das Englische Seminar, das ich leite, zweimal so groß ist wie die Wirtschaftswissenschaften und fast zweimal so groß wie die juristische Fakultät, und ich leite es ohne jeden Verwaltungsstab – ich darf daran erinnern, daß die Juristen fünf Dekane haben und die Wirtschaftswissenschaftler sechs –, und gleichzeitig halte ich noch zwei Kurse über Dichter des Viktorianischen Zeitalters. Mr. Levy, den ich, weil er in meinem Fachgebiet arbeitet, besser kenne als Mr. Genero, könnte mich nicht nur bei meinen Doktoranden entlasten, sondern auch gewisse administrative Aufgaben im Seminar übernehmen. Keiner von Ihnen kann das wissen, aber Mr.

Levy ist in Verwaltungsdingen erstklassig. Wenn wir Leute befördern sollen, die unserem Englischen Seminar von Nutzen sind, dann möchte ich betonen, daß, egal wie gut die Studenten des University College sind, Mr. Levy nur absolut zu empfehlen ist.«

»Dem möchte ich beipflichten«, sagte Mark Everglade. »Wie der Zufall es will, arbeitet Mr. Genero im selben Themenkreis wie ich, vergleichende Literaturgeschichte der Renaissance. Er spricht fließend Italienisch und beherrscht fünf weitere Sprachen in Wort und Schrift, und wenn ich als Schriftführer unseres Seminars weitermachen soll, dann möchte ich sagen, daß seine Nützlichkeit für mich kaum überschätzt werden kann. Lassen Sie mich, da ich gerade das Wort habe, hinzufügen, daß die Studenten vom University College, die an meinen Lehrveranstaltungen teilgenommen haben, hervorragend waren und, verglichen mit den üblichen Universitätsstudenten, über eine weit höhere Motivation verfügten und ein weitaus geringeres Maß an Arroganz.«

Cudlipp sprang auf. »Ich stelle den Antrag, diese Sitzung zu vertagen«, rief er.

»Ich unterstütze diesen Antrag«, sagte O'Toole.

»Moment mal«, rief Cartier.

»Über Anträge auf Vertagung ist keine Debatte zugelassen«, verkündete Cudlipp. In der Tat: Die Fakultät hatte inzwischen gelernt, was eine Geschäftsordnung ist.

»Wir müssen also abstimmen«, sagte Michaels. »Wer für Vertagung ist, sagt bitte ›ja‹.« Ein lauter Chor von ›Ja‹ erklang. »Gegenstimmen?« »Nein«, trompeteten ein paar Stimmen. »›Ja‹ hat die Mehrheit«, sagte Michaels. »Damit ist die Sitzung vertagt.« Er sammelte seine Papiere ein und marschierte aus dem Raum, bevor jemand auf den Gedanken kommen konnte, die Diskussion wieder aufflammen zu lassen.

»Interessant«, sagte Kate zu Mark Everglade, »und vielen Dank für Ihre Unterstützung.«

»Die kam von Herzen«, sagte Mark, »und keineswegs

ohne Eigennutz. Ich bin auf Generos Hilfe geradezu verzweifelt angewiesen.«

»Mich hat erstaunt«, sagte Kate, »wie viele offensichtlich auf unserer Seite stehen – ich meine, auf der Seite des University Colleges. Die Unterstützung ist viel stärker, als ich zu hoffen wagte. Natürlich wird sich Cudlipp leider, leider, dessen genauso bewußt sein wie ich. Was wird er Ihrer Meinung nach als nächstes unternehmen?«

»Was Sie mich, auf Ihre proustische Art, im Aufzug gelehrt haben«, sagte Everglade. »Denken Sie an die Geschichte, die Ihnen Ihr Vater erzählt hat.« Kate starrte ihn an. »Er geht schnurstracks zum Präsidenten«, erklärte Everglade, »und zwar in Begleitung von Clemance, dem berühmtesten Schmuckstück der Universität, und von O'Toole, dem Dekan – ja, ich habe während der Sitzung eine Notiz zugeschoben bekommen. Sich an den Präsidenten wenden – das befreit aus Fahrstühlen, informiert über Fahrpläne, verhindert Beförderungen und schafft ganze Schulen ab.«

»Hat Cudlipp tatsächlich so viel Macht?«

»Hat er. Mehr noch, Michaels und ich konnten ihm mit nichts anderem drohen als dem Rücktritt von unseren administrativen Aufgaben im Seminar, die wir ohnehin nur widerwillig übernommen haben; da Cudlipp diese Aufgaben nur zu gern selbst übernehmen will, mit allen Folgen, die das für seine Gegner haben kann, waren unsere Drohungen im Grunde nichts als leeres Gewäsch.«

»Donnerwetter«, sagte Kate.

»Und was gibt es sonst noch Neues?« fragte Everglade.

»Der Zufall will es«, sagte Kate, »daß ich heirate.«

Kate genoß den Augenblick der Sprachlosigkeit, der darauf folgte, und nutzte ihn, um, den Aufzug immer noch meidend, die Treppen hinabzulaufen und Baldwin Hall zu verlassen. Draußen begegnete ihr Polly Spence.

»Ich war gerade auf dem Weg zu dir«, sagte Polly Spence. »Weißt du schon das Neueste aus dem Linguistischen Seminar?«

»Das Vernersche Phänomen ist widerlegt worden«, riet Kate. »Sie haben entdeckt, daß das lange E nie eine Lautverschiebung durchgemacht hat.«

»Es ist fast so verblüffend. Sie feuern den einzigen Experten, den sie für die englische Sprache haben, weil sie ihm sonst eine Professur geben müßten, und das, weil er vom University College kommt.«

»Die Worte sind mir sehr vertraut«, sagte Kate, »und ich glaube, ich erkenne auch die Melodie.« »Was bedeutet«, fuhr Polly fort, »was tatsächlich bedeutet, daß die Linguisten nun einen Experten für Chinesisch haben, aber *keinen* für Englisch – kannst du dir das vorstellen?«

»So seltsam es klingt, aber ich kann«, sagte Kate. »Wer stellt sich denn gegen die Beförderung von Leuten aus dem University College? Hast du da etwas gehört?«

»Ich bin natürlich nur eine kleine Assistentin, und deswegen sind meine Informationen nie aus erster Hand, aber es heißt allgemein, daß die Uniprofessoren dagegen seien und vor allem der neue Dekan, der am Himmel dräut, wenn auch noch namenlos.«

»Ich glaube«, sagte Kate, »ich könnte ihm einen Namen geben. Polly, du hast mir was gesagt, was kein Lunch im ›Cosmo‹ heilen kann. Grüße mir Winthrop, und ich bestelle dafür Reed Grüße von dir.«

»Wer ist Reed?« rief Polly Spence.

»Mein Mann, mehr oder weniger«, rief Kate und ließ Polly sprachlos und mit offenem Mund auf den Stufen zu Baldwin Hall stehen.

Zweiter Teil
Der Tod und danach

Wahrheit war ihr Entwurf, als sie eine Welt des Bleibenden bauen
wollten, an die sie glauben konnten, ohne tönernen Dingen
zu vertrauen und Legenden,
dem Überkommenen und Liedern, ob wahr oder nicht:
Die Wahrheit selbst stand für das Wahre.

Sechs

Ich schaue hinauf zu den Sternen und weiß
Ihnen ist gleich, ob ich zur Hölle fahre
Aber auf Erden ist Gleichgültigkeit das Geringste
Was wir von Mensch oder Tier zu fürchten haben.

Die Neuigkeit, daß Kate sich einen Ehemann zulegen würde, diente, während das Wintersemester in Gang kam, als Vorwand für ein Bacchanal. Soll heißen, daß die drei Sekretärinnen am Englischen Seminar, fest überzeugt, daß Heirat wichtiger ist als Revolution, eine Party am Institut organisierten. Kate und Reed waren die Ehrengäste, und jeder der Eingeladenen sollte kommen und etwas beisteuern. Man kann seine Kollegen beleidigen oder auch die Verwaltung oder das Präsidium, aber Sekretärinnen kränkt man nicht.

»Du«, sagte Kate zu Reed, »bist meine größte Leistung. Ich habe die Apotheose der Weiblichkeit erreicht. Ich habe meinen Doktor gemacht, ziemlich gut unterrichtet, Bücher geschrieben, Reisen gemacht, bin Freundin und Geliebte gewesen – das alles sind nur Ausflüchte vor der mir bestimmten Rolle im Leben: einen Mann zum Altar zu führen. Du bist das Opfer, das ich der Göttin der bürgerlichen Moral darbringe, so wie Iphigenie Agamemnons Opfer an Artemis war. Gruselst du dich vor der Party?«

»Ich werde mich irrsinnig amüsieren. Aber ich habe gar nicht gewußt, daß das Opfer auch noch Spaß hat, wenn es zur Schlachtbank geführt wird. Ich kann mich nicht erinnern, jemals so ruchlos glücklich gewesen zu sein.«

»Was bloß beweist, daß sogar der gescheiteste Mann zum Spielball der Götter werden kann. Es gibt Augenblicke, Reed, da frage ich mich, ob du weißt, auf was du dich da einläßt. Aber ich nehme an, wenn man das immer vorher wüßte, würde man gar nichts mehr tun. Darf ich dich nur um eines dringend bitten? Falls du vorhast, noch abzuspringen, tu das vor der Party! Danach bist du nämlich verlorener und festgelegter, als wenn in der Kathedrale von St. Paul der Bann über dich verhängt worden wäre. Mit Sekretärinnen ist nicht zu spaßen.«

Als sie sich auf den Weg zur Party machten, die in den Büros des Englischen Seminars stattfand (auf diese Weise wurde das Ganze halboffiziell, und die Ehefrauen mußten nicht eingeladen werden), sagte Reed: »Ich verstehe nicht, was Clemance bei diesem Lunch *à deux* eigentlich von dir wollte.«

»Ich nehme an, er wollte sich Rückendeckung holen«, meinte Kate.

»Sicher. Aber wofür?«

»Daß er seine Haltung nicht ändern muß; daß er die, die das University College abschießen wollen, nicht davon abhalten muß.«

»Aber wieso konnte er auf die Idee kommen, diese Rükkendeckung von dir zu erwarten?«

»Das ist die Frage, ich weiß. Er wird sich wohl gedacht haben, daß ich, weil mir die Entwicklungen der letzten Zeit so viel Kopfschmerzen bereiten wie ihm, seinen altmodischen Ansichten beipflichte, besonders da ich, wie er vermutet hat, aus einer altmodischen Familie stamme, deren Reiz ich nicht bereit bin zu leugnen. Du siehst, seine Grundeinstellung oder seine Phantasie oder beides zusammen haben ihm einen Streich gespielt. Emilia Airhart hält ihn natürlich für einen Chauvinisten und einen Mann, der für seine Firma alles tut; wenn sie recht hat, ist das University College dem Untergang geweiht. Aber ich verstehe seine Einladung zum Lunch als ein Zeichen dafür, daß sie vielleicht falsch liegt.«

»Mein Instinkt rät mir, die Frage nicht zu stellen, aber ich werde ihn ignorieren: Wer ist Emilia Airhart?«

»Du wirst sie heute abend kennenlernen – das einzige weibliche Mitglied unseres Seminars, das, außer mir, eine ordentliche Professur hat. Deswegen steht sie auch auf der Liste der Sekretärinnen ganz oben. Ich glaube, sie wird dir gefallen, es sei denn, du hast prinzipiell etwas gegen große und resolute Frauen. Mich mag sie, weil sie mich für graziös und schlank hält.«

»Das bist du auch«, sagte Reed. »Die Grazilste unter den Grazien.«

Mit einigem Zögern erklärte Kate sich einverstanden, den Aufzug zu besteigen und in den achten Stock zu fahren. Nach ihrer dramatischen Schilderung der Unberechenbarkeit universitärer Fahrstühle war Reed ein wenig enttäuscht, ohne ungebührlichen Zwischenfall das Englische Seminar zu erreichen. Die Sekretärinnen nahmen ihn sofort ins Schlepptau, versorgten ihn mit Drinks und führten ihn aller Welt vor, als sei er, wie Reed später sagte, ein absolut einmaliges Exemplar, das sich auf wunderbare Weise in den Netzen des Ehestandes verheddert hatte – was vielleicht auch stimmte. Jedenfalls hätten die jungen Damen nicht stolzer auf ihn sein können, wenn sie vorgehabt hätten, ihn selber zu heiraten. Unterdessen akzeptierte Kate Drink und Glückwünsche von Professor Goddard, dem Spezialisten für das englische Hochmittelalter.

»Ich kann mich nicht erinnern«, sagte Kate, »je das Gefühl einer so ausnehmend klugen Tat gehabt zu haben. Als hätte man mich nach Tagen endlich vom Grund eines Ziehbrunnens gerettet oder aus den Tiefen des Waldes. Und das Bemerkenswerte daran ist«, fügte sie in vertraulicher werdendem Ton hinzu, »daß wir, Reed und ich, uns schon lange kennen und zugetan sind.«

»Das besagt nichts«, sagte Professor Goddard. »Heirat ist Schicksal und Gehängtwerden ebenso.«

»Steht das in ›Piers Plowman‹?« fragte Kate. Kates totale Unkenntnis von ›Piers Plowman‹ gehörte zu ihren bestgehüteten Geheimnissen.

»Nein, das stammt von John Heywood. Lebte zu spät für mein Spezialgebiet. Aber ich werde schon ein entsprechend dummes Zitat im ›Piers Plowman‹ für Sie finden und Ihnen eingerahmt zur Hochzeit schenken. Er mag Sie in diesen Zeiten schrecklicher Relevanz daran erinnern, wie wichtig das Unnütze ist.«

»Das Unnütze ist nie wichtig, es ist nur tröstlich«, mischte Robert O'Toole sich ein. »Ich bin froh, daß Sie heiraten«, fügte er hinzu. »Alle Frauen sollten verheiratet sein. Eine unverheiratete Frau ist eine Beleidigung der Natur.« Er schien das für eine überaus witzige Bemerkung zu halten, Kates Blick zum Trotz, der Reed am anderen Ende des Raumes deutlich zeigte, daß sie ihrerseits Robert O'Toole für eine Beleidigung der Natur hielt. Wenn Kate wirklich beleidigt und verletzt war, mußte sie vierzehn Tage grübeln, bis ihr endlich die passende Antwort darauf einfiel. Zum Glück wurde sie vor dieser Mühe gerettet durch die Stimme von Emilia Airhart, die sich zu ihnen gesellt hatte. »Was ich bei Ihnen nie verstehe, Mr. O'Toole«, sagte sie, »ist, ob Sie glauben, Arroganz und schlechte Manieren stärkten die Illusion von Männlichkeit, oder ob Sie meinen, mit Arroganz und schlechten Manieren ließe sich offensichtliche Unmännlichkeit übertönen!«

Professor Peter Packer Pollinger unterbrach, was einem auf diese Beobachtung – die übrigens mit der sanften Stimme eines Menschen vorgetragen wurde, der ein ganz natürliches Phänomen konstatiert – als Antwort möglicherweise hätte einfallen können. Er schlenderte auf Kate zu und drückte ihr ein Buch in die Hand.

»Habe es nicht eingepackt«, sagte er. »Ich wünsche noch viele glückliche Hochzeiten.«

»Meinen Sie nicht: Herzlichen Glückwunsch?« fragte eine der Sekretärinnen kichernd.

»Ich meine, was ich sage. Sie fängt zwar spät damit an, aber wer weiß, vielleicht findet sie Gefallen daran und macht weiter. Man kann nie wissen. Bitte schön, egal wie.« Kate nahm erfreut ein altes Buch entgegen, auf dessen Umschlag der häufige Gebrauch keine Spuren mehr von Autor und Titel übriggelassen hatte. Sie klappte daher die Titelseite auf. ›The Mountain Lovers‹, las sie – von Fiona Macleod. »War keine leichte Entscheidung«, sagte er, »schließlich ist es Ihre erste Ehe. ›The Immoral Hour‹, ›The Divine Adventure‹ oder gar, was ich nicht hoffe, ›The Dominion‹ wäre ja vielleicht genauso passend gewesen. Haben Sie sich jemals auf einem Berg geliebt?«

Vor der Beantwortung dieser peinlichen Frage, auf die es um der Wahrheit willen nur ein Ja hätte geben können, um der Gefühle der Anwesenden willen aber nur ein Nein und um der Schicklichkeit willen nur, wie ihre Mutter zu sagen pflegte, ein *moue*, einen mißbilligend verzogenen Mund, wurde sie glücklicherweise bewahrt. (Ich hätte womöglich, meinte sie später zu Reed, ein mißbilligendes *moue* versucht, und es wäre mir mißglückt. Was für ein schrecklicher Gedanke.) Jeremiah Cudlipp hatte den Raum betreten und verkündete mit derartiger Stentorstimme, einen schrecklichen Tag hinter sich zu haben, daß alle Gespräche verstummten. So konnte Kate nur Professor Pollingers Hand nehmen und diese mit aller Zuneigung und Dankbarkeit, die sie empfand, schütteln.

Der Raum war nun ziemlich voll, und fast alle von Kates Kollegen hatten die Zeit gehabt, ein paar Worte mit Reed zu wechseln. Als stellvertretender Bezirksstaatsanwalt hatte er zweifellos schon schlimmere Prüfungen durchstehen müssen, aber sehr leicht konnte die hier für ihn auch nicht sein, und als Kate seine große, schlanke Gestalt am anderen Ende des Raumes so locker und entspannt dastehen sah, überfiel sie plötzlich ein heftiges Gefühl der Zuneigung. Seltsam, daß sie ihn erst in einem Raum voller Akademiker betrachten mußte, um zu begreifen, worin seine besondere Anziehungskraft lag: Er war lebhaft, ohne angespannt zu wirken, war sicher, ohne anmaßend, und selbstbewußt, ohne wichtigtuerisch zu erscheinen. Sie war überzeugt, daß er die ganze Sache amüsant fand, und vor allem freute sie zu sehen, wie er auf Emilia Airhart zuging – die natürlich vermeiden wollte, ihn prüfend zu betrachten – und sie in ein Gespräch verwickelte. Die beiden schienen sich zu mögen. In dieses *tête-a-tête* platzte Jeremiah Cudlipp.

Bevor Kate sich auch nur ausmalen konnte, was bei solch einem Trio wohl herauskommen würde, stand Cartier vor ihr. Er schien seine Anwesenheit als ausreichenden Kommentar zu Kates Ehestand zu begreifen und begann sofort eine Diskussion über Universitätsprobleme, obwohl das erst nach einiger Zeit klar wurde. »Was meinen Sie?« fragte er. »Wird alles gutgehen? Fühlen Sie sich zur Frustration verdammt, oder sehen Sie ein wenig optimistisch in die Zukunft?«

»Also ...«

»Die Sitzung des Englischen Seminars schien mir weit hoffnungsvoller, als ich für möglich gehalten hatte; gleichzeitig ...«

»Daß O'Toole Dekan werden soll, ist aber kein gutes Zeichen«, riß Kate sich zusammen.

»Sehr deprimierend«, sagte Cartier. »Alsdann, prost«, fügte er zusammenhanglos hinzu und zog sich zurück, als Mark Everglade näher kam.

»Ich mag Ihren Reed Amhearst«, sagte er. »Ich hielt es nur für fair, ihm zu gestehen, daß wir beide in jüngster Vergangenheit in einem Fahrstuhl miteinander festgesessen haben, und er gratulierte mir zu der angenehmen Gesellschaft unter diesen schwierigen Umständen. Er ist der erste Anwalt, der mir gefällt, ehrlich gesagt. Ich frage mich, welche Haltung die juristische Fakultät einnimmt in der Frage des University College.«

»Die Frage kann ich, glaube ich, beantworten«, sagte Kate. »Sie werden sich dafür einsetzen, teils, weil sie das Gebaren der Uni-Professorenriege nicht mögen, aber hauptsächlich, weil ihre Sekretärinnen nur bei ihnen arbeiten, um für das University College nicht bezahlen zu müssen; kein University College, keine Sekretärinnen. Dasselbe gilt für die Verwaltungsrechtler und wahrscheinlich noch ein paar andere.«

»Es ist wirklich erstaunlich«, sagte Everglade, »man

reißt sich den Hintern auf für wichtige Ideen und Grundsätze und entdeckt dann, daß Entscheidungen am Ende aus schlichten Nützlichkeitserwägungen gefällt werden, und zwar von Leuten, die nicht mehr Interesse haben an Qualität und allgemeinen Fortschritten der Ausbildung, als ich an Schwankungen der Arbitrage. Ich glaube nicht, daß der Trojanische Krieg wegen Helena oder irgend jemand anderem ausbrach. Zweifellos begann und endete er damit, daß Hektor eine Sekretärin brauchte und Thetis sich mit Hephaistos über die Produktion neuer Schilde geeinigt hatte.«

»Homer hat die Geschichte erzählt«, sagte Kate, »aber wenn, wie Auden betont, Hektor oder Achilles die ›Ilias‹ in der ersten Person geschrieben hätten, wäre daraus eine Komödie geworden, ähnlich der, die wir hier erleben. Außerdem mochte Klio keine Anführer, diese großspurig auftretenden Figuren der Geschichte, sondern bevorzugte die, die ihnen bessere Pferde züchteten, Antworten auf ihre Fragen fanden und ihre Arbeit machten. Wenn Klio jemanden schätzt, dann uns, glaube ich – und nicht die Anführer.«

»Und Cudlipp ist nur ein Anführer?«

»Zweifellos. Wie Jungen während ihrer pickeligen Zeit und Mädchen im linkischen Alter: Er tut nichts, er wünscht nur.«

Everglade lächelte. »Was haben *wir* außer Wünschen?« fragte er.

Der Raum war jetzt zum Bersten voll. Reed und Kate waren beide groß, und so trafen sich ihre Blicke. Plimsole hatte Michaels in eine Ecke manövriert und hielt ihm eine lange Rede. Außer Reed waren alle im Raum müde, der Versammlungen überdrüssig, der zusätzlichen ungeahnten Bürden, die eine Revolution mit sich bringt, und des Gefühls der Vergänglichkeit – das vielleicht das ermüdendste von allen ist. Denn keiner von ihnen hatte früher die Universität als alles überdauernde Kraft in Frage gestellt. Sicher hatte man hin und wieder von finanziellen

Engpässen gehört, von Problemen zwischen Professoren und Studenten, aber zum ersten Mal ging allen an der Universität auf, daß die Institution als solche Schaden nehmen könnte. Und trotzdem hat die Mehrheit der Fakultät keinen größeren Wunsch, als wieder an die Arbeit zu gehen, dachte Kate – viele denken wahrscheinlich über andere Angebote nach, mehr Geld, weniger Chaos, weniger Studenten. Als Kate jetzt Cudlipp auf sich zukommen sah, fiel ihr Audens Frage ein: »Und wie ist heute – was früher einfach war – die Rolle des *demokratischen* Schurken zu besetzen.«

»Kann ich Sie kurz sprechen, Professor Fansler?« sagte Cudlipp mit seiner lauten, tiefen Stimme. Typisch für ihn, daß er keine Antwort abwartete. Warum sind seine Fragen eigentlich beleidigender als die Überheblichkeit anderer Männer? fragte sich Kate. »Ich hatte heute abend ein kurzes Gespräch mit Frederick Clemance. Er sagte mir, daß Sie beide über die Zukunft des University College diskutiert haben, zu der es seiner Ansicht nach ein paar Fragen zu geben scheint. Er glaubt, wir sollten auf alle Fälle die Beförderung der beiden Assistenzprofessoren bedenken, über die wir bei unserer letzten Versammlung diskutiert haben. Bisher habe ich Clemances Meinung immer geteilt, und es ist höchst betrüblich, daß das jetzt nicht der Fall ist. Aber da Sie hier im Englischen Seminar diejenige zu sein scheinen, die sich für das University College einsetzt, halte ich es nur für fair, Ihnen meinen Standpunkt mitzuteilen. Das University College muß aufgelöst werden; Bob O'Toole und ich haben...«

»Kommen Sie, Jerry«, sagte Clemance. »Das ist eine Party für Kate und ihren reizenden Anwalt, und nicht der richtige Augenblick, um universitäre Probleme zu diskutieren.« Er legte Cudlipp die Hand auf den Arm.

»Ich habe schreckliche Kopfschmerzen«, sagte Cudlipp unbeeindruckt. Er griff in seine Tasche, holte ein Röhrchen heraus und schüttete sich zwei Tabletten in die Hand.

»Ich besorge Ihnen etwas Wasser zum Hinunterspülen«, sagte Clemance. »Sie müssen das alles wirklich ein bißchen leichter nehmen, wissen Sie.« Aber Cudlipp sammelte seine Kräfte. »Denken Sie nur mal an das Vorlesungsverzeichnis«, begann er Kate ins Gewissen zu reden, als Clemance mit einem Glas und einer Flasche Mineralwasser zurückkam.

»Danke«, sagte Cudlipp endlich, nachdem er die beiden Tabletten geschluckt hatte. »Ich habe den ganzen Tag damit zugebracht, Vertretern des University College zuzuhören. Vier Studenten, die anscheinend auch bei Ihnen eingeschrieben sind, dann Dekan Frogmore, Bill McQuire von den Wirtschaftswissenschaftlern, von dem ich wirklich mehr Verstand erwartet hätte. Alle taten so, als ob diese dumme Klippschule, egal, ob sie nun Abschlüsse vergibt oder nicht, tatsächlich lebensfähig wäre, tatsächlich ...«

Cudlipp wurde blaß und offensichtlich schwindlig, denn er stützte sich an einem der Schreibtische ab. »Mein Gott«, hörte Kate ihn sagen, »Aspirin, Aspirin.« Und bevor sich jemand rühren konnte, hatte er sich schon heftig übergeben. Dunkelbraunes Blut, das wie Kaffeesatz aussah.

Alle, bis auf Reed, waren wie versteinert. »Rufen Sie das Krankenhaus an«, sagte er zu einer der Sekretärinnen, die herbeigeeilt kam, »sagen Sie ihnen, wir haben einen Notfall. Blutsturz, Magenblutungen. Sie«, sagte er und deutete auf Plimsole, der erstaunlicherweise den Mund hielt, »Sie helfen mir, ihn in den Aufzug zu schaffen. Wir warten lieber nicht auf den Krankenwagen. Liegt das Krankenhaus nicht an dieser Straße?«

Plimsole half Reed, Cudlipp hochzuheben, keine leichte Sache. Mit der Hilfe zweier weiterer Professoren konnten sie ihn schließlich tragen. Kate lief voraus, um den Aufzug herbeizurufen, aber wunderbarerweise wartete er schon im achten Stock. Sie hielt die Tür auf, während Cudlipp hineingetragen wurde. Während die Tür zuging, sah Kate, wie Cudlipp sich erneut erbrach. Plimsole drückte auf den

Knopf, und der Aufzug setzte sich in Bewegung. Alle standen da und wußten nicht, was sie tun sollten. »Vielleicht nehme ich die Treppe und helfe ihnen«, sagte O'Toole, der bis dahin stocksteif dagestanden hatte. Er rannte die Treppen hinunter, gefolgt von dem etwas langsameren Clemance.

Aber der Aufzug erreichte das Erdgeschoß erst viele Minuten nach O'Toole und Clemance. Er war zwischen dem dritten und vierten Stockwerk steckengeblieben. Cudlipp hatte unaufhörlich gebrochen, und als sie ihn endlich aus dem Aufzug ins Krankenhaus geschafft hatten, war es zu spät. Er hatte eine Menge Blut verloren und war nicht mehr zu retten. Er starb noch in derselben Nacht.

Es war fast Morgen, als Kate Reed die Tür öffnete, und als sie sich ansahen, fiel ihnen der Grund für die Party ein, die so plötzlich geendet hatte, und sie waren trotz allem glücklich.

Aber früher oder später mußten sie darüber reden. »Es ist schon eine Weile her«, sagte Reed, »daß ich einem Menschen beim Sterben zugesehen habe, obwohl er ja klinisch noch nicht tot war, als er ins Krankenhaus davongekarrt wurde. Die widerliche Ironie bei der Geschichte ist, daß er noch Zeit hatte, ›Aspirin‹ zu rufen, und daß gottweißwieviel Leute im Raum waren, die diese Bemerkung interpretieren konnten – ich erkläre es dir gleich. Ich wußte, was zu tun war; wir haben alle das einzig Richtige gemacht, aber der Aufzug blieb stecken, die Magenschleimhaut löste sich auf, und das an einer großen Arterie – Schicksal. Er ist tot. Wie wird sich die Geschichte auf die Universität als Ganzes auswirken?«

»Ich habe keine Ahnung. Ist das wirklich wichtig?«

»Ich glaube schon. Ich habe den starken Verdacht, daß er ermordet wurde.«

Kate starrte ihn an. »Aber du hast doch eben gesagt, daß es, in Anbetracht der Tatsache, daß du da warst, und aufgrund vieler anderer Faktoren wirklich außergewöhnliches Pech war, daß er gestorben ist.«

»Vielleicht hast du recht. Wenn ich jemanden absichtlich mit meinem Wagen überfahren und ihn so stark verletzen will, daß er für einige Zeit aus dem Verkehr gezogen ist, und dann bremse ich aus Versehen zu spät und töte ihn, würdest du das dann nicht als Mord bezeichnen?«

»Heiliger Bimbam«, sagte Kate. Wenn sie wirklich betroffen war, griff sie oft auf unschuldige Ausdrücke aus ihrer Kindheit zurück. »Was hat das alles mit Aspirin zu tun?«

»Wie viele andere gebräuchliche Medikamente ist Aspirin für manche Leute ein Gift.«

»Das wußte ich nicht. Es heißt doch, daß Amerikaner jährlich Millionen Aspirintabletten schlucken?«

»Das heißt es nicht nur, das ist auch so. Ganz zu schweigen von dem Aspirin, das sie in Alka-Seltzer, Coricidin, Pepto Bismol und fünfzehn anderen Hausmittelchen schlucken, die ich hier noch aufzählen könnte. Aber für manche Menschen ist Aspirin ein tödliches Gift. Sowie es in den Blutkreislauf kommt – und das dauert nicht lange, außerdem, was besonders rätselhaft ist, spielt die Menge keine Rolle –, fängt bei einem Allergiker die Magenschleimhaut an, sich zu zersetzen. Ihm wird schwindlig, er fühlt sich schwach, muß sich erbrechen – du hast es gerade auf klassische Art demonstriert bekommen. Inzwischen fragt man sich, wie ich erfahren habe, immer mehr, ob Aspirin so leicht zugänglich sein sollte, wie das der Fall ist.«

»Was hätten sie unternommen, wenn er rechtzeitig ins Krankenhaus gekommen wäre?«

»Eine interessante Frage, der wir nur jetzt nicht mehr nachzugehen brauchen. Wahrscheinlich hätte man Zeit verschwendet mit Blutuntersuchungen und so weiter. Wahrscheinlich hätte man erst einmal ein aufgebrochenes Magengeschwür vermutet oder ähnliches. Besonders interessant ist aber nicht nur die Tatsache, daß viele Menschen im Raum waren, die wahrscheinlich von Cudlipps

Allergie gegen Aspirin wußten, sondern daß ich Bezirksstaatsanwalt bin und daher erwarten konnte, daß im Krankenhaus besonders schnell reagiert werden würde. Es scheint fast so, als hätte jemand Cudlipp die Aspirintabletten in einer Situation verabreicht, die einen tödlichen Ausgang ausschließen sollte.«

»Könnte er das Aspirin nicht aus Versehen genommen haben? Ich meine, könnte es nicht doch ein bloßer Unglücksfall gewesen sein?«

»Sehr unwahrscheinlich. Jemand, der weiß, daß er gegen Aspirin allergisch ist – und Cudlipp wußte das –, hätte nur mit vorgehaltener Pistole dazu gezwungen werden können, es zu nehmen. Tatsächlich war Cudlipp gewöhnt, ein anderes Mittel zu nehmen, ein aus England importiertes Medikament. Ich habe es hier.« Reed legte ein Tablettenröhrchen auf den Tisch. »Sauber etikettiert. Ein Analgetikum ohne Aspirin: mit anderen Worten, ein schmerzstillendes Mittel, das die Blutgefäße nicht erweitert.«

»Paracetamol, B. P.«, las Kate.

»B. P. heißt britisches Pharmazeutikum, falls du dich das gefragt hast. Ich habe erfahren, daß es inzwischen ein amerikanisches Produkt in Kapselform gibt, aber Cudlipp war wohl an das Paracetamol gewöhnt und hat es deswegen weiter genommen.«

»Hätte er das Aspirin denn nicht geschmeckt?«

»Was bist du doch für ein kluges Mädchen. Ich bin erst nach fünf Stunden auf diese Frage gekommen. Aber ich weiß, wieso du daran denkst. Welche Sorte Aspirin nimmst du?«

»Die billigste, die es im Drugstore gibt. Mein Arzt sagt, Aspirin ist Aspirin, und es ist Blödsinn, mehr als einen Dollar für die Großpackung zu bezahlen.«

»Da hat er natürlich recht, es sei denn, du magst den Geschmack von Aspirin nicht, das sich ja gleich auf der Zunge auflöst. Dann bezahlst du nämlich deutlich mehr und kaufst gepuffertes Aspirin – mit deinem zukünftigen Ehemann erwirbst du übrigens einen Konsumenten von gepuffertem Aspirin –, und das schmeckt nicht anders als Paracetamol. Verstanden?«

»Also hat jemand Cudlipps Parasoundso mit gepuffertem Aspirin vertauscht, das genauso aussieht. Was hast du sonst noch an dir, wovon ich nichts weiß?«

»Ein hinreißender Gedanke, aber ich weigere mich, ihm nachzugehen, und widme mich lieber weiter der Frage der Aspirin-Analgetika. Du weißt, wie langweilig ich werde, wenn ich vor einem Rätsel stehe.«

»Gerade gestern abend habe ich gedacht, wie bezaubernd du immer bist. Weißt du, Reed, ich glaube, wenn du nur früher schon auf so einer Party im Institut aufgetaucht wärst und hättest mir deinen Anblick gegönnt, wie du da groß und schlank und entspannt inmitten all dieser Professoren stehst, ich hätte dir schon vor langer Zeit einen Antrag gemacht. Hättest du ihn angenommen?«

»Wahrscheinlich mit viel weniger zitternden Knien als heute. Du weißt, Kate, ich habe nie wirklich was dagegen gehabt, daß du eine in die Jahre gekommene Nancy Drew bist...«

»Das ist jetzt aber unfreundlich, Reed, das ist einfach häßlich...«

»Verzeih mir. Wahrscheinlich war mir klar, daß du dich in diese Geschichte hast hereinziehen lassen, und ich habe nach Männerart gehofft, daß du bereit wärst, dich daraus zurückzuziehen – weißt du, einfach weiterzumachen wie vorher.«

»Aber keiner von uns kann so weitermachen wie vorher, das geht einfach nicht mehr, wenigstens dann nicht, wenn man zu der Sorte Mensch gehört, die zuhört und zugibt, verwirrt zu sein, und das ist etwas, was von Nancy Drew noch niemand behauptet hat. Aber warum machst du dir solche Sorgen? Das sieht dir gar nicht ähnlich. Ich weiß, es ist eine gräßliche Sache, aber es könnte doch trotzdem ein Unfall gewesen sein – oder jemand hat schon vor Monaten ein paar Aspirin in sein Fläschchen mit dem englischen Dingsda praktiziert.«

»Ein Unfall war es leider nicht, soweit wir wissen. Natürlich war dies das erste, was ich nachgeprüft habe. Er hat gerade heute – das heißt inzwischen schon gestern – eine neue Ladung Tabletten angebrochen, und die große Flasche mit allen zweihundert Tabletten ist in Ordnung; demnach hat sich jemand an dem kleinen Röhrchen, in dem er seine tägliche Ration Tabletten aufbewahrte, zu schaffen gemacht. Zufällig waren die zwei, die er auf der Party nahm, die ersten der neuen Rolle, aber er hätte sie jederzeit nehmen können – er war nervös und neigte zu Kopfschmerzen. Jemand hat dieses Tablettenröhrchen an sich genommen, wahrscheinlich nachdem Cudlipp es wieder aufgefüllt hatte, und hat die zwei ersten englischen ausgetauscht gegen gepuffertes Aspirin.«

»Da hast du es«, sagte Kate. »Er hätte sie sonstwo nehmen können, und ich hätte nichts mit der Sache zu tun.«

»Du warst den ganzen Tag nicht in der Nähe seines Büros, stimmt. Aber du hast ein paar Tage vorher mit Clemance zu Mittag gegessen – obwohl du den Mann seit Jahrzehnten geradezu vergötterst, hast du es früher nie für nötig gehalten, mit ihm zum Lunch zu gehen. Und rein zufällig redete Cudlipp gerade auf dich ein, als er sich entschloß, die Tabletten zu nehmen, und Clemance stürzte davon, um ihm etwas Mineralwasser zu holen – richtig?«

»Richtig. Wem ist das aufgefallen?«

»Fast jedem.«

»Also, das beweist doch nur, daß ich damit nichts zu tun haben kann. Wenn er heute die Tabletten nachgefüllt hat, hatte ich doch gar keine Zeit, die beiden Aspirin in das Röhrchen zu praktizieren.«

»Du hättest es während der Party tun können.«

»Mein lieber Mann, ich mag ja Nancy Drew sein; aber ich bin kein Houdini.«

»Tatsache ist, daß jeder auf der Party es hätte getan haben können. Er trug das Röhrchen mit den Tabletten lose in der Außentasche seiner Jacke; ein Kinderspiel. Oder jeder, der heute in seinem Büro war – was dann auch Studenten von deinem heißgeliebten University College mit einbezieht (das sich ruhig weiter seinen Fortbildungskursen hätte widmen sollen, wenn du meine Meinung hören möchtest), dazu Frogmore, McQuire und ein oder zwei von den Kollegen, mit denen du zu dem kleinen Lunch warst, bevor du mir einen Heiratsantrag gemacht hast.«

»Reed, siehst du das nicht ein bißchen zu dramatisch? Wenn jemand Cudlipp auf diese Weise umbringen wollte, wäre es dann nicht wahrscheinlicher, diesen Jemand außerhalb der Universität zu suchen? Was ist zum Beispiel mit seiner Frau?«

»Sowie du die Geschichte dieser Tabletten kennst, wirst du das ausschließen, glaube ich.«

»Ist Cudlipp denn verheiratet?«

»Seine Frau und er haben sich kürzlich getrennt, mit sehr heftigen und bitteren Streitereien, wie man mir zu verstehen gab.«

»Du hast in fünf Stunden mehr herausbekommen als ich in fünf Jahren.«

»Du gehörst nicht zu denen, die gerne tratschen, und das gefällt mir außerordentlich. Zwischen welchen Stockwerken blieb übrigens der Aufzug stecken, als du mit Everglade unterwegs warst?«

Kate starrte ihn an. »Zwischen dem dritten und vierten. Warum?«

Reed nahm sie in die Arme. »Ja, warum?« sagte er. Und dann vergaßen sie für eine Weile die ganze Geschichte.

Sieben

Zwischen dem, was es ankündigt
Und dem, was in der Folge passiert
Ereignet sich das Wesentliche.
Doch kein menschlicher Verstand
Weiß das, bevor nicht alles Vergangenheit ist.

»Genaugenommen kann Cudlipps Tod für uns das Ende sein oder der Anfang«, sagte Frogmore. »Ich hätte keinen Finger gerührt, um Cudlipp etwas anzutun, aber wenn sein Tod dem University College helfen kann, dann nutze ich das nach Kräften aus. Muß ich mehr dazu sagen?«

»Es wird uns kaum helfen«, bemerkte McQuire, »wenn das University College sich als Motiv für den Mord herausstellen sollte. Es würde eher die Vermutung nahelegen, wir bildeten die falschen Leute aus. Es gibt eben einen Unterschied zwischen der Besetzung eines Präsidentenbüros und Mord. Jedenfalls nehme ich das an.«

»Da haben Sie sicher recht«, kommentierte Hankster mit heiserem Flüstern.

Die gleiche Gruppe war versammelt wie damals, als McQuire Kate zu dem Lunch mitgebracht hatte. Nur der Student fehlte (zu Kates Erleichterung). Sie mißtraute nicht der Urteilskraft von Studenten – die schätzte sie bisweilen höher ein als die der Dozenten –, aber sie mißtraute deren Diskretion. In einem Fall wie diesem konnten Gerüchte irreparablen Schaden anrichten, vor allem dann, wenn sie der Wahrheit entsprachen.

Castleman kannte offenbar nicht nur die Machtstrukturen an der Universität bemerkenswert genau, er konnte dieses Wissen auch mit Leichtigkeit auf die Probleme eines Mordfalls übertragen. »Wir haben uns natürlich in unsere Talare gehüllt und an einer Trauerfeier für Cudlipp teilgenommen«, sagte er, »und außerdem steuern wir alle zu einem Fonds bei, aus dem ihm zu Ehren ein Preis finanziert wird.«

»Der natürlich an einen hervorragenden Studenten aus seinem Fachbereich verliehen wird«, sagte Frogmore.

»Natürlich«, bestätigte Castleman. »Aber wir sollten uns darüber klarwerden, daß die Verwaltungs- und Aufsichtsgremien zutiefst erschüttert sind wegen dieser Geschichte. Unterbrechung des Lehrbetriebs ist eine Sache, Mord eine andere – egal wie zufällig er erscheinen mag. Daraus folgt zwingend: Wenn Cudlipp das Aspirin zufällig gegeben wurde, etwa so, wie *irgendwem* ein Ziegelstein auf den Kopf fallen kann, ist das eine Sache, wenn ihm jemand das Aspirin absichtlich verabreicht hat, aus persönlicher Mißgunst oder Spinnerei, so ist es eine andere. Wenn er aber vergiftet wurde, weil das einem Fachbereich oder College an der Universität oder einer Studentengruppe oder einem Lehrstuhl von Nutzen ist...« Castleman zuckte die Achseln und machte sich nicht die Mühe, den Satz zu vollenden.

»Ob glücklicherweise oder nicht«, sagte McQuire, »wir wissen jedenfalls genau, wann Cudlipp seine letzte Lieferung aspirinfreier Tabletten bekommen hat. Daher wissen wir, daß sie an jenem Tag ausgetauscht worden sein müssen, am Tag von Kates Party.«

»Ich verstehe nicht, wieso uns das weiterhelfen sollte«, sagte Cartier.

»Es hilft der Polizei bei ihrer Arbeit, nicht uns«, erklärte Castleman. »Das heißt, das Aspirin, das Cudlipp geschluckt hat, muß ihm an dem betreffenden Tag untergeschoben worden sein – es kann nicht einfach unter die englischen Tabletten gemischt worden sein, und derjenige wartete dann ab, bis Cudlipp es zufällig nahm. Wir wissen überdies, mit wem Cudlipp an dem Tag zusammen war. Nachdem er es wochenlang abgelehnt hatte, mit jemandem vom University College zu reden, hat er sich anscheinend am Tag seines Todes entschieden, Abgesandten des

Colleges sein Ohr zu leihen, wenn auch nicht seine Sympathie.«

»Das könnte Clemance zu verdanken sein«, sagte Kate.

»Danksagungen sind nicht gerade das, was wir nach Lage der Dinge zu vergeben haben«, sagte Frogmore.

»Ich glaube, das ist unfair«, sagte Kate.

»Natürlich ist es das«, stimmte Frogmore zu.

»Wir wissen«, fuhr Castleman fort, »daß Cudlipp am Nachmittag seines letzten Tages McQuire, Frogmore und Cartier getroffen hat; er war einverstanden, mit vier Studenten vom University College zu sprechen; außerdem hatte er ein Gespräch mit Clemance und O'Toole über das Englische Seminar. Morgens hatte er eine Vorlesung; zu Mittag gegessen hat er mit Hankster und…«

»Und«, fügte Hankster hinzu, »Professor Emilia Airhart hat uns Gesellschaft geleistet.«

»Das ist natürlich keine komplette Aufzählung«, fügte Kate hinzu. »Es gab nämlich noch Sekretärinnen, zufällige Begegnungen auf dem Campus…«

»Und auf der Toilette«, sagte Hankster. »Stellen wir uns den Tatsachen. Jeder hätte diese Tabletten austauschen können, wenn ein vorsätzlicher Mord geplant war. Ich glaube, jemand hat ihm ein paar Tabletten stibitzt, die er für Aspirin hielt, und dann andere dafür wieder hineingetan, ohne zu wissen, daß Aspirin für Cudlipp tödlich war.«

»Dann«, sagte Castleman, »müssen wir ihn finden – den unschuldigen Aspirin-Vertauscher.«

»Vielleicht gesteht er ja«, sagte Frogmore. »Hoffen wir es. Inzwischen wüßte ich gern, was unser nächster Schritt ist – in Sachen University College. Egal, ob es uns nun gelingt, die Person zu finden, die Cudlipps Tod verursacht hat, oder nicht, die Auswirkungen dieses Todes auf uns lassen sich sehr wohl festmachen. O'Toole wird damit beschäftigt sein, seine Aufgabe als Dekan zu bewältigen. Clemance scheint, obwohl nicht unser Fürsprecher, doch ein wenig zu zweifeln, ob man uns so einfach von der Landkarte tilgen soll. Vom Englischen Seminar weiß ich, daß man dort für eine Beförderung der Assistenzprofessoren und ihre Übernahme ist, was dem Seminar hilft und gleichzeitig der konservativen Professorenriege ein Schnippchen schlägt. Ich denke, wir sollten handeln.«

»Vorsichtig handeln«, sagte Castleman, »aber handeln – da bin ich ganz Ihrer Meinung. Wir sollten unauffällig die Stimmung auf der Verwaltungsebene erkunden.«

»Ich dachte, diese Ebene hätten wir gar nicht mehr«, sagte Kate.

»Der Verwaltungsrat funktioniert jedenfalls noch«, warf Frogmore ein, »und es wird ihn auch geben, bis wir einen Senat gebildet haben. Der geschäftsführende Präsident hat versprochen, daß die nächste Verwaltungsratssitzung sich für das University College aussprechen wird, und die Institute und Seminare sollen aufgefordert werden, ihre qualifizierten Lehrkräfte mit Professuren auszustatten.

»Wann ist diese Sitzung?« fragte Hankster.

»In drei Wochen, und bis dahin müssen wir jede Stunde nutzen, um uns die Stimmen zu sichern, die wir brauchen – nicht nur zur Unterstützung des Antrags, sondern auch gegen eine Vertagung der Entscheidung, aus welchem Grund auch immer – etwa, daß man erst einmal die gesamte Ausbildung der Anfangssemester an der Universität überprüfen müsse. Denn wenn der Verwaltungsrat uns nicht unterstützt, sind wir so gut wie erledigt. Wenn wir erst einmal einen Senat haben und einen neuen Präsidenten, dann werden die Karten völlig neu gemischt – und das wußte Cudlipp.«

»Sein Verschwinden von der Bühne macht also einen Unterschied?«

»O ja«, antwortete Frogmore, »das ändert alles. Cudlipp hatte eine Menge Gefälligkeiten zu verteilen, und das kann er nun nicht mehr einsetzen.«

Kate verließ mit Hankster die Sitzung. Sie paßte sich seinem Schritt an, so daß er, wenn er nicht unhöflich sein wollte, gar keine andere Wahl hatte, als neben ihr herzugehen – und Hankster war nie unhöflich. Er hatte seit dem Frühjahr den Ruf eines hitzigen Radikalen erworben, doch wenn man so *tête-à-tête* mit ihm war, schien das unmöglich. Nicht nur seine fast unhörbare Stimme – er behauptete, er könne nicht lauter sprechen, aber Kate vermutete dahinter eher strategische als physische Gründe – widersprach dem Theater seiner radikalen Gesinnung. Er war ein Gentleman, vom glatten Haupthaar über die elegante Kleidung bis zu den Spitzen seiner handgearbeiteten Schuhe. Kate stammte aus seiner Welt und konnte ihn verstehen, sie wußte besser als die meisten, daß es Menschen gibt, die an ihren Fingerschalen hängen, andere, die sich ihrer achselzuckend, aber nicht ohne Wehmut entledigen, und wieder andere, die, wie Hankster zum Beispiel, ihre Fingerschalen an vertrauten Wänden zerschmettern mußten.

»Worüber haben Sie sich mit Cudlipp unterhalten, wenn ich Sie so direkt fragen darf? Wenn Sie es mir nicht sagen wollen, dann tun Sie es nicht; ersparen Sie mir höfliche Ausflüchte.«

»Es ist mir eine Ehre«, sagte Hankster. »Ich habe die Erfahrung gemacht, daß Sie oft sehr scharfzüngig sind, aber selten grob. Sie können mich nicht ausstehen, stimmt's?«

Kate blieb kurz stehen, und Hankster wartete geduldig an ihrer Seite. »Ja«, sagte sie, »das stimmt. Ich habe Leute, die aus Prinzip etwas zerstören, noch nie gemocht, obwohl mir das bis jetzt gar nicht klar war. Tut mir leid, ich habe kein Recht, Sie irgend etwas zu fragen.«

»Das haben Sie ganz bestimmt. Sie glauben wirklich, daß wir die Unruhen jetzt hinter uns haben, nicht wahr? Daß wir von jetzt an unsere Universität wieder aufbauen können, besser als zuvor, aber nicht grundsätzlich anders.«

»Ach, ich denke, die Studenten werden im nächsten Frühjahr wieder Gebäude besetzen oder was dann gerade

Mode ist. Aber ich glaube, es wird nichts von Grund auf verändern, nicht hier. Wir hatten unseren Augenblick des Erwachens. Im kommenden Frühjahr werden andere Universitäten ihre Revolten erleben. Meinen Sie nicht auch?«

»Vielleicht. Aber trotzdem ist das gesamte System am Ende. Gewiß, Sie werden Ihren Senat haben, der die Studenten und den akademischen Mittelbau einbindet, und das wird vielleicht eine vorsintflutliche Verwaltung davon abhalten, jene Fehler zu begehen, die sie ohnehin nicht mehr machen wird, weil keine Universität jemals wieder einen so zutiefst dummen Präsidenten haben wird wie wir letztes Jahr. Aber dadurch wird lediglich die Reaktion institutionalisiert. Die Verwaltungsleute sind, im ganzen gesehen, moderner eingestellt als die älteren Professoren. Die sind nämlich die Bastionen des Konservativismus, wenn Sie es genau wissen wollen. Und dieser Senat wird denen nur noch mehr Macht geben. Wenn der große Krach kommt, wird einiges los sein.«

»Und Sie warten darauf, hoffen darauf, arbeiten darauf hin?«

»Er wird kommen, egal, was ich auch tue. Aber ich werde dazu beitragen, wenn ich kann. Ich weiß nicht, wie die Revolution aussieht, von der Sie träumen, Professor Fansler, auf die Sie hoffen und die Sie fürchten.«

Kate lachte. »Sie behaupten auf Ihre stets höfliche Weise, ich benähme mich wie diese Lady in einer von Kenneth Burkes Anekdoten. Sie träumte, ein Scheusal von einem Mann hätte ihr Schlafzimmer betreten und starrte sie vom Fußende ihres Bettes aus an. ›Oh, was haben Sie mit mir vor?‹ fragte sie zitternd. ›Ich weiß nicht, meine Dame‹, antwortete der Unhold, ›es ist Ihr Traum.‹ «

Hankster lachte. »Es ist ein Vergnügen, mit jemandem zu reden, der ein Argument würdigen und genießen kann, auch wenn es gegen ihn selbst gerichtet ist.«

»Ich weiß. Es sind unsere Schuldgefühle und unsere geheimen Wünsche, auf die ihr Radikalen es besonders abgesehen habt. Wir werden uns am Ende selber abservieren, weil wir entweder zuviel Verständnis für die radikalen Studenten haben oder zuwenig.«

»Aber es geht nicht nur um die radikalen Studenten. Es sind alle. Es gibt einfach keinen Grund mehr, warum sie auf ein Renommiercollege im alten Stil gehen sollten – jedenfalls nicht die Klügeren unter ihnen. Die Ingenieurstudenten, diejenigen, die die soziale Leiter hinaufklettern wollen, die Schwarzen – für die hat solch eine Institution noch eine gewisse Bedeutung. Aber der aufgeweckte Jugendliche, der eine erstklassige High School hinter sich hat – was soll der dort noch lernen? Er braucht es nicht einmal mehr, um sich das erste Mal richtig zu betrinken oder mit dem ersten Mädchen ins Bett zu gehen. Bevor das Studium nicht wieder zum Privileg wird ...«

»Aber das ist doch das Neue am University College – es ist für die älteren Studenten bestimmt. Ausbildung ist für die wieder etwas, was sie sich verdienen mußten.«

»Einrichtungen wie dem University College gehört die Zukunft. Ob unsere Universität Verstand genug hat, das zu begreifen, oder nicht, mag für uns zwar wichtig sein, macht aber im Endeffekt keinen Unterschied. Die Frage ist nicht, *ob* der Staat diese Universität übernimmt, sondern wann. Jedes Jahr werden es weniger, die ihr Grundstudium ohne Unterbrechung abschließen. Vor der Zwischenprüfung abzugehen, ist die Norm und nicht mehr die Ausnahme. Das ganze Bild ändert sich. Darüber habe ich, wenn es Sie interessiert, mit Cudlipp beim Lunch geredet. Da ich Jugendliche und Erwachsene unterrichte, wollte er wissen, wo meine Loyalitäten liegen.«

»Und was haben Sie ihm gesagt?« fragte Kate.

»Daß ich Fingerschalen zertrümmert habe. Aber fragen Sie Ihre Kollegin Emilia Airhart. Die war fast von Anfang an dabei.«

»Wieso das?«

»Ich habe sie getroffen und sie eingeladen.«

»Und Cudlipp hatte nichts dagegen?«

»Sehr sogar. Er kann Frauen nicht leiden, wenn sie nicht

schön sind, nicht schlank, nicht dümmer als er – oder bereit, so zu tun – und nicht zum Flirten aufgelegt. Mrs. Airhart hat reinen Tisch gemacht. Ihnen wäre das besser gelungen, aber das können wir nie mehr ausprobieren.«

»Ich will gar nicht darüber nachdenken, ob das nun nett oder gemein ist. Jedenfalls mag ich Emilia Airhart.«

»Das tue ich auch. Und wenn Sie sie fragen, wird sie Ihnen erzählen, daß Cudlipp versucht hat, mich auf seine Seite zu ziehen, und ich abgelehnt habe. Das System ist am Ende. Sie und ich, wir kommen aus derselben Welt, aber nur einer von uns träumt davon, dorthin zurückzukehren.«

»Ich weiß, daß ich nicht zurück kann«, sagte Kate. »Aber ich hasse nicht die Erinnerung daran. Was wird Frogmore jetzt unternehmen?«

»Was alle tun müssen: sich mit sämtlichen Mitgliedern des Verwaltungsrats in Verbindung setzen und ihnen klarmachen, daß jede Stimme für das University College eine Stimme gegen die zunehmenden Machtgelüste der konservativen Professorenriege ist. Wir werden uns jetzt durchsetzen. Es ist wirklich erstaunlich, was Aspirin alles kurieren kann, finden Sie nicht?«

Kate fand Emilia Airhart in ihrem Büro, wo sie, wie man das dieser Tage ständig zu tun schien, in vervielfältigten Blättern herumkramte. »Kommen Sie herein«, rief sie Kate zu. »Ich wollte Ihnen gerade eine Nachricht schreiben. Endlich mal ein nicht so schmutziges Blatt Papier, Gott sei Dank. Als ich mich nicht mehr aufraffen konnte, jede vervielfältigte Ankündigung von jeder Splittergruppe auf dem Campus zu studieren, in dem sie dies fordert, jenes verspricht und alles andere verdammt, wußte ich, daß ich mein Interesse an der Revolution verloren hatte. Jetzt gibt es sogar eine Organisation für die Befreiung der Frau – absoluter Blödsinn. Frauen sind in dem Augenblick befreit, wo sie aufhören, sich Gedanken darüber zu machen, was andere Frauen von ihnen denken.« Mit einer Geste großen

Entzückens versenkte sie den ganzen Packen Papier im Papierkorb. »Wie ich höre, sind Sie eine Bewunderin von Auden und haben gerade eine hervorragende Dissertation über ihn betreut.«

»Ja, obwohl man über das Rigorosum am besten den Mantel des Schweigens deckt. Es gab da einen Augenblick, wo ich um die Zukunft der akademischen Welt gefürchtet habe.«

»Erzählen Sie. Professor Pollinger fand es die interessanteste Doktorprüfung, die er seit Jahren erlebt hat. Was bewundern Sie so besonders an Auden, wenn Sie mir das in ein paar wohlformulierten Sätzen erklären könnten – eines Ihrer Talente, wie man sagt.«

»Ich kann mir nicht vorstellen, wer das von mir behauptet. Tatsächlich schwatze ich nämlich einfach los und treffe manchmal per Zufall die Wahrheit, was die Studenten immer besonders inspiriert, weil es sie überrascht; die übrige Zeit fühlen sie sich bloß wunderbar überlegen. Was Auden angeht, so interessiert er sich mehr für Quadrate und Rechtecke als für sinnliche Effekte, und das mag ich; soll heißen, er weiß, daß Menschen immer in einem moralischen Dilemma stecken, er ist also ein kluger Mann; außerdem ist er fähig, dieses Dilemma in seiner Struktur zu präsentieren, das macht ihn zum Künstler. Die Strukturen, die er verwendet, sind Bilder aus Worten, und das macht ihn zum Dichter. Er arbeitet eher begrifflich als beschreibend, und er sieht alle Dinge, ob natürlich oder künstlich, als aufeinander bezogen. Er weiß, daß ein Dichter zuallererst abstrakte Ideen in konkreten Bildern ausdrücken muß. Das sind übrigens seine eigenen Worte. Wie war das als Kurzvortrag?«

»Hervorragend.«

»Danke. Ich habe ihn aus Richard Hoggards Einführung zu Audens Gedichten geklaut. Die wiederum hat Mr. Cornford in seiner Dissertation zitiert. Wenn Sie wissen wollen, was ich persönlich an ihm bewundere: Auden weiß, daß Lyrik ›nichts in Bewegung bringt‹ und trotzdem ungeheuer wichtig ist: Das ist der einzige Auftrag, den sie hat. Und Auden ist der einzige Dichter, den ich kenne, dessen Gedichte ernst *und* komisch sind. Er weigert sich, Lyrik entweder aufgeblasen oder leer zu sehen. Das ist der Grund, warum er Klio schätzt und die anderen Musen links liegenläßt. Klio ›sieht aus wie jedes Mädchen, das einem nicht weiter auffällt‹,

Muse der einzigen
geschichtlichen Wirklichkeit, während du mit Schweigen
Deine Welt verteidigst, wie du sie erblickst,
einem Schweigen
Das keine Erschütterung bezwingen kann,
doch das Ja eines Liebenden
Vermag es zu erfüllen ...«

Stellen Sie das mal in Beziehung zu Cudlipp. Eine Art Explosion hat ihn besiegt, aber können Sie sich vorstellen, daß ihn das Ja eines Liebenden erfüllt?«

»Jetzt, da Sie es sagen, nein. Er war immer leer und verachtete Mädchen, die nicht weiter auffielen. Im Augenblick mache ich mir Gedanken über die Stücke, die Auden mit Isherwood zusammen geschrieben hat.«

»Müssen Sie das?«

»Die Pflicht ruft. Einer meiner Studenten möchte darüber seine Arbeit schreiben, und wer bin ich, ihm das zu verweigern? Wollen Sie für den Teil, der Auden betrifft, meine Beraterin sein?«

»In Ordnung. Aber auf das Rigorosum freue ich mich nicht gerade.«

»Unser Prüfungssystem ist einfach falsch. In Schweden geschieht das Ganze ›anständiger‹. Da gibt es einen Professor, der die Arbeit kritisiert, ein anderer verteidigt sie, und ein dritter steuert witzige Bemerkungen bei, was wir natürlich auch alle schrecklich gern täten, aber in unserem Land kann das einfach niemand. Und wenn dann alles vorbei ist, gibt der Kandidat einen Ball – Smoking und Abendkleid. Ich denke manchmal ans Emigrieren.«

»Es ist wahr«, sagte Kate. »Als gewisse Formen aus dem Leben verschwanden, schwand auch der Sinn. Die Leute jammern immer über Formen, die keine Bedeutung mehr haben, aber es stellt sich heraus, daß Sinn ohne Form wirklich unmöglich ist. Das ist der Grund, weshalb ich Literatur lehre und über Form und Struktur schwadroniere. Vielleicht ist das im Drama anders.«

»Im Gegenteil. Wenn sich eine Kultur nicht mehr auf eine Form einigen kann, verliert sie auch das Drama. Es gibt natürlich ein paar Heißsporne, die Effekte erzielen wollen, indem sie sich auf der Bühne ausziehen, vor versammeltem Publikum Geschlechtsverkehr haben und vielleicht sogar die Zuschauer dazu bringen, es ihnen gleichzutun. Aber das nutzt nichts. Deshalb ist heutzutage der Film das Wichtigste – er läßt sich in Einsamkeit konsumieren, wie ein Roman.«

»Ich dachte, die jungen Leute heutzutage wären verrückt aufs Filmemachen – als eine Art Gruppenritual.«

»Vielleicht, was das Drehen angeht. Aber einen Film *ansehen* tut jeder im Dunkeln, und allein. Die Stücke von Isherwood und Auden konnten jedoch auf ein linkes Publikum zählen.«

»Ja – wie heute auch. Die Bösen hatten die Macht, und die Guten wollten sie davonjagen. Die Dinge waren damals einfacher. Ich habe mir oft gewünscht, nicht zur Zeit der Epigonen zu leben:

Es hat keinen Zweck, darauf zu warten
Daß Vorfahren mit großen Schritten und langen
Schwertern
Aus pelagischen Paradiesen zurückkehren...
Wie benimmt sich inzwischen ein kultivierter Mann?

Dabei fällt mir ein: Wie war Ihr Lunch mit Hankster und Cudlipp?«

»Na ja, Cudlipp mochte mich nicht, und Hankster mochte Cudlipp nicht und wollte ihn ärgern. Es war eine jener Situationen, aus denen man nicht herauskommt, ohne grob zu werden, und bisher gilt ja noch die Regel, daß man einen Kollegen nicht im Club offensichtlich abkanzelt. Kurz gesagt, Cudlipp wollte Hankster als Gentleman festnageln und bot ihm eine wichtige, wenn auch nicht näher spezifizierte Position an. Hankster lehnte ab.«

»War Hankster jemals mit Cudlipp allein an dem Tag im Club?«

»Als ich kam, saßen sie zusammen am Tisch – aber noch nicht lange, glaube ich. Sie waren zusammen auf der Herrentoilette, sollte man meinen; ich war auf der Damentoilette und weiß das also nicht genau. Ich selber war etwa eine Minute mit Cudlipp allein. Ich glaube, das sollte ich Ihnen sagen. Hankster hatte sich auf die Suche nach einer Flasche Bier gemacht, nachdem der Kellner sich offenbar auf einer Wanderung durch die ferneren Gefilde des Clubs befand, Sie kennen das ja. Wann werden Sie heiraten?«

»Ich weiß nicht. Reed meint, wir sollten heute abend darüber reden, falls wir unsere Gedanken von Cudlipps Aspirin lösen können. Emilia, hat Cudlipp Ihnen jemals Versprechungen gemacht für den Fall, daß Sie seine Position unterstützen?

»Ja. Er hat mir versprochen, Universitätsposten mit Frauen zu besetzen, von denen er glaubte, sie stünden mir nahe. Aber was hat das jetzt noch für eine Bedeutung? Jedenfalls weiß ich nicht, warum Sie nicht Ihr University College haben sollten. Eine neue Erfahrung, wie das Heiraten.«

»In dem Licht habe ich es bisher nicht betrachtet. Tatsächlich ist es für alle eine neue Erfahrung.«

»Was für ein erfülltes Leben die entscheidende Voraussetzung ist. Nehmen Sie zum Beispiel das Alleinsein. Auf seine Art eine schreckliche Sache. Und doch sind für mich ein paar Tage totaler Einsamkeit auf dem Lande, ohne eine ausgesprochen glückliche Ehe, eine Arbeit, die ich liebe, und lärmende, begabte Kinder eine so ungeheure Freude, daß vielleicht nicht einmal Auden sie beschreiben könnte. Aber ein Tag zuviel, und man fällt in den Abgrund aufgezwungener Einsamkeit, von niemand gesucht und von niemand vermißt. Ich weiß nicht, ob es Ihnen oder Auden je aufgefallen ist, aber die einzigen irdischen Freuden sind die, die wir uns aussuchen können – wie zum Beispiel Einsamkeit, Ihr College, manche Ehen.«

»Und was ist mit den überirdischen Freuden?«

»Ach, die suchen uns aus, wenn wir Glück haben. Anmut zum Beispiel. Oder Talent.«

Mark Everglade fing Kate ab, sowie sie die Halle betrat. »Sie wollte ich sehen. Wir werden Ihren Rat brauchen. Mit Suaheli haben wir nicht viel Glück gehabt, aber wir sind gerade in Verhandlungen mit jemandem, der Ndebele in Wort und Schrift beherrscht. Sie brauchen gar nicht so verblüfft zu schauen. Wie heutzutage jedermann wissen sollte, ist das ein Zulu-Dialekt, und in dieser Sprache ist der größte Teil nicht englischer Literatur in Afrika geschrieben. Wir animieren gerade Leute, morgen zwischen zwei und vier vorbeizukommen und sich mit ihm zu unterhalten. Versuchen Sie doch auch zu kommen.«

»Aber worüber, um Himmels willen, soll ich denn mit ihm reden?«

»Bieten Sie ihm Ihre Hilfe beim Übersetzen von Bulwer-Lytton ins Ndebele an. Als Vorbereitung für die Übungen im nächsten Jahr.«

»Aber warum sollten wir am Englischen Seminar Literatur in Ndebele unterrichten?«

»Ist wieder mal der Groschen nicht gefallen?« sagte Everglade. »Nach der Revolution beginnt der Neuaufbau. Haben Sie das vergessen?« Und Kate fiel es wieder ein, und sie machte sich auf den Weg zu ihrer Vorlesung über Viktorianische Literatur.

Sie kam am späten Nachmittag nach Hause, duschte, zog sich um und fuhr zu Reeds Wohnung, wo nach seiner Ankündigung ein Dinner auf sie wartete. »Mein Plan sieht so aus«, hatte er gesagt. »Wenn wir heiraten, wird es bestimmt Abende geben, an denen wir keine Lust haben, essen zu gehen. Es gibt da einen Laden, der uns bei rechtzeitiger Vorankündigung und zu horrenden Preisen eine Art Kasserolle vorbeischickt, die man nur noch ins Rohr zu schieben braucht. Aber wie ich die Dinge sehe, werden wir bestimmt ein- bis zweimal die Woche zu Hause essen und *kochen* wollen. Ich weiß, daß du mindestens drei Gerichte beherrschst, weil ich sie schon gegessen habe, und ich habe gerade von einem Freund gehört, daß man sich für einen Kamin, wie ich ihn habe, mit Hilfe dieser kleinen Sowieso aus der ›New York Times‹ Briketts basteln kann (ich entwickle mich wirklich zu einem Ehemann, wie du siehst, ich finde für alles eine Verwendung), und dann können wir über offenem Feuer Steaks grillen. Aber ich sollte außerdem noch etwas beitragen. Deshalb kann ich schon ein Gericht kochen und werde demnächst noch eines lernen. Beide werden in der elektrischen Bratpfanne gebraten. Diese Pfanne habe ich von einem Freund bekommen, der Junggeselle ist. (Ich habe das Geschenk übrigens als Wink mit dem Zaunpfahl verstanden, daß ich heiraten sollte.) Heute abend serviere ich dir Würstchen und Paprika mit Knäckebrot, Gurkenstifte mit frisch gemahlenem Pfeffer, Rotwein und schwarzen Kaffee. Ich bin dahintergekommen, daß man dann als Gourmet gilt, wenn man ganz wenig Essen auf den Tisch bringt, aber das Wenige dafür gut gewürzt: Die Würstchen sind sehr scharf.«

Er empfing Kate mit einem Buch in der Hand. »Hier«, sagte er, »hör dir das an; danach bekommt man alles herunter.« Das Buch hieß ›Briefe aus Island‹, und Reed las aus Audens Fremdenführer vor: »›Getrockneter Fisch ist ein Hauptnahrungsmittel in Island. Man reißt ihn mit den Händen in Stücke und ißt ihn mit Butter. Er ist mal mehr, mal weniger zäh. Die zähere Version schmeckt wie Fußnägel und die weichere wie die abgezogene Haut von Fußsohlen.‹ Da klingen doch Paprika und Würstchen richtig lecker, findest du nicht auch? Setz dich, ich mache dir einen Drink, und dann erzähle ich dir meine Neuigkeiten.«

»Hier ist ein Absatz, den du ausgelassen hast«, sagte Kate, die nach dem Buch gegriffen hatte. »›Eine merkwürdige isländische Spezialität‹, schreibt er, ›ist Hakarl, halb getrockneter, halb angefaulter Haifisch. Innen ist er weiß, außen hat er eine stachelige Hornhaut. Zäh wie ein alter Stiefel.‹ Auden scheint in Island zum Fußfetischisten geworden zu sein. ›Mit Rücksicht auf den Geruch sollte man ihn im Freien essen. Man schabt mit dem Messer Stücke ab und ißt sie mit Brandy.‹ Glaubst du, er meint das ernst? ›Es schmeckt mehr nach Schuhwichse als nach sonst etwas.‹ Ich bin mir nicht sicher«, sagte Kate, während sie Reed ihr Glas abnahm, »ob ich überhaupt etwas essen möchte.«

»Wenn du hörst, was ich zu berichten habe, wirst du noch weniger Hunger haben. Ich hatte Besuch von deiner ruhmreichen Universität, vielmehr von Teilnehmern an deinen ausgewählten und konspirativen Mittagessen. Die Ehe mit dir sorgt für ein geschäftiges Leben, keine Frage.«

»Frogmore und McQuire vielleicht?«

»Castleman und Klein. Wie sich herausstellte, kennt Castleman einen meiner Kollegen, und Klein kennt ein paar andere, also beschlossen sie, mir zu trauen. Bestärkt wurden sie dadurch, daß ich anwesend war, als Cudlipp das Aspirin nahm, und so hilfsbereit wie möglich, als er starb, was natürlich nicht viel heißt. Sie waren sehr freundlich, förmlich, diskret und ehrenwert, und ich habe sie um ihre Mission auch keineswegs beneidet.«

»Reed! Sie haben dich gefragt, ob du Präsident unserer Universität werden willst. Du kannst dir nicht vorstellen, wie schwer es heutzutage alle Welt hat, einen Präsidenten zu finden. Wer will den Job denn noch? Es war schon schwierig genug, als man Geld auftreiben und mit reichen Ehemaligen Gespräche führen mußte, aber die haben einem, so dumm und nervtötend sie sind, wenigstens niemals das Büro besetzt und Akten geplündert. Ich hoffe, du hast kategorisch nein gesagt.«

»Sie wollten wissen, ob ich mir vorstellen könnte, daß du ihre Bitte um Unterstützung bei diesem Lunch und Frogmores Begeisterung für seine Schule als Auftrag interpretiert haben könntest, Cudlipp aus dem Verkehr zu ziehen. Es ging ihnen dabei nicht um Recht und Ordnung, sondern nur um Klarheit: Sie wollten in bewundernswerter Anstrengung herausfinden, wer Cudlipp das Aspirin untergeschoben hat, um so zu erfahren, wer es *nicht* getan hat.«

»Aber warum ich, um alles in der Welt? Ich wußte nicht einmal von Cudlipps verdammten englischen Pillen – für so etwas habe ich kein Gedächtnis –, und wenn ich auch zugegebenermaßen mein Herz für die Sache des University College entdeckt habe, so gibt es trotzdem Grenzen. Glaubst du, die wollen mich erpressen?«

»Bei Gott, Kate, zum erstenmal fange ich an, eure verfluchte Revolution zu schätzen. Diese Kaltblütigkeit steht dir gut. Ich erinnere mich, wie ich dir vor Jahren einmal erzählen mußte, daß du unter Mordverdacht standest, und du bist in Tränen ausgebrochen, mußtest getröstet werden mit Händchenhalten und heißem Kaffee.«

»Was für ein Langzeitgedächtnis du hast.«

»So lang braucht es gar nicht zu sein, um mich daran erinnern zu können, daß du neben Cudlipp standest, als er das Aspirin nahm. Tatsächlich stritt er gerade mit dir.«

»Streiten ist ein bißchen zuviel gesagt – wenigstens für Cudlipp, der nie etwas anderes getan hat. Ich bin sicher, er war kahl, weil er sich so oft die Haare ausgerissen hat, daß sie schließlich resigniert haben. Vom Vorlesungsverzeichnis des University College hat er bestimmt nur deswegen angefangen, weil er mir sofort danach zeigen wollte, wie kläglich das Angebot war – oder spekuliere ich da zu wild drauflos?«

»Nachdem wir, in Ermangelung telepathischer Sitzungen, nicht mehr über Cudlipps Absichten erfahren werden – nein.«

»Was sonst wollten Castleman und Klein denn wissen,

nachdem du sie überzeugt hast, daß ich Nancy Drew bin und nicht Lucrezia Borgia?«

»Sie wollten wissen, ob ich ihnen helfe.«

»Schlau von ihnen. Aber sind sie nicht auf den Gedanken gekommen, daß ich dich auch schon gefragt habe?«

»Ihre Bitte um meine Hilfe macht die Sache halboffiziell.«

»Ganz unserem derzeitigen Status entsprechend. Ich kann Thanksgiving kaum erwarten.«

»Bis dahin sind es nur noch vier Wochen.«

»Reed, das ist die ungalanteste Bemerkung, die du je gemacht hast, und das will was heißen. Ich weiß, ich habe gesagt, daß du nach der Party der Sekretärinnen keinen Rückzieher mehr machen kannst, aber schließlich konnten wir ja nicht damit rechnen, daß Cudlipp auf diese Weise den Löffel abgibt, du kannst also immer noch mildernde Umstände für dich reklamieren. Sei aber bitte so nett und vergiß nicht, daß *ich* nur mit dir zusammenziehen und deine in der neuen elektrischen Pfanne gebratenen Würstchen mit Paprika essen wollte; *ich* habe dich nie gebeten, das Ganze zu legalisieren.«

»Kate. Liebling, das war keine Bemerkung, bloß eine Feststellung, und das ›nur‹ bezog sich nicht auf meinen heimlichen Schmerz über die dahinschwindenden Tage meines Junggesellendaseins, sondern auf die Tatsache, daß die Sitzung des Verwaltungsrats und damit die Entscheidung über das Schicksal des University College eine Woche vor Thanksgiving stattfindet. Castleman und Klein gehen davon aus, daß es mit dem University College vorbei sein könnte, wenn bis dahin Cudlipps Tod nicht restlos aufgeklärt ist. Alle, die Verwaltung, das Präsidium und jeder andere, der was zu sagen hat, gehen davon aus, daß in dieser Sache keine Schritte unternommen werden dürfen, solange Cudlipps Tod irgendwie verdächtig erscheint. Castleman hat das Gefühl, wenn die Unterstützung nicht auf der nächsten Sitzung beschlossen wird, dann geschieht überhaupt nichts mehr. Er sprach vom günstigen Zeitpunkt, den man nicht verpassen dürfe, und so weiter. Cudlipps Tod muß eine Woche vor Thanksgiving aufgeklärt sein – das war der Sinn meiner unglückseligen Feststellung.«

»Na gut, ich bin besänftigt, vielleicht sogar beruhigt. Erwartet man von dir, daß du das Haupt des Mörders auf einem Silbertablett präsentierst – also genug Beweise sammelst für eine Anklage –, oder langt es, wenn das Präsidium weiß, wie es passiert ist?«

»Das reicht nicht nur aus, es ist sogar ratsam. Schließlich ist es immer noch möglich, daß alles ein unglücklicher Zufall war. Castleman und Klein wollen, weil sie Realisten sind, dem Präsidium nur versichern können, daß dieser Zufall *nicht* das Werk eines Angehörigen des University College war. Danach wird wahrscheinlich der Verwaltungsrat zum nächsten Tagesordnungspunkt übergehen. Und das Präsidium stimmt wohl nie anders als der Rat.«

»Stimmt. Das haben sie noch nie getan. Und sowie sich der neue Senat erst mal gebildet hat, was wohl Anfang nächsten Jahres geschieht, wird sich der Verwaltungsrat auflösen. Castleman hat recht mit dem richtigen Zeitpunkt.«

»Ich habe Castleman noch keine Antwort gegeben, sondern gesagt, ich müßte erst mit dir sprechen. Ich hoffe, ich habe ihnen glaubhaft klargemacht, daß du nicht nur unfähig wärst, dir so etwas auszudenken, unter anderem, weil, wie ich bereit wäre zu beschwören, du noch nie von den schädlichen Nebenwirkungen von Aspirin gehört hast, ehe ich dir davon erzählt habe. Glaubst du, ich sollte ihnen helfen? Der Bezirksstaatsanwalt ist übrigens einverstanden, er ist mit dem einen oder anderen befreundet.«

»Natürlich solltest du helfen. War das nicht auch dein erster Impuls?«

»Mein erster Impuls ist, wie bei den meisten Menschen, Entgegenkommen. Deswegen hat Talleyrand seinen Ministern eingeschärft, nie ihrem ersten Impuls nachzugeben. Aber da ich ja kein Mitglied der französischen Regierung bin, kann ich mich für Nachsicht mir selbst gegenüber entscheiden. Was mich fasziniert, ist die Tatsache, daß das Aspirin am selben Tag ausgetauscht worden sein muß. Es ist unmöglich, daß jemand, aus welchen Motiven auch immer, die beiden Tabletten schon früher in das Röhrchen praktiziert hat. Das bedeutet, wir können uns auf die Leute konzentrieren, mit denen Cudlipp an jenem Tag zu tun hatte, und über seinen Tag wissen wir ziemlich genau Bescheid. Daß er ihn fast ausnahmslos in Gesellschaft von Leuten des University College verbracht hat, ist natürlich eine unglückselige Angelegenheit.«

»Hat er mit niemand sonst geredet?«

»Clemance und O'Toole. Wegen der Lehrplanänderungen am Englischen Seminar und anderswo – ich muß schon sagen, wenn ihr Akademiker anfangt, etwas zu überarbeiten, dann macht ihr das wirklich gründlich – traf er sich ziemlich regelmäßig mit den beiden. Da O'Toole Dekan werden sollte, hatten sie reichlich Gesprächsstoff.«

»Wer wird denn die Leitung des Englischen Seminars übernehmen? Cudlipp hat das seit Jahren gemacht, und O'Toole galt überall als sein Nachfolger.«

»Eine interessante Frage. Glaubst du, du kannst es herausbekommen?«

»Du glaubst doch nicht etwa, jemand hat ihn beiseite geschafft, um seinen Job zu bekommen? Ich kann dir versichern, Reed, außer Cudlipp, der machtbesessen war, sieht in diesem Job niemand etwas anderes als einen Dienst an der Menschheit. Sieh dir doch den armen Michaels und Everglade bei den Graduierten an; nur geradezu überdimensioniertes Pflichtbewußtsein hat *die* dazu bringen können.«

»Vielleicht. Hast du nicht vielleicht einen brillanten Ex-Studenten, der jetzt einen Lehrauftrag hat und gern ein wenig aus dem Nähkästchen plaudern würde?«

»Ich glaube schon. Dir ist natürlich klar, daß praktisch jeder in Cudlipps Büro gehen und mit seinen Tabletten herummachen konnte. In den Büros des Englischen Seminars herrscht immer ziemlich viel Betrieb.«

»Ich weiß. Deswegen werde ich auch bei den Sekretärinnen anfangen. Fassen wir zusammen. Wir haben McQuire, Frogmore und Cartier. Mit allen dreien hatte Cudlipp am Tag seines Todes eine Verabredung in seinem Büro. Dazu kommen noch deine vier Studenten. Du könntest sie vielleicht, wenn du dich taktisch geschickt und diskret aufführst, dazu bewegen, dir von dem Gespräch zu erzählen.«

»Reed, du weißt ganz genau, daß Taktik nicht meine Stärke ist. Entweder frage ich sie geradeheraus, worüber sie geredet haben, oder ich lasse es ganz.«

»Es gibt Takt und Taktik. Gut, ich mache mich also an die Sekretärinnen heran. Dann sind da noch Hankster und deine Mrs. Airhart. Kommen die in Frage?«

»Hankster würde ich alles zutrauen. Aber wie sollte er während des Essens die beiden obersten Tabletten austauschen, ohne daß Cudlipp es bemerkt? Reed, Moment mal, ich habe eine Idee. Angenommen, Cudlipp nimmt während des Essens zwei von seinen englischen Tabletten, die natürlich harmlos sind, und macht eine Bemerkung zu Hankster – nehme die hier statt Aspirin, ha, ha, oder so –, und Hankster sagt, kann ich mal das Röhrchen sehen, und ersetzt zwei Tabletten durch Aspirin.«

»Das er zufällig gerade bei sich hat?«

»Warum nicht? Aber wie dem auch sei, wir werden das jetzt nicht mehr erfahren, weil er sie nicht mehr bei sich haben wird. Vielleicht ist das die ganze Lösung.«

»Mrs. Airhart war auch dabei. Castleman hat es mir erzählt. Würde sie nicht mitbekommen haben, ob mit den Pillen hantiert wurde?«

»Das könnte passiert sein, bevor sie dazukam. Vielleicht hat Hankster sie extra eingeladen, damit er für die meiste Zeit des Lunchs eine Zeugin hatte.«

»So gesehen, hätte Emilia Airhart den gleichen Trick auch anwenden können.«

»Das stimmt. Sie hat mir erzählt, daß sie mit Cudlipp

kurz allein war, während Hankster sich ein Bier holte. Aber vielleicht hat er das nur getan, um Verdacht auf sie zu lenken. Ich *mag* Emilia!«

»Auch ich mag Emilia. Ich mag alle Beteiligten außer dem Opfer.«

»Könnte nicht die verlassene Ehefrau des Opfers ihm Tabletten zugespielt haben, die sie manipuliert hat? Mal angenommen, sie hat zwei normale Aspirin untergemischt – und Cudlipp hat sie gleich bei der ersten Gelegenheit erwischt!«

»Selbst wenn er beim ersten Versuch gleich ein Aspirin erwischt hätte – daß es beide nacheinander waren, ist, statistisch gesehen, kaum möglich. Wenn wir aber so weit zurückgehen, geben wir am besten auf, ehe wir überhaupt anfangen.«

»Apropos anfangen, was machen deine Würstchen mit Paprika? Meinst du nicht...«

»Nein«, sagte Reed, »das meine ich nicht. Das Großartige an elektrischen Bratpfannen ist – sagt mein Freund, der Junggeselle –, daß man sich stundenlang nicht darum kümmern muß.«

Acht

Zur Unzeit und zufällig sind wir,
Klio, mit deinem Schweigen konfrontiert...
Dein Schweigen trennt schon lange
Uns und jenes magische Zentrum,
Wo die Dinge sich ereignen.

Am nächsten Morgen gelang es Kate, einen jungen Mann telefonisch zu erreichen, der gegenwärtig an der Uni unterrichtete und dessen Dissertation sie betreute. Er hatte vor ein paar Jahren an ihrem Seminar über Viktorianische Literatur teilgenommen und hatte nach anderthalb Semestern tiefschürfender Arbeiten über Kornzölle, die Reform Bill, Carlyle und John Stuart Mill eine frivole und unerklärliche Leidenschaft für Max Beerbohm entwickelt: weder für sein Leben, noch seine Zeit oder sein Werk als solches, sondern für seine Sätze. Da man unmöglich alle Sätze eines Dichters mit den normalen Mitteln und Methoden untersuchen kann – es sei denn, man hat hundert Jahre Zeit –, hatte sich der junge Mann (der Higgenbothom hieß, aber Kate nannte ihn immer heimlich Enoch Soames) in die Fänge eines Computers begeben. Mit einer Mischung aus Erleichterung und Abscheu hatte Kate ihn an einen Experten für Stilistik weitergereicht, gehörte aber weiterhin zu den Betreuern seiner Dissertation. Higgenbothom war bereit, um vier Uhr zu ihr zu kommen, und er war erleichtert und erstaunt, daß nicht seine Arbeit Thema ihres Gesprächs sein sollte.

Nachdem sie die Verabredung getroffen hatte, vertiefte Kate sich in ein paar studentische Arbeiten und war bald wieder einmal zutiefst erstaunt ob der Unfähigkeit selbst hochintelligenter Studenten, so etwas wie einen ordentlichen Satz zu formulieren. Sie fragte sich, ob in ihrem permanenten Kampf mit wackliger Syntax und Soziologen-

Jargon Computer wohl hilfreich sein könnten. »Als junger Schriftsteller war sein Roman voller frischer Ideen« – war so ein typischer Satz, der Kate unter die erstaunten Augen kam. Dabei war er nicht einmal der Schlimmste. Mit Schaudern las sie von der gebändigten Dynamik in Ruskins zwischenmenschlichen Beziehungen, und leider fiel ihr auch nicht sofort die passende Randbemerkung ein, die zugleich knapp, deutlich und wissenschaftlich war. Sie dachte an Max Beerbohm und an ihre intelligenten, reformbegeisterten Studenten und staunte nicht zum erstenmal über das reziproke Verhältnis von moralischer Empörung und Satzbau: Offensichtlich konnte man entweder radikal sein oder ordentliche Sätze schreiben, aber nicht beides; ein beunruhigender Gedanke. Und wie weit mochte Reed inzwischen mit seinen Nachforschungen gekommen sein? Kates Gedanken blieben beim Thema der zwischenmenschlichen Beziehungen.

Reed betörte gerade die Sekretärin des Englischen Seminars, eine mitleiderregend einfache Sache. In der U-Bahn hatte er sich verschiedene Wege überlegt, um an die notwendigen Informationen heranzukommen, die schlicht in der Auskunft bestanden, wann Cudlipp das Röhrchen mit den Tabletten bekommen und wo und wie und was er mit ihnen gemacht hatte. Das Problem war nur, was er auf die unvermeidliche Gegenfrage »Wer sind Sie, und warum wollen Sie das wissen?« erwidern sollte, denn wenn er ehrlich antwortete, würde die Dame sofort auf der Hut sein, und er käme nicht in den Genuß der nützlichen Klatschgeschichten. Aber wie sich herausstellte, hätte er sich darum keine Sorgen machen müssen. Miss Elton gehörte zu jenem Typ Menschen, den er leider nur allzu gut kannte. Ihr Gesicht wurde von einem einfältigen Grinsen beherrscht, das offenbar angeboren war, und sie war eine von denen, die es als Lebensaufgabe ansehen, über andere herzuziehen, mit Vorliebe über Frauen. Aber sobald ein Mann sie auf kernig-männliche Art behandelt – soll heißen, er kombiniert das verzogene Kind mit dem alternden Wüstling –, klappert sie mit den Augenlidern, so schnell es die auf den Wimpern befindliche Riesenportion Mascara erlaubt, und sie schmilzt dahin. So saß Reed im Handumdrehen auf der Kante ihres Schreibtischs und hatte sie in ein Gespräch über Tablettenröhrchen verwickelt. Reed fand, Auden habe wirklich die perfekten Worte dafür gefunden.

Steck deine fünfzig Sonette ein, Bruder:
erzähl ihr das Märchen
von Göttern, die straflos ausgingen, und den Mädchen,
die ihnen erlagen.

»Seine Frau und er hatten sich getrennt«, vertraute Miss Elton ihm an. »Das weiß ich, weil ich sein Gesuch an die Wohnungsvermittlung der Universität ausgefüllt habe; er suchte eine kleine Wohnung, nur für sich, mit einem Zimmer für die Kinder, wenn sie hin und wieder kämen. Aber die Tabletten wurden wie früher an seine offizielle Adresse geliefert, und seine Frau hat sie gebracht, am Morgen des Tages, an dem er starb. Ich trug sie ihm in sein Büro, und er sagte: ›Gott sei Dank, ich habe gerade die beiden letzten genommen‹, und zeigte mir, daß das kleine Röhrchen, in dem er sie immer bei sich hatte, leer war. Er machte die Flasche auf, was ihm nur unter Flüchen gelang, denn sie war versiegelt – genau wie Whiskeyflaschen –, und dann zählte er mir all die Dinge auf, die ich zu erledigen hatte, und währenddessen füllte er Tabletten in das Röhrchen.«

»Was für Dinge?«

»Also, ich hatte am Tag vorher die Verabredungen mit diesen Idioten vom University College gemacht – Cudlipp konnte sie nicht ausstehen, hatte aber aus irgendeinem Grund beschlossen, sich mit ihnen zu treffen; unserer Meinung nach hatte Clemance ihn dazu überredet. Ich habe neulich ein Gespräch zwischen Cudlipp und Clemance mitbekommen, als sie hier durch mein Büro gingen, und Cudlipp sagte: ›Also gut, ich rede mit den vier Studenten, aber sowie einer von denen versucht, mich unter Druck zu setzen, schmeiße ich ihn raus.‹ So was hat er oft gemacht, wissen Sie.«

Reed zog fragend die Augenbrauen hoch.

»Leute rausschmeißen«, kicherte sie. »Er machte die Tür auf und schrie ›Raus!‹, und wenn einer nicht ging, dann drückte er mit beiden Händen gegen dessen Brustkorb und schob ihn hinaus. Natürlich nur Männer. Frauen waren nicht oft in seinem Büro.«

»Könnte es sein, daß er vorhatte, weibliche Lehrkräfte in seinem Fachbereich zu beschäftigen?« fragte Reed und dachte an das, was Kate von Emilia Airhart erfahren hatte.

»Das will ich nicht hoffen. So eine langweilige Bande, lauter Blaustrümpfe mit fettigen Haaren. Den Jungs hier würde das gar nicht gefallen, glauben Sie mir. Wenn jemals Frauen hier unterrichten, kündige ich; für Frauen würde ich nie arbeiten.«

»Sind die Leute, mit denen Cudlipp eine Verabredung hatte, zu ihm ins Büro gekommen, oder ging er zu ihnen?«

»Sind Sie Detektiv oder so was?«

»Das bin ich, stimmt, aber behalten Sie es für sich, Süße. Wenn ich die Sache aufklären kann, ist das für mich ein echter Knaller – Sie wissen ja, Universitäten mögen kein Aufsehen.«

»Waren Sie auch schon mal Spion?«

»Ich mach alles, womit Geld zu verdienen ist, solange der Preis stimmt. Cudlipp hat also alle Treffen hier abgehalten?«

»Stimmt. Hier ist sein Terminkalender, Sie James Bond. Obwohl ich mich ja eigentlich jetzt umdrehen sollte, damit Sie sich das nächste Blatt unter den Nagel reißen können – das, worauf sich meine Handschrift durchgedrückt hat.«

»Ihre Handschrift und Ihre Eindrücke sind mir lieber. Sind die hier alle pünktlich aufgetaucht?« fragte Reed, während er die Liste studierte.

»Mehr oder weniger. Für diese Studenten hatte er eine halbe Stunde vorgesehen, warf sie aber nach fünfzehn Minuten hinaus und traf sich deswegen mit Clemance und O'Toole früher, als hier steht. Ich habe die beiden angerufen und ihnen gesagt, daß er frei war. Also kamen sie anmarschiert und schrien viel herum, aber ich konnte nichts verstehen. Jedenfalls irgendwelcher Uni-Kram.«

»Heißt das, er hat die Studenten gepackt und hinausgedrängt?«

»Einen von ihnen. ›Raus!‹ hat er geschrien, ›und bleiben Sie draußen. Gehen Sie zurück an dieses blöde College, aus dem Sie kommen.‹«

»Seltsame Ausdrucksweise für einen Englisch-Professor.«

»Ja. Dann hat er mit ganz leiser Stimme zu mir gesagt: ›Miss Elton, sagen Sie Mr. Clemance, daß ich jetzt frei bin.‹« Reed hatte Cudlipp nur einmal sprechen hören, aber die Art, wie sie ihn nachahmte, war nicht schlecht.

»Was glauben Sie, wer jetzt seinen Posten übernimmt?«

»Da bin ich überfragt. Natürlich gibt es jede Minute ein neues Gerücht, aber ich glaube, ich warte lieber ab. Wenn mir der Kerl nicht gefällt, gehe ich. Es gibt genug Jobs.«

»Für ein tüchtiges, attraktives Mädchen wie Sie muß es eine Menge gutbezahlter Jobs geben. Warum arbeiten Sie hier, wo es weniger Geld gibt als im Geschäftsleben?«

»Ich bin gern unter Leuten mit literarischer Bildung – ich liebe die intellektuelle Atmosphäre. Und die jungen Englisch-Professoren sind wirklich klug und süß.«

»Wie Robert O'Toole?«

»Der ist nicht mehr jung – und ordentlicher Professor – und ein Lackaffe! Bildet sich sonstwas ein. Mr. Ich-weiß-alles. Versucht, Clemance nachzumachen. Das ist so ein netter alter Herr, wirklich würdevoll und gelassen. Sagt immer *Miss* Elton zu mir. Aber der steht schon mit einem Bein im Grab.«

»Clemance? So alt kann er doch noch gar nicht sein. Kaum sechzig.«

»Das ist ganz schön alt. Mir tut der alte Bursche leid. Seine besten Tage hat er hinter sich.«

»*Sic transit* und so weiter. Sagen Sie, Miss Elton...«

»Jennifer.«

»Jennifer. Ist Cudlipp irgendwann auf die Toilette gegangen oder in ein anderes Büro und hat das Röhrchen mit den Tabletten auf seinem Schreibtisch liegengelassen?«

»Hören Sie mal, Süßer, ich bin Sekretärin und kein Dienstmädchen. Das weiß ich genausowenig wie Sie.«

»Na ja, danke schön, Jennifer. Bis bald.«

»Jederzeit, Schätzchen. Mach's gut.«

Reed winkte den anderen Sekretärinnen zu, die offenbar Schreibarbeiten für die unteren Ränge erledigten. Er hatte gleich begriffen, daß Cudlipp und die anderen ordentlichen Professoren des Englischen Seminars Jennifer Eltons persönliches Eigentum waren, also brauchte er sich gar nicht mit Fragen an die anderen zu wenden. Gut, dachte Reed und warf einen Blick auf Cudlipps Terminplan, dann mal los. Und er überquerte den Campus und ging auf das Gebäude zu, welches das University College und Dekan Frogmore beherbergte.

Reed war angenehm überrascht, als Frogmore sofort bereit war, ihn zu empfangen. Offensichtlich hatte Castleman entsprechende Vorarbeit geleistet.

»Kommen Sie herein, Mr. Amhearst. Bitte, keine Entschuldigungen. In Wirklichkeit liefern Sie mir die perfekte Ausrede, um mich aus einer furchtbar langweiligen Sitzung zurückzuziehen. Ich hoffe sehr, wir kriegen diese Geschichte mit Cudlipp in den Griff – das ist alles sehr störend, wissen Sie?«

»Ist die Geschichte nicht auch nützlich, Herr Dekan? Ganz offen gefragt.«

»Sie könnte sehr nützlich sein, wenn uns gestattet wäre, einen Nutzen daraus zu ziehen. Cudlipp hatte eine enorme Machtposition – und er setzte sie gern ein. In seiner Personalpolitik war er verdammt schlau, und er tat alles, um dem University College den Garaus zu machen. Er war wie besessen davon. Ein paar Studenten waren an dem Tag bei ihm, an dem auch ich ihn getroffen habe. Sie wollten ihm auseinandersetzen, wie wichtig und einmalig ihr College für sie ist. Er hat sie buchstäblich aus seinem Büro geworfen. Offen gestanden, wenn man mir erzählt hätte, daß Peabody Cudlipp eins mit dem Knüppel übergezogen habe, ich wäre betroffen, aber nicht überrascht gewesen. Ich muß ja wohl nicht extra betonen, daß Peabody von der Aspirin-Geschichte keine Ahnung hatte.«

»Könnte ich wohl mit Peabody persönlich reden?«

»Ich will sehen, was ich für Sie tun kann. Einen Augenblick, bitte.« Frogmore stand auf und steckte den Kopf zur Tür hinaus: »Miss Philips, könnten Sie wohl versuchen, John Peabody ausfindig zu machen? Sagen Sie mir bitte Bescheid, sobald Sie ihn gefunden haben. Es ist ziemlich wichtig, danke.« Er schloß die Tür und ging wieder an seinen Schreibtisch zurück. Universitätssekretärinnen sind glückliche Geschöpfe, dachte Reed: Sie bekommen ihre Anordnungen nicht per Telefon.

»Wußten Sie«, fragte Reed, »daß Cudlipp sein Grundstudium zum Teil auch am University College absolviert hat?«

»Ich habe davon gehört, und interessanterweise ist es wahr. Damals hieß unser Institut noch Schule für Fortbildung und genoß universitätsmäßig weit weniger Ansehen als heute.« (Reed fragte sich, ob Frogmore dieses »universitätsmäßig« auch gegenüber Kate benutzt hatte. Er wußte, wie sehr sie solche Wortbildungen haßte. »Weißt du, was Mama Eule zu Papa Eule sagte?« war Kates Kommentar zu so etwas. »Wie geht's dem Baby heute babymäßig?« Die einzige herbe Kritik, die sie an Auden je geübt hatte, bezog sich auf etwas Ähnliches. »Etwas Seltsames passierte klangmäßig«, hatte er – unverzeihlich – in einem Gedicht geschrieben.)

»Das ist wahrscheinlich das typische Syndrom«, sagte Frogmore, voll unschuldiger Ahnungslosigkeit ob seines Fehltritts. »Inzwischen wissen wir, daß Cudlipp in der Frage des University College zu keinerlei Objektivität in der Lage war. Und natürlich brachte er es fertig, die Uniprofessoren und die Ehemaligen auf seine Seite zu ziehen.«

»Natürlich. Der Snobismus des normalen Durchschnittsmenschen wird praktisch von selbst zu besonders intelligentem Urteilsvermögen.«

»Das haben Sie schön gesagt, Mr. Amhearst. Gefällt mir wirklich. Sie wissen, daß wir erst versucht haben, sie von der Qualität unserer Arbeit zu überzeugen – und dann erzählten uns die Professoren Castleman und Klein, die Sie ja auch schon kennengelernt haben, beim Lunch, daß wir die Sache politisch angehen müßten. Wir begannen unsere Attacke beim Englischen Seminar der Graduierten, und es lief recht gut, bis dann diese Geschichte passierte. Verstehen Sie mich nicht falsch, Mr. Amhearst. Jetzt, da Cudlipp uns nicht mehr im Wege ist, sind unsere Chancen ziemlich gestiegen. Aber O'Toole und einige andere haben die Universität davon überzeugen können, daß die ganze Sache so lange nicht dem Verwaltungsrat vorgelegt werden darf, wie es noch ungelöste Fragen im Zusammenhang mit Cudlipps Tod gibt. Also, wenn ich Ihnen irgendwie helfen kann...?«

»Sie sind sich persönlich ganz sicher, daß niemand aus dem Umkreis des University College ihm das Aspirin gegeben haben könnte?«

»Ja. Akademiker tun so etwas nicht, Mr. Amhearst.«

»Sie würden sich wundern, wenn Sie wüßten, was auch in diesen Kreisen heutzutage passiert, Herr Dekan. Lassen Sie mich Ihnen erzählen, was sich bei uns in der Bezirksstaatsanwaltschaft seit den inzwischen historischen Ereignissen des vergangenen Frühjahrs alles geändert hat. Wenn früher eines dieser reichen Studentenbürschchen in Schwierigkeiten geriet, wenn überhaupt jemand aus dem akademischen Bereich Schwierigkeiten hatte, dann kam gewöhnlich sein Anwalt zu uns und sagte: ›Also, der Junge ist vom College, Sie wollen doch bestimmt keine Anklage erheben.‹ Und wir erhoben keine Anklage. Wenn jemand von einer Universität oder von einem College kam, dann wurde automatisch davon ausgegangen, daß er in Ordnung war; die Unschuldsvermutung bis zum Beweis des Gegenteils und so weiter. Und jetzt? Man braucht bei der Staatsanwaltschaft nur zu hören, der Junge ist Student, und schon wird angeklagt, und das in einem solchen Tempo, daß der Anwalt kaum mitschreiben kann. Als Unruhestifter haben die Vertreter des akademischen Lebens nämlich ihren Amateurstatus verloren. Die Frage ist: Wußten Sie von Cudlipps Allergie gegen Aspirin?«

»Ich wußte davon, obwohl ich es vergessen hatte. Bill McQuire hat mich daran erinnert. Vor einer Weile hatte er mir mal erzählt, daß Cudlipp sich Sorgen macht, weil er so sehr von diesen englischen Pillen abhängig ist. Ich dachte, Bill meint Antibabypillen, denn daran denkt man ja heutzutage bei dem Begriff ›Pille‹, und ich sagte, ich verstünde nicht recht. Dann erzählte mir Bill von Cudlipps Kopfschmerzen und daß er kein gewöhnliches Aspirin nehmen darf. Aber, ob Sie es glauben oder nicht, Mr. Amhearst, die Information blieb einfach nicht hängen; sie war uninteressant.«

»Glauben Sie, daß die Studenten davon gewußt haben?«

»Ich wüßte nicht, woher. Aber meine Erfahrung mit Studenten wie Peabody ist die, daß sie alles wissen, was wissenswert ist, und außerdem viele Dinge, an die wir noch gar nicht denken. Ich frage mich, ob es Miss Philips gelungen ist...«

»Dekan Frogmore, was für Gefühle hegten Sie persönlich für Cudlipp? Ich meine, hatten Sie den Eindruck, daß er im Grunde kein schlechter Kerl war, glaubten Sie, er würde am Ende nachgeben, haben Sie ihn trotz all seiner Vorurteile und Kleinlichkeit gemocht, oder hatten Sie eine eher heftige Abneigung gegen ihn? Ich bin nicht auf der Suche nach einem Motiv, Sir. Das Motiv schreit einen ja geradezu an. Ich möchte nur einen Eindruck von den Gefühlen bekommen, die Cudlipp bei jemandem außerhalb des Englischen Seminars erweckte.«

»Ich habe ihn gehaßt, und allen anderen alten Hasen aus dem inneren Kreis ging es genauso. Es hat keinen Sinn, darum herumzureden. Ich glaube, der Mann war verrückt, wenn Sie die Wahrheit wissen wollen, und so außer sich vor Wut und Rachsucht, daß er wohl nicht gemerkt hat, ob er Aspirin oder Pfefferminztabletten schluckte. Mir ist klar, daß von den Ehemaligen ein gehöriger Druck ausgeht, und ich weiß, daß die Universität gerade jetzt sehr auf Gelder angewiesen ist – Studentenunruhen animieren nicht gerade zum Spenden – und daß unsere Ehemaligen ihr Geld nicht so bereitwillig herausrücken wie die Ehemaligen von Cudlipp, aber das alles erklärt nicht seine tiefe Feindseligkeit. Ich gebe gern zu, daß ich, wenn es mir gelungen wäre, für Cudlipp irgendwo ganz weit weg ein Angebot zu ergattern, das er nicht ausschlagen kann, die Gelegenheit beim Schopf gepackt hätte. Aber von da bis zu einem Mord ist ein langer Weg.«

»Nach allem, was ich gehört habe, machte Cudlipps Anhänglichkeit an die Institution, an der er arbeitete, einen Teil seines Wahns aus. Offensichtlich haben weder er noch Clemance jemals auch nur erwogen, wegzugehen. Außerdem, Herr Dekan«, sagte Reed und erhob sich, »hat natürlich derjenige, der Cudlipp das Aspirin verabreicht hat, nicht unbedingt vorgehabt, ihn zu ermorden; eine Aspirin-Allergie ist gefährlich, aber selten tödlich.« Reed hatte vorgehabt, nach diesem Satz zu gehen, aber es klopfte an der Tür. Miss Philips steckte den Kopf herein. »John Peabody ist da, Herr Dekan.«

Frogmore machte die beiden bekannt. »John, das ist Mr. Amhearst.«

»Hallo«, sagte John Peabody. »Wie wäre es mit einem Lunch?« Keine Förmlichkeiten, hieß offenbar Mr. Peabodys Devise.

»In Ordnung«, sagte Reed. »Vielen Dank, Herr Dekan. Ich komme vielleicht mit weiteren Fragen, wenn Sie gestatten, aber im Augenblick fallen mir keine mehr ein.«

»Jederzeit, jederzeit«, sagte Frogmore. »Bin froh, Sie mit an Bord zu haben.«

»Sie müssen ein Herr Wichtig sein«, sagte Peabody, als

sie hinausgingen. »Sind Sie der Bezirksstaatsanwalt? Oder nur sein Bruder?«

»Ist denn etwas Bemerkenswertes passiert?«

»Frogmore hat Sie nicht mit Ihrem Vornamen angeredet. Meine Güte, der muß wahrhaftig beeindruckt sein.«

»Ich habe ihm meinen Vornamen nicht verraten.«

»Der schnappt Vornamen auf wie ein Radargerät ein bewegliches Ziel. Grillrestaurant mit Bar, in Ordnung? Wir könnten sogar ein Bier trinken.«

»Ist mir recht«, sagte Reed. Er fand John Peabody, der aussah, als hätte er nicht nur in seinen Kleidern geschlafen, sondern seine ganzen Flitterwochen darin verbracht, amüsant. Warum eine Krawatte tragen, wenn man sie nicht bindet, und ein Hemd, wenn es nicht zugeknöpft ist, fragte sich Reed. Immerhin ist sein Schlips nicht psychedelisch schrill, und er trägt auch keine Perlen um den Hals; es gibt immer viele Gründe, dankbar zu sein.

Das »Grillrestaurant mit Bar« entpuppte sich als ein größeres Gasthaus mit Bier vom Faß, und Reed ließ sich gemütlich mit Peabody in einer Nische nieder. Peabody besorgte für beide einen Krug Bier. »Die Sache ist die«, sagte er, »ich habe Cudlipp nicht abgemurkst, aber, mein lieber Freund, ich hätte es gern getan, wenn ich Gelegenheit dazu gehabt hätte. Mann, was wir uns alles ausgedacht haben – ich und die anderen vom U. C. Vielleicht sollten wir seine Kinder entführen und dann sagen: ›O. K., Alter, du kriegst sie wieder, wenn du das alte U. C. in Ruhe läßt.‹ Wir haben uns ausgemalt, wie wir ihn in einem Keller gefangenhalten und mit neunschwänzigen Katzen bearbeiten, bis er um Gnade winselt, und dann zu ihm sagen: ›Erst wenn du den geschäftsführenden Präsidenten angerufen hast, Alter, und mit dem U. C. alles in Ordnung gebracht hast.‹ Also, alles was recht ist, hätte ich den Dreh mit dem Aspirin gewußt, ich hätte es ihm eigenhändig in seinen stinkenden Hals gestopft. Er hat mich doch tatsächlich aus seinem Büro geworfen. Ich weiß, er ist alt genug, um mein Vater zu sein, aber das hätte das Vergnügen, ihn aus den

Schuhen zu hauen, nur verdoppelt. Aber er hat die Tür zugedrückt, und die anderen haben mich festgehalten.« Peabody beschloß seine Rede mit ein paar modischen Beschimpfungen. Eigentümlich, dachte Reed, als wir jung waren, haben wir freundlich geredet und abscheulich gedacht. Mr. Peabody hört sich grauenvoll an, und es ist vollkommen klar, daß unter diesem Deckmantel eine ganz zarte Seele steckt. Jedenfalls nehme ich das an.

»Ich dachte, zwei von eurer Gruppe waren Frauen?«

»Stimmt. Dazu ich und Randy Selkirk. Lauter gute Kumpel.«

»Verstehe. Was ist denn genau passiert?«

»Wollen Sie ein Sandwich? Ich besorge uns gerne eins, wenn Sie das nötige Kleingeld haben. Ich bin völlig abgebrannt.«

Reed gab ihm Geld. »Schinken und Käse auf Roggenbrot für mich«, sagte er.

Peabody war nach kurzer Zeit zurück – offensichtlich kannte man ihn hier und bediente ihn prompt – und brachte zwei Sandwiches, zwei neue Krüge Bier und ein Päckchen Zigaretten mit. »Brauchen Sie Zigaretten?« fragte er Reed.

»Ich nehme an, die sind Ihnen gerade ausgegangen«, sagte Reed.

»Mann, Sie kapieren schnell«, sagte Peabody. »Ihr Täubchen ist O. K.«

»Ich fürchte, wir haben uns mißverstanden«, sagte Reed. »Ich wollte Schinken und Käse.«

»Ich meine Ihre Puppe, Mann. Professor Fansler. Bei den Graduierten sind alle im Viereck gesprungen, als Cudlipp die falschen Pillen geschluckt hat. Den Viktorianischen Roman bringt sie richtig geil rüber.«

»Geil?«

»Gut, Mann, richtig gut.«

»Ja«, sagte Reed. »Danke. Nun zu Ihrem Treffen mit Cudlipp. Könnten Sie mir das wohl langsam schildern und in annähernd normalem Englisch?«

»Da gibt's nicht viel zu erzählen. Wir vier sind zu ihm rein marschiert, jeder mit seiner Geschichte auf der Pfanne. Wir können sie auswendig und haben die Vorstellung schon für Ihre Puppe gegeben – ich meine für Professor Fansler. Sinn und Zweck der Veranstaltung ist, daß jemand kapiert, wie großartig das U. C. ist. Was es uns bedeutet. Wir sind alle ganz verschiedene Leute, aber beeindruckend, wenn Sie wissen, was ich meine. Aber ich war noch gar nicht fertig mit meinem Auftritt – ich bin sozusagen der Conférencier der Show –, als Cudlipp schon die Fassung verlor. Mann, ist der ausgerastet. Nachher wußte ich, warum: Ich hatte gesagt, daß das U. C. eben kein Laden ist, wo man ein paar Kurse belegt und sich die Zeit vertreibt – so drücke ich mich immer aus –, und natürlich ist er vor hundert Jahren, als er noch ein junger Kerl war, mal von der Alma Mater gefeuert worden, und hat ein paar Kurse am U. C. belegt, das damals noch Fortbildungsabteilung hieß, um sich die Zeit zu vertreiben, bis er wieder zurück zu seinen Freunden aus den besseren Kreisen konnte.«

»Hat sonst noch jemand etwas gesagt?«

»Dazu hatte keiner mehr eine Gelegenheit. Er ging auf mich los. Die anderen mußten mich beruhigen – Junge, war ich geladen. Aber diese Barbara Campbell ist eine coole Nummer. Nachdem mich alle herausbefördert hatten und bevor Cudlipp die Tür zuknallen konnte, drehte sie sich um – sie trägt natürlich nur Kleider von Dior – und sagte: ›Professor Cudlipp, ein Mann in Ihrer Position sollte eigentlich mehr Format haben.‹ Nichts weiter. Der hat die Tür so zugeknallt, daß ich dachte, sie fliegt aus den Scharnieren. Das war dann schon alles.«

»Bringt nicht viel, fürchte ich«, sagte Reed. »Sind Sie optimistisch, was die Entscheidung des Verwaltungsrats angeht?«

»Also, wir müssen diesen Schlamassel klären. Was ist mit den Aufzügen, Mann? Wie die immer wieder steckenbleiben... Im Krug schmeckt Bier besser, nicht wahr? Vor allem, wenn es gezapft wird. Wollen Sie noch eins?«

»Nein, danke. Was ist mit den Aufzügen?«

»Was soll mit denen sein?«

»Sagten Sie nicht...«

»Mann, immer locker. Sie wollen alles zu genau wissen.«

»Stimmt.« Reed steckte sein Wechselgeld ein. »Es war mir ein Vergnügen, Mr. Peabody.«

»Gleichfalls. Immer locker...«

»Ich weiß«, sagte Reed. »Ich nehme es mir vor.«

Reed hatte eine Verabredung in der Stadt. Schließlich kann man nicht den ganzen Tag nur Sekretärinnen betören und mit Erstsemestern Bier trinken, aber er ging noch schnell bei Castleman vorbei, für alle Fälle. In seinem Büro hieß es, Castleman sei zum Lunch im Club der Fakultät. Reed bedankte sich und schlenderte zum Club hinüber. Ihm war nicht ganz klar, was er Castleman eigentlich fragen wollte, aber er hielt es für besser, sich auf alle Fälle den Club mal anzuschauen, in dem offenbar alle Welt die Zeit verbrachte, um ruchlose Pläne zu schmieden. Als er den Club betrat, kam Castleman ihm entgegen.

»Hallo«, sagte Castleman und blieb stehen. »Irgendwelche Fortschritte?«

»Sagen Sie«, sagte Reed, »gibt es in der Verwaltung jemanden, mit dem ich über Aufzüge reden kann?«

»Wie wäre es mit mir? Oder brauchen Sie einen Monteur?«

»Ich weiß nicht genau, was ich eigentlich wissen will. Meine Frage überrascht Sie offensichtlich nicht besonders.«

»Nicht allzu sehr. Wollen wir uns nicht kurz setzen? Haben Sie schon zu Mittag gegessen?«

Reed nickte. »Ich sage einfach ›Aufzüge‹, und Sie erzählen mir, was Ihnen dazu einfällt.«

»Wie der Zufall es will, hat sie der geschäftsführende

Präsident mir gegenüber gerade heute morgen erwähnt. Ich habe nie an einen Zusammenhang mit der Cudlipp-Geschichte gedacht – aber schließlich saß er in einem Aufzug fest, nicht wahr?«

»Was für ihn tödlich endete, wie sich später herausstellte. Zumindest möglicherweise.«

»Ich verstehe. Das muß aber absolut vertraulich bleiben, Mr. Amhearst. Darf in keinem Bericht oder sonstwie offiziell auftauchen.«

»Ich habe selten mit Informationen etwas anfangen können, die nicht vertraulich waren«, sagte Reed, »aber wenn ein Verbrechen begangen worden ist, kann ich kein Auge zudrücken.«

»Nein, natürlich nicht. Ich meinte nur das Problem, das die Universität ganz allgemein hat. Doch wer wüßte besser als ich, daß man nicht jemandem einen Auftrag geben und ihm gleichzeitig Schranken setzen kann. Das Problem von Diskretion an einer Universität ist, das habe ich gelernt: Verhält man sich diskret, dann sind die eigenen Freunde die einzigen, die keine Ahnung haben. Alle anderen haben sich längst ausführlich beraten. Die Grenze zwischen ausführlicher Erörterung und vorsichtiger Diskretion ist schmaler als eine Rasierklinge. Also, zu den Aufzügen. Die Aufzüge in den Universitätsgebäuden sind ein gottverdammter Ärger, ein schlechter Witz. Sie sind dauernd überfüllt, und das mit jungen Leuten, deren Sanftheit im Umgang mit Schaltern und Knöpfen gegen Null geht. Aber ein wirklich ernstes Problem sind sie noch nie gewesen. Was gewöhnlich passiert, ist, daß ein Aufzug, in dem man seit Lichtjahren unterwegs in das oberste Stockwerk zu sein scheint, plötzlich beschließt: Höher als bis zum vorletzten will ich nicht. Und schon befördert er einen wieder abwärts bis ins zweite Kellergeschoß. Wie das Spiel, das meine Kinder immer spielen, wo man am falschen Platz landet und wieder zurück muß auf ›Anfang‹. Ärgerlich, aber normal. Wie oft weigern sich die Aufzüge, während der Fahrt abwärts irgendwo anzuhalten – aber wir hatten immer den Verdacht, daß jemand die Fahrstühle heimlich manipuliert hat, als Wink mit dem Zaunpfahl, daß wir eigentlich abwärts zu Fuß gehen sollten.«

»Ich habe einmal in Paris in einer Pension gewohnt«, sagte Reed, »wo man den Aufzug nur benutzen durfte, um hinaufzufahren. Das fand ich manchmal extrem ärgerlich, besonders wenn man mit schwerem Gepäck hinunter wollte.«

»Das ist auch ärgerlich. Aber in dem Rahmen bewegte es sich auch hier bis zum vergangenen Herbst. Dann fingen die Aufzüge an, zwischen den Stockwerken stehenzubleiben, mal in dem einen Gebäude, mal in dem anderen. Das löste einigen Wirbel aus. Dann fingen sie zur Abwechslung an, nur zu bestimmten Zeiten stehenzubleiben, an Tagen oder Abenden, an denen Sitzungen in einem Gebäude stattfanden oder an denen die Dekane auf dem Weg zu einem Treffen mit dem Präsidenten waren oder, zum Beispiel, als alle Professoren für Philologie im Fahrstuhl versammelt waren. Manchmal blieb auch ein hysterischer Student stecken und mußte wegen Schock behandelt werden. Erst seit kurzem stellen wir uns offiziell die Frage, ob das Ganze nicht Teil eines subversiven Plans sein könnte.«

»Zu welchem Zweck?«

»Chaos. Verunsicherung. Ein weiterer Grund, Vertrauen zu verlieren und an die allgemeine Unzuverlässigkeit zu glauben. Es ist ein raffinierter Trick, viel wirkungsvoller als das Sprengen von Vorlesungen, weil keiner dabei erwischt wird, keiner so etwas organisiert und die Wirkung subtiler und deshalb dauerhafter ist.«

»Sie meinen, eine Art zielloser Feindseligkeit breitet sich aus?«

»Genau. Ärger oder, wenn Ihnen der Begriff lieber ist, Feindseligkeit ist eine jener Kräfte, mit denen die moderne Gesellschaft nicht umzugehen weiß. Gegen einen Aufzug treten, in dem man eingeschlossen ist, oder gegen eine Aufzugtür, die sich nicht öffnen will, hat etwas Demütigendes, Unbefriedigendes – also läßt man es am nächsten Studenten oder Kollegen aus, dem man begegnet. Gleichzeitig ist das Anhalten von Aufzügen kein größeres Verbrechen. Wahrscheinlich übertreten diejenigen, die so etwas machen, nicht einmal die Buchstaben des Gesetzes, und sie richten ja keine Schäden an, die man ihnen zur Last legen könnte. Immer vorausgesetzt, wir wüßten, wer ›sie‹ sind.«

»Aber wie werden Aufzüge denn eigentlich angehalten? Wissen Sie da Bescheid? Es klingt ein bißchen gefährlich.«

»Das hat uns lange verwirrt. Die Geschichte erfordert sehr genaue technische Kenntnisse, und auch die zeitliche Planung muß ja exakt sein. Eines Tages hätten wir dann fast einen der Missetäter erwischt, zumindest glaubt Cartier, daß es ihm fast gelungen wäre. Cartier war in den Keller gerannt, als er hörte, daß wieder einmal ein Aufzug festsaß, und sah gerade noch, wie sich jemand heimlich davonstahl. Cartier, der mehr Mut als Verstand hat, wenn Sie mich fragen, hatte den Kerl fast am Kragen, aber er packte nicht fest genug zu. Jedenfalls, als er sich anschaute, wo der Bösewicht gestanden hatte, entdeckte er den elektrischen Schaltkasten.«

»Also haben die einfach den Saft abgedreht?«

»So einfach war das. Aber abschließen konnten wir das verdammte Ding nicht; man muß ja im Notfall herankönnen. Das Wachpersonal versucht, ein Auge auf die Aufzüge zu haben, kann aber natürlich nicht überall zugleich sein. Kein Zweifel, daß sich jemand, der wußte, daß oben etwas los war, an dem Abend, an dem Cudlipp starb, am Fahrstuhl zu schaffen gemacht hat. Eigentlich ganz einfach, wenn man es erst mal kapiert hat.«

»Und mit so etwas beschäftigen sich die radikalen Gruppen?«

»Nein, nein. Das ist ja die größte Überraschung an der ganzen Sache. Die wollen Öffentlichkeit, große, auffallende Gesten, die möglichst große Gruppen von Menschen auf möglichst beeindruckende Art in Verlegenheit bringen und die Autoritäten lächerlich machen.«

»Konfrontation ist das Stichwort, oder?«

»Genau. Aber von Konfrontation kann hier ja keine Rede sein. Es sieht eher nach jemandem aus, der sich diese Teufelei ausgedacht hat, um die Universität zu ärgern, ohne eine Auseinandersetzung zu wollen. Jemand mit einer verdrehten Art von Humor. Wenn Sie meine Meinung wissen wollen: Ich glaube, es ist jemand, der hier rausgeflogen ist und deswegen eine Wut im Bauch hat. Einer von denen, die die Universität wegen Nichterfüllung des Vertrags verklagt haben, nachdem sie durchgerauscht sind, damals, in der guten alten Zeit. Aber wer weiß.«

»Also«, sagte Reed und stand auf, »das ist zwar alles andere als nett, aber ich glaube nicht, daß es mit meinen gegenwärtigen Nachforschungen zu tun hat.«

»Sagen Sie mir, wenn ich Ihnen irgendwie helfen kann. Zeit spielt keine Rolle. Hallo, Bill. Das ist Reed Amhearst von der Bezirksstaatsanwaltschaft. Er untersucht Cudlipps Tod. Das ist Bill McQuire.«

»Falls Sie auf dem Weg zur U-Bahn sind, Mr. Amhearst, werde ich Sie begleiten und sehen, ob ich Ihnen helfen kann. Mein Büro liegt in der Richtung. Sie interessieren mich.«

»So? Warum?«

»Aus vielen Gründen. Ich kann mir vorstellen, daß es eine sehr mühselige Aufgabe ist, herauszubekommen, wer die Tabletten in das Röhrchen in Cudlipps Tasche praktiziert hat. Ich glaube, ehrlich gesagt, daß die Universität ihn umgebracht hat.«

»Das ist aber mal ein interessanter Gedanke. Wieso?«

»Weil er alles darangesetzt hat, die Universität umzubringen. Oh, er hat natürlich geglaubt, sie zu retten. Aber er hat seinen Fachbereich über alle Maßen vergrößern wollen. Ich glaube, er hätte die übrige Universität pleite gehen lassen, wenn er dadurch Gelder für sein Institut hätte beschaffen können. Und selbst wenn Sie herausbekommen sollten, wie das Aspirin in Mrs. Murphys Meeresfrüchtesalat geraten ist, wäre das wichtig?«

»Für das University College wäre das sehr wichtig. Der Verwaltungsrat wird nichts unternehmen, solange dieser Fall nicht geklärt ist.«

Bill McQuire pfiff durch die Zähne. »Das klingt nach unserem Freund O'Toole. Na ja, ein letztes Aufbäumen. Wissen Sie jetzt, wen Cudlipp an dem Tag alles getroffen hat? Irgendwer muß irgendeinen Hokuspokus mit seinen Pillen veranstaltet haben.«

»Über die meisten weiß ich inzwischen ziemlich gut Bescheid. Was halten Sie von Cartier?«

»Er ist am Englischen Seminar; er haßt Cudlipp aus ganzem Herzen, aber damit ist er ja alles andere als allein. Ich selber bin übrigens Wirtschaftswissenschaftler.»

»Jemand meinte mal nebenbei, Cartier sei vielleicht etwas hitzköpfig.«

»Das ist er. Er redet nicht viel, aber er ist dauernd unterwegs und taucht an den seltsamsten Plätzen auf. Bei der Polizeiaktion im letzten Frühjahr hat er von einem Polizisten einen Schlag auf den Kopf versetzt bekommen und wurde mit der grünen Minna fortgeschafft und beinahe angeklagt, bevor ihn jemand identifizieren konnte, und all das nur, weil er sich mit einem Studenten in einen Streit darüber eingelassen hatte, ob es unanständig sei, menschliche Wesen, auch wenn sie Polizisten sind, als Schweine zu bezeichnen. Als er wieder frei war, glaubten die Studenten, daß er jetzt bestimmt seine Meinung geändert hätte, aber er fand, Polizisten seien zwar unnötig brutal, vielleicht sogar sadistisch, auf jeden Fall unvernünftig, aber keine Schweine.«

»Könnte er impulsiv genug gewesen sein für den Trick mit dem Aspirin?«

»Das kann ich mir nicht vorstellen. Er und ich waren mit Cudlipp zusammen an dem Tag, als er starb.«

»Ich weiß.«

»War es das, wonach Sie mich fragen wollten? Ich habe

nämlich gleich eine Vorlesung zu halten.« Reed nickte. »Wir wollten Cudlipp überreden, sich ein bißchen zusammenzureißen, aber er wollte nichts davon wissen. Cartier sagte zu ihm...«

»Ja?«

»Er sagte: ›Sie wollen Ärger, Cudlipp; Gewalt und Ärger. Sie legen es darauf an.‹ Aber ich bin sicher, das meinte er nur ganz allgemein.«

»Und was haben Sie zu Cudlipp gesagt?«

»Ich habe ihm klargemacht, daß, wenn er so weitermacht, ihm irgendwer sein verdammtes Genick brechen wird. Also, sagen Sie mir Bescheid, wenn ich Ihnen helfen kann.«

Reed nahm die U-Bahn in die Innenstadt und war so in sein Problem vertieft, daß er vergaß, an der Franklin Street auszusteigen.

Mr. Higginbothom stand pünktlich um vier Uhr vor der Tür.

»Und wie läuft's mit den Computern?« fragte Kate.

»Ich möchte Ihnen gern in den nächsten Tagen mal das Computer-Zentrum vorführen.«

»Das würde mir gut gefallen«, sagte Kate. »Wenn ich nur ein Problem hätte, das sich per Computer lösen ließe. Aber wenn ich richtig verstanden habe, kann ein Computer einem nur dann eine Antwort geben, wenn man ihn vorher mit allen relevanten Informationen gefüttert hat und die richtigen Fragen stellt. Leider habe ich die nicht.«

Mr. Higginbothom setzte sich und schaute höflich erwartungsvoll.

»Wie Sie zweifellos gehört haben werden«, begann Kate etwas umständlich, »starb Professor Cudlipp neulich während einer Party, die zu meinen Ehren gegeben wurde.« Mr. Higginbothom nickte. »Sein Tod war natürlich das Ergebnis einer Reihe unglücklicher Zufälle, aber die Universität möchte, wenn möglich, ein paar der Fakten im Zusammenhang mit dem Fall geklärt sehen. Was in weniger geschwollenen Worten bedeutet, daß ich das Englische Seminar aus der Perspektive eines Wurmes sehen möchte – und wer gleicht mehr einem Wurm als ein Student, der gleichzeitig Assistent ist?«

Mr. Higginbothom grinste.

»Und wenn Sie jetzt das Wort Diskretion auch nur erwähnen«, fuhr Kate fort, »dann werfe ich Ihnen irgendwas an den Kopf. Ich lasse zu, daß Sie für Ihre Arbeit über Max Beerbohm einen Computer benutzen – dabei hat gerade er nicht einmal die einfachsten Erfindungen des zwanzigsten Jahrhunderts ertragen können –, deswegen müssen Sie bereit sein, mir Ihre Eindrücke zu schildern. Zumindest hoffe ich das.«

»Ich könnte sogar Max Beerbohm zitieren, was Professor Cudlipp angeht«, sagte Mr. Higginbothom. »Wenn zwei Leute sich über einen Dritten nicht einig sind, dann hat immer der recht, der ihn mag.«

»Daraus soll ich schließen, daß Sie Cudlipp mochten?«

»Ja, sehr sogar. Er war wirklich sehr nett zu mir. Er hat mich mit meiner Gruppe von Erstsemestern experimentieren lassen – ich habe das ganze Jahr mit linguistischen und stilistischen Übungen zugebracht, und den Studenten hat es tatsächlich Spaß gemacht –, aber das ging nur, weil er seinerseits an mich geglaubt hat. Außerdem hing er sehr an seinem Fachbereich, und das tue ich auch. Er war überzeugt, daß er der richtige Ort für aufregende Lehrversuche war, weil wir alle die Bereitschaft zum Experiment hatten und Robert O'Toole Dekan werden sollte, der zum erstenmal seit vierzig Jahren neue, aufregende Perspektiven in die Arbeit hineinbringen würde. Ich weiß, Cudlipp hielt nicht gerade viel vom University College, und ich weiß auch, daß Sie sich dafür einsetzen, aber ihm war vollkommen klar, daß es hier nur ein Institut für das Grundstudium geben darf, und das muß erstklassig sein. Ich teilte seine Meinung und tue das immer noch. Ich glaube, Cudlipp war ein mutiger Mann, und er setzte sich für das ein, woran er glaubte. So etwas bewundere ich. Zu viele Leute lassen die Dinge einfach laufen.«

Kate lehnte sich in ihrem Sessel zurück und lachte. »Entschuldigen Sie«, sagte sie zu Mr. Higginbothom, als sie sich wieder beruhigt hatte. »Ich lache über mich selbst. Ich war so verdammt selbstsicher und habe vergessen, daß jedes Ding seine zwei Seiten hat, und dabei sollte gerade ich das eigentlich besser wissen. Wollen Sie mir verraten, wer wohl der neue Leiter des Englischen Seminars wird?«

»Im Augenblick steht es da unentschieden. Ich habe gehört, es hätte hitzige Diskussionen gegeben.«

»Zwischen wem in erster Linie?«

»Sie vergessen nicht, Professor Fansler, daß das hier die Wurmperspektive ist?«

»Selbstverständlich nicht. Ich würde mich für diese direkten Fragen, auf die Sie kaum ausweichend antworten können, entschuldigen, Mr. Higginbothom, wenn es sinnvoll wäre, sich für etwas zu entschuldigen, das zu tun man fest entschlossen ist.«

»Es gibt Gerüchte, daß Clemance uns noch eine Zeitlang darüber nachdenken lassen will, ein paar Monate ein bißchen kämpfen und vorläufig keinen von Cudlipps Gefolgsleuten einsetzen wird. Er sagt, er sei bereit, für den Rest des Semesters einige der anfallenden Aufgaben zu übernehmen, und dagegen läßt sich ja kaum etwas sagen. Mir persönlich tut es leid, daß die Atmosphäre immer noch gespannt ist; wir sollten dafür sorgen, daß die Wunden bald heilen. Übrigens stellen wir eine Gedenkschrift für Cudlipp zusammen. Ich hoffe, Ihre Einstellung ihm gegenüber ist bis zu dem Erscheinen des Buches positiver geworden, was bei den Zeitplänen der Wissenschaftler und der Universitätsverlage in etwa drei Jahren der Fall sein dürfte.«

»Ich bin sicher, daß sich meine Einstellung schon viel früher ändern wird. Danke, daß Sie gekommen sind, und viel Spaß mit den Sätzen von Max.«

Tatsächlich war es dann ein Satz von Max Beerbohm, den Kate zitierte, als Reed wissen wollte, wie ihr Tag gewesen sei. »›Um eine genaue und erschöpfende Schilderung dieses Zeitabschnitts zu geben, bedürfte es einer weit weniger brillanten Feder als der meinen‹«, sagte sie müde.

»Gleichfalls«, sagte Reed. Was ein Computer daraus gemacht hätte, blieb offen.

Neun

Unsere Rasse hätte es nicht weit gebracht
Hätten wir nicht gelernt zu täuschen
Und sicherer zu wirken als wir sind
Was unsere Ziele angeht

Die folgende Woche war für Kate weniger bemerkenswert wegen der Versuche, das Puzzle von Aufzügen und Aspirin zu lösen, als wegen der gemeinsamen Präsenz mit Reed auf dem Campus. Es überraschte sie, zu entdecken, daß sie in ihrem Bewußtsein die Universität und Reed immer säuberlich voneinander getrennt hatte, als sei der Ort, an dem sie arbeitete, was Reed anging, nichts anderes als die Quelle von Neuigkeiten, Problemen und Erfahrungen, die sie mit nach Hause brachte und ihm als Tribut zu Füßen legte.

Aber jetzt waren diese Probleme, Erfahrungen und Neuigkeiten auch zu seinen geworden, und sie genoß es ungeheuer, mit ihm über den Campus zu wandern und sich, wenn es soweit war, ganz förmlich von ihm zu verabschieden, was ihre Liebe füreinander besser auszudrükken schien, als jede öffentliche Umarmung das gekonnt hätte. Reed seinerseits gab zu, daß ihn der Campus gleichermaßen faszinierte wie er begierig war, ihn zu verlassen. Auf alle Fälle wollte er nicht gehen, bevor er der Universität nicht jene Erkenntnisse geben konnte, die nötig waren, um wieder Frieden einkehren zu lassen. Risse, die quer durch eine Gruppe gehen, werden genauso wie Krankheiten nicht dadurch geheilt, daß man sie benennt; doch wenn man ihnen einen Namen gibt, isoliert man sie von ihren natürlichen Verbündeten: der übermäßigen Angst, Beklemmung und Mutlosigkeit. Die Magie der Ärzte läge, aller Forschung zum Trotz, darin, erklärte Reed Kate, daß sie die Macht hätten, den Dingen einen

Namen zu geben. Jetzt besaß er diese Macht; er wollte sie nutzen und dann wieder verschwinden.

In der vergangenen Woche hatte Kate ausführliche Gespräche mit Studenten und Fakultätsmitgliedern geführt, die irgendwie mit dem Fall zu tun hatten und ihr über den Weg liefen. Seit den Frühjahrsunruhen schien jeder ständig Leute zu treffen und stehenzubleiben und zu reden. Früher hatte die Universität einem Club geähnelt, in dem sich nur die ältesten Mitglieder kannten und in Gespräche verwickelten. Jetzt war sie zu einer Art Kleinstadt geworden, in der jeder jeden kannte und begrüßte und meist Neuigkeiten, Klatschgeschichten und Gerüchte loswerden wollte. Kate dachte, daß Gefahren und gemeinsame Erfahrungen die moderne Welt zu einem Dorf machten – und nicht etwa das Fernsehen, wie dieser dröge Das-Medium-ist-die-Botschaft-Verkünder hatte weismachen wollen. Sie hatte sich mit vielen unterhalten und viel erfahren, aber nichts von alledem schien sie weiterzubringen.

Frogmore berichtete von Gesprächen mit fast allen Mitgliedern des Verwaltungsrates, und es war keine Frage, daß das University College über eine überwältigende Zahl von positiven Stimmen würde verfügen können, *wenn* seine Sache je vor dem Verwaltungsrat verhandelt würde. Eine Reihe von Mitgliedern des Rates kam aus Universitäten, die in keiner direkten Verbindung zu den Geistes- und Naturwissenschaften im Grund- oder Graduierten-Studium standen, und sie sahen nicht ein, warum ein Bereich der Universität die Macht haben sollte, einen anderen aufzulösen – jedenfalls so lange nicht, wie keine zwingenderen Gründe vorlagen als die bisher genannten. Er hoffe nur, meinte Frogmore an Kate gewandt, daß es so einfach gehen werde.

McQuire, der Kate beiseite nahm, um ihr zu erzählen, wie großartig er Reed fand, sagte, er glaube inzwischen, Cudlipp habe Selbstmord begangen – als besten Weg, dem University College den Garaus zu machen. »Nennen Sie es eine Art Harakiri«, sagte er. »›Ich gehe unter und reiße das feindliche Schiff mit in die Tiefe.‹« In dem Fall, hatte Kate entgegengehalten, wäre es sinnvoller gewesen, wenn er seinen mutmaßlichen Mörder beschuldigt hätte, bevor er zusammenbrach, statt nur auf so unkonstruktive Weise »Aspirin« zu rufen. McQuire zuckte nur die Schultern. »Keine Frage«, sagte er, »daß der ganze Plan danebenging. Wir werden das wohl nie genau wissen. Gewonnen hat er so oder so, und ich bin mächtig deprimiert. Gehen wir was trinken.«

Aber Kate ging weiter, um mit Cartier zu reden, der sie immer mehr in Erstaunen versetzte. Er war der ruheloseste Mann, der ihr je begegnet war. Er schien geradezu an einer Muskelkrankheit zu leiden, die ihn in Zuckungen verfallen ließ, sobald er zu lange still stand oder saß. Er pflegte sie immer sehr freundlich mit etwas ungewöhnlichen Bemerkungen zu begrüßen (»Ich will mich mal wieder mit ein paar Aufzügen herumstreiten – wie geht's?« war ein gutes Beispiel dafür), aber nachdem er ein gewisses Maß an Informationen herausgeholt und selbst so wenig, wie gerade noch schicklich, offenbart hatte, pflegte er davonzuzappeln, als hinge er an einem unsichtbaren Faden, der ihn wie eine Marionette von der Bühne zog. Ein Großteil seiner Ruhelosigkeit, mutmaßte Kate, rührte aus seinem Hunger nach Informationen und seiner totalen Unfähigkeit, selbst welche zu liefern. Da die meisten Leute lieber redeten als zuhörten, funktionierte Cartiers Methode ganz gut. Er hörte heftig nickend zu, und sowie eine Gegenfrage kam, stammelte er entschuldigend etwas von dringenden Geschäften und verschwand. Aber nach einiger Zeit wurde Kate und zweifellos auch den anderen klar, daß der Informationsaustausch kein wechselseitiger war und Cartier es nicht über sich brachte, auf die Diskretion von irgend jemandem zu vertrauen. Eines Tages sagte Kate ihm das ins Gesicht, und er gab ihr in seiner üblichen knappen Art recht, indem er nickte und seine Arme wie eine Puppe ausstreckte. »Mit welchen Aufzügen wollen Sie sich denn zum Beispiel gerade herumschlagen?«

»Ach, war nur ein Spaß, nur ein Spaß«, antwortete er und verschwand.

An dem Tag, als sie mit McQuire gesprochen hatte, hielt sie in der Lounge des Clubs Ausschau nach Cartier. Es war der beste Ort, um Neuigkeiten aufzuschnappen, und Cartier konnte sich nie lange davon fernhalten. Tatsächlich hatte sie ihn dort gefunden, und es war ihr unter großen Mühen gelungen, ihn dazu zu bewegen, daß er mit ihr auf einer Couch Platz nahm.

Er bot jede mögliche Ausrede an, von drohenden Katastrophen bis zu gerade ausbrechenden Krankheiten, aber Kate blieb hart. »Ich halte Sie nur eine Minute lang auf. Bitte, setzen Sie sich. Mir geht es gar nicht gut.« Das stimmte zwar nicht, machte es Cartier aber unmöglich, sich zu weigern. Er nahm auf der Sofakante Platz, das Gewicht auf den Zehenspitzen und mit zusammengepreßten Knien, wie – so war es Kate durch den Kopf gegangen – eine jungfräuliche Lady aus Viktorianischer Zeit, die sich gegen ein unzüchtiges Angebot wappnet. Er ist tatsächlich der einzige Mann, hatte Kate gedacht, der aussehen kann wie Little Miss Muffet, ohne ihm geringsten weibisch zu wirken.

Sie hatte ihm McQuires Theorie geschildert. »Interessant«, lautete sein Kommentar, »aber ich glaube es nicht. Das Aspirin war bloß ein unglücklicher Zufall, höchstwahrscheinlich eine rein pharmazeutische Angelegenheit; niemand scheint daran gedacht zu haben. Die entscheidende Frage sind die Aufzüge.« Cartier beendete seine Sätze immer so abrupt, wie er sie anfing; eine seiner angenehmeren Eigenschaften in diesen langatmigen Zeiten.

»Sind in der letzten Zeit Ihres Wissens wieder Aufzüge steckengeblieben?« hatte Kate gefragt. »Und wenn Sie versuchen, die Flucht zu ergreifen«, hatte sie drohend hinzugefügt, »setze ich mich auf Ihren Schoß, bis Sie geantwortet haben.«

»Wunderbar«, hatte Cartier überraschenderweise geantwortet und sich zurückgelehnt, um mehr Platz auf seinem Schoß zu schaffen.

»Es tut mir leid«, war Kates Antwort gewesen. »Die größte Sünde: Menschen in Schubladen zu stecken, sich einzubilden, man wüßte schon vorher, was sie sagen werden.« Cartier hatte die Entschuldigung gleichzeitig als Entlassung aufgefaßt, war aber stehengeblieben, weil Kate ihre unbeantwortete Frage nach den Aufzügen nachhallen ließ.

»Heute am späten Nachmittag haben die Chemiker eine Besprechung«, hatte er gesagt, bevor er ging. Kate war auf der Couch sitzen geblieben und hatte diese kleine Information wie einen Schatz bewahrt. Sie konnte sich zwar nicht vorstellen, was für ein Nutzen sich daraus ziehen ließe, aber es war das einzige Faktum, das Cartier ihr jemals mitgeteilt hatte. Unglücklicherweise hatte sie es sich nicht mehr zu Herzen genommen oder zumindest sofort Reed davon berichtet, denn als sie ein paar Tage später zufällig Professor Fielding von den Chemikern traf, erwähnte er, daß der komplette Lehrkörper des chemischen Instituts am Tag seiner Sitzung fünfundvierzig Minuten lang im Aufzug festgesessen hatte.

Reed hatte in der vergangenen Woche mit Leuten vom Wartungsdienst, Wachpersonal, Dekanen, Sekretärinnen und Empfangsdamen gesprochen. Schließlich konnte er die endlosen Äußerungen über die Studenten von heute, die düsteren Prognosen für die Zukunft und die absolut nutzlosen Informationen nicht mehr hören. Als sie gemeinsam die U-Bahn verließen und Kate sich auf den Weg zu ihrem nachmittäglichen Seminar machte, sagte er, der heutige Tag bringe hoffentlich ein Ergebnis, aber er zweifele daran.

In diesem Punkt sollte er sich irren.

Als erstes lief ihnen Castleman über den Weg. Er blieb stehen, um mit ihnen zu reden, und stellte seine Aktentasche auf den Boden. »Eine Schnecke auf spiegelglatter Fläche kommt schneller vorwärts als wir«, sagte er. »Oh, das ist nicht Ihr Fehler und nicht meiner, das ist niemandes Fehler. Cartier hofft immer noch, jemanden zu erwischen, der sich an den Aufzügen zu schaffen macht. Aber wer immer das auch tun mag, er wird in keine Falle gehen. Steht schon jemand am Schaltkasten, geht er eben weiter; wird er beinahe ertappt, kann er gerade noch verschwinden.«

»Ist heute wieder irgendwo eine Sitzung?«

»Ja. Bei den Politikwissenschaftlern.«

»Warum versuchen Sie nicht, diese Konferenzen geheimzuhalten?« fragte Kate.

»Wir haben das überlegt – und dann einen Schritt weiter gedacht. Erstens ist es unmöglich; wenn Sie eine Sitzung mit acht Teilnehmern planen, müssen noch einmal so viele Leute oder mehr davon wissen; wir sind ja schließlich keine Geheimorganisation, Gott sei Dank. Zum zweiten ist unsere einzige Chance, daß diese Saboteure entweder aus purer Langeweile aufhören oder daß wir sie erwischen. Es besteht ja keine akute Gefahr; Leute, die Angst davor haben, im Fahrstuhl steckenzubleiben, nehmen die Treppe, hier haben sie das jedenfalls immer getan. Geben wir es zu: Selbst zu den besten Zeiten waren die Aufzüge immer ein Problem.«

»Um wieviel Uhr beginnt die Sitzung?« fragte Reed.

»Um vier. Sie dürfte bis sechs dauern. Und es ist durchaus möglich, daß nichts passiert.« Müde nahm er seine Aktentasche und ging.

Kate und Reed setzten ihren Weg über den Campus fort. Sie waren bedrückt und begierig zu handeln, wenn sich nur eine Möglichkeit dafür geboten hätte. Reed verabschiedete sich gerade von Kate vor der Baldwin Hall, als Clemance dazukam.

»Ihr beide«, verkündete er, »seid der erste wirklich angenehme Anblick seit Tagen.« Er lächelte sein charakteristisches schiefes Lächeln und blieb auf seine seltsam liebenswürdige Art stehen, die durchblicken ließ, daß er, falls sie etwas zu sagen hätten, erfreut zuhören werde, er selber derzeit aber nicht die Kraft zum Sprechen habe.

»Anscheinend werde ich allmählich wirklich alt«, murmelte er schließlich. »Ich erwische mich tatsächlich dabei, von den alten Zeiten zu träumen, als wir regelmäßig in unseren Talaren zur Kapelle pilgerten. Ich glaube, ich will damit sagen, daß dies eine Welt der Gentlemen war, und ich wünschte, das wäre noch immer so. Nostalgie ist eine gefährliche Krankheit.«

»Sie sind nur bedrückt wegen dieser Geschichte mit Cudlipp, und das ist doch normal«, sagte Kate, die sich wirklich Sorgen um ihn machte. »Das Gefährliche an der Nostalgie ist, daß sie ein falsches Bild vorgaukelt. Sie ist ein rückwärts gerichteter Tagtraum. Wie der Gedanke an die Bücher, die wir in unserer Jugend geliebt haben, und dabei lieben wir nur die Erinnerung an uns als junge Leute, die diese Bücher lasen.«

»Sie haben recht. Ich wehre mich so gegen das Altsein und den Gedanken, für verknöchert gehalten zu werden, daß ich mich aus einer Art kindischem Trotz viel älter gebe, als ich in Wirklichkeit bin. Ich muß Ihnen gestehen, es gibt Momente, wo ich nicht nur Cudlipp gern wieder bei uns hätte, sondern mir auch wünsche, jemand hätte mir das Gift gegeben statt ihm.«

»Es muß Ihnen doch gefallen, daß O'Toole Dekan werden soll.«

»Das muß es wohl. Meine Tochter erwartet ein Baby.«

»Daß die eigene Tochter ein Baby erwartet, muß in gewissem Sinne das Schockierendste sein, was einem Mann passieren kann«, sagte Reed. »Das habe ich oft miterlebt.«

»Wahrscheinlich haben Sie recht«, sagte Clemance. »Na ja, bald wird es Winter, und das ist immer trostlos. Hoffen wir, daß danach ein besserer Frühling kommt – daß das Gras nicht zerstört und die Tulpen nicht umgeknickt und zertreten werden.« Er zog seinen Hut und ging.

»Ihm ist also genau dasselbe aufgefallen wie mir – der Tod von Gras und Blumen. Ein vom Krieg verwüstetes Land ist immer ein elender Anblick; erst später wächst dann wieder Gras, zwischen den Kreuzen.«

»Um Himmels willen, Kate, ich bin froh, daß du mit dieser herzzerreißenden Bemerkung gewartet hast, bis er weg war.«

»Ich kann ihm ja nicht ein Enkelkind, das er als ein Zeichen des Untergangs begrüßt, als etwas Aufheiterndes suggerieren.«

»Zumindest liefert ihm das einen natürlichen Grund, Trübsinn zu blasen, statt sich wegen der Universität zu grämen. Wo ist das Institut für Politikwissenschaft?«

»In der Treadwell Hall – da drüben.«

»Ich werde die Sache auskundschaften. Kate...«

»Ja?« sagte Kate, als er nicht weiterredete.

»Ach, nichts. Bis später.«

»Ja. Ich muß mir ein paar Gedanken zu meinem Seminar machen. Wir verbringen alle so viel Zeit in Sitzungen und Ausschüssen, daß wir ganz vergessen, wozu wir eigentlich hier sind.« Sie winkte Reed zu und ging die Stufen hinauf.

Reed wartete im Keller von Treadwell Hall, ohne recht zu wissen, worauf. Der Raum war nur schwach beleuchtet und wirkte unfertig. Beim Auskundschaften hatte er die Tür zu den unterirdischen Gängen entdeckt, mit denen die Gebäude untereinander verbunden waren. Kate hatte ihm erzählt, daß diese seit Jahren von Professoren benutzt wurden, die im Winter der Kälte, im Frühling dem Regen und das ganze Jahr über grüßenden Studenten entgehen wollten. Hinter einer anderen Tür war offenbar ein Maschinenraum, aus dem zwar einiger Lärm drang, der aber sonst uninteressant schien. Der Schaltkasten für den Aufzug befand sich, wie zu erwarten, in der dunkelsten Ecke. Reed sah auf die Uhr. Er stieg die Treppe wieder hinauf, trat auf den Campus und wanderte nachdenklich umher.

Als er zurückkehrte, untersuchte er die dicken Rohre, die dreißig Zentimeter unterhalb der Kellerdecke entlangliefen. Er sprang hoch, konnte sich aber am Rohr nicht gut genug festhalten, um sich hochzuziehen. Er versuchte es mit Anlauf, aber der Keller bot dazu nicht genug Platz. Schließlich öffnete er die Tür zu dem unterirdischen Gang und zog sich an ihr hoch, bis er einen Fuß auf den Türgriff stellen konnte. Während er hinaufkletterte, mußte er mit dem anderen Fuß die Tür immer wieder aufstoßen, weil sie sich, ihrer Natur gehorchend, ständig schließen wollte. Schließlich gelang es ihm, sich von der Tür auf eines der dicken Rohre zu schwingen. Von seinem Gewicht befreit, fiel die Tür wieder zu. Er konnte sich, mit dem Bauch auf dem Rohr liegend, oben halten. Sein Kopf lag auf seinen Händen. Für jemanden, der nach oben schaute, war er zwar nicht unsichtbar, aber normalerweise schauen Leute in leeren Kellern nicht zur Decke. Sollte man ihn entdekken, dachte Reed, dann würde er wieder hinunterklettern und sich einen so würdevollen Abgang verschaffen, wie die Umstände es zuließen. Aber er hoffte, so lange unbemerkt zu bleiben, bis er wußte, wer in den Keller kam und warum.

Seine Lage war nicht ungemütlich. Zum ersten Mal geriet seine Bügelfalte durch etwas Außergewöhnlicheres in Gefahr als die Hitze im Gerichtssaal. Soviel zu den körperlichen Anforderungen an den Bilderbuchdetektiv, dachte er amüsiert. Nach einiger Zeit fing er fast an zu dösen.

Aber nicht ganz. Als sich die Tür zur Kellertreppe öffnete, war er wieder hellwach. Ein Mann trat auf leisen Sohlen ein und ging schnell und lautlos durch den Keller zu der Tür, hinter der sich der Maschinenraum befand. Er schloß die Tür mit einem Schlüssel auf, griff nach innen und holte als erstes einen Holzkeil heraus, mit dem er die Tür offenhielt, danach ein langes Stück Rohr, mit dem er in die Mitte des Kellers trat. Er hob das Rohr über seinen Kopf, schob es über die Glühbirne an der Decke und drehte es, bis das Licht ausging. Zum Glück stand der Mann – es war Cartier – mit dem Rücken zu Reed. Nachdem er den Keller in Dunkelheit getaucht hatte, zog sich Cartier, das Rohr in der Hand, in den Maschinenraum zurück und schloß die Tür. Alles war still und dunkel.

Kurze Zeit später ging die Tür zum Keller wieder auf, und ein anderer Mann kam herein – den Reed wegen der

Dunkelheit nicht erkennen konnte. Der Neuankömmling ging in die Ecke, in der sich der Schaltkasten für den Aufzug befand, und hockte sich, wie Reed annahm, auf die Fersen. Wieder herrschte Stille. Sie schienen ziemlich lange zu warten. Immer wieder konnte Reed hören, wie der Aufzugsmotor ansprang und sich wieder ausschaltete. Er hätte gern seine Lage auf dem Rohr verändert, wagte es aber nicht. Von Zeit zu Zeit spürte er mehr, als er hörte, daß der Mann in der Ecke sein Gewicht verlagerte.

Das kann eine lange Nacht werden, dachte Reed. Und als er sich vorstellte, wie er Kate erklären würde, weshalb er eine ganze Nacht auf einem Rohr im Keller von Treadwell Hall verbracht hatte, war er nahe daran, in Kichern auszubrechen: wohl der einzige Schicksalsschlag, mit dem ein Sam Spade oder Philip Marlowe nie fertig werden mußte, dachte Reed.

Wie lange es dauerte, bis die Kellertür aufging, war eine Frage, die zu quälenden Überlegungen über die Relativität von Zeit hätte inspirieren können. Als die Tür schließlich geöffnet wurde, war der Eintretende offenbar verwirrt, sich im Dunkeln wiederzufinden. Er lauschte – so, wie Reed mit angehaltenem Atem lauschte und sicher auch die beiden anderen. Aber alles blieb ruhig. Der Neuankömmling tastete sich mit den Händen an der Wand entlang vorwärts, bis er vor dem Aufzug stand. Reed sah, wie er eine winzige Taschenlampe anknipste und auf seine Armbanduhr richtete. Bald sprang der Aufzugmotor an. Wahrscheinlich war der Aufzug in eines der oberen Stockwerke gerufen worden. Das Licht, das leuchtet, wenn der Aufzug in Bewegung ist, ging aus und nach kurzer Pause wieder an. Die Lauscher konnten hören, daß der Aufzug auf dem Weg nach unten war. Der Neuankömmling bewegte sich auf den Schaltkasten zu, und plötzlich durchbrach heftiger Lärm die Stille. Die Tür zum Maschinenraum flog auf. Mehrere Männer schienen sich gegenseitig zu packen, Gerangel an den Türen, und Reed hörte eine männliche Stimme flüstern: »Um Gottes willen, mach daß du wegkommst.« Dann war eine Spraydose zu hören. »Du verdammter Idiot«, flüsterte dieselbe Stimme. Inzwischen hatte sich Reed von dem Rohr herunterfallen lassen und bewachte die Kellertür. Ein Mann stieß mit ihm zusammen, und beide wurden in das erleuchtete Treppenhaus geschleudert. Der andere Mann entpuppte sich als der mit Leuchtfarbe besprühte Hankster. Während sich die beiden sprachlos anstarrten, gesellte sich Cartier zu ihnen, der bloß ein erfreutes »Ha!« vernehmen ließ und keine weitere Silbe von sich gab. Der vierte Mann, wer immer er gewesen sein mochte, war verschwunden.

Es dauerte mehrere Stunden, bis die ganze Sache aufgeklärt war, falls »aufklären«, wie Reed später zu Kate sagte, der richtige Ausdruck war.

Cartier war vom Erfolg seiner »Spionageausrüstung« mächtig angetan. Er hatte offenbar seine James Bond-Aktion mit einer Kamera begonnen, in der ein äußerst lichtempfindlicher Film steckte oder, für den Fall völliger Dunkelheit, Infrarotlicht. Das hatte sich, wie er bereitwillig zugab, als eine ziemliche Fehlinvestition erwiesen. Entweder war er im Umgang mit dieser Ausrüstung nicht schnell genug gewesen, oder er hatte die Kamera auf nichts sehr Erhellendes gerichtet. Dabei war er, wie er sagte, zumindest zwei Aufzugssaboteuren schon so nahe gewesen, daß er sie hätte berühren können, aber als er sie bis in beleuchtete Gefilde verfolgt hatte, mischten sie sich unter die anderen Studenten, bevor er sie identifizieren konnte. Daher die Spraydose. Sie sollte das Opfer mit Farbe bedekken, so daß es leicht zu identifizieren war. In der Menge unterzutauchen würde dann unmöglich.

Das einzige Problem war, wie Hankster gequält Cartier ins Ohr flüsterte, daß er den falschen Mann erwischt, ihm den teuren Anzug ruiniert und sie allesamt zu Narren gemacht hatte.

»Aber was hatten Sie denn dort zu suchen?« hatte Cartier nicht unberechtigt gefragt.

»Ich habe versucht, einen irregeleiteten Jugendlichen

davon abzuhalten, sich für eine falsche Sache in ernsthafte Schwierigkeiten zu bringen«, sagte Hankster.

»Zweifellos einer Ihrer radikalen Studenten«, gab Cartier zurück.

»Vielleicht ein, wie Sie es ausdrücken, radikaler Student, wenn auch kaum *meiner*. Die Idee, die Universität durch den Trick mit Fahrstühlen zu spalten, stammt weder von mir noch von ihm oder sonst einem Radikalen im eigentlichen Sinne des Wortes.«

»Und von wem stammt sie?« fragte Reed.

»Von Cudlipp natürlich«, sagte Hankster. »Haben Sie das nicht geahnt?«

Beide starrten ihn einen Moment lang an. »Und wären Sie wohl bereit«, fragte Reed, bevor Cartier eine seiner so rüden wie präzisen Bemerkungen machen konnte, »für uns ein Treffen mit einem Studenten zu arrangieren, den Cudlipp dazu angestiftet hat?«

»Nein«, sagte Hankster. »Ich tue alles, um dieser Geschichte ein Ende zu bereiten, wenn mein Einfluß dazu ausreicht und meine Überredungskunst und wenn mich diese Farbe nicht vergiftet hat, aber ich werde Ihnen keinen einzigen Namen nennen. Tut mir leid.«

Damit marschierte er davon und war, wie Kate später bemerkte, wohl der erste Mensch, der ein Gespräch mit Cartier beendete, bevor Cartier das tun konnte.

»Aber«, fragte Kate am Abend Reed, »kann Hanksters Anschuldigung denn stimmen?«

Zehn

Die Wahrheit, die es zu erreichen gilt,
Darf nicht gleich über die Lippen kommen,
Und wer sie aussprechen will,
Muß gleichzeitig zwei Lügen sagen.

Am nächsten Morgen brachte die Post eine Einladung der Graduate Students' English Society, der GSES, zu einer Dichterlesung. Ganz offenkundig stolz auf sich, verkündete sie mit viel Trara und einem Foto, um wen es sich handelte: W. H. Auden. Kate betrachtete das weiße, wunderbar zerknitterte Gesicht mit Wohlgefallen. Auden war isländischer Abstammung und besaß, mit den Worten Christopher Isherwoods, »einen Haarschopf, bleich wie Stroh, und hatte eine feste, grob wirkende, seltsam weiße Haut, als hätte man ihm jeden Tropfen Blut aus dem Körper gepumpt«. Die Linien in seinem Gesicht, die laut Isherwood ursprünglich das »irreführend wilde Stirnrunzeln sehr kurzsichtiger Menschen« waren, hatten die Jahre tiefer und weicher werden lassen; der Ausdruck, dachte Kate, während sie das Foto betrachtete, war jetzt weniger wild. Dieser Mann wirkte vielmehr erfahren, vom Leben gezeichnet. Sie freute sich auf die Dichterlesung und überlegte, ob Clemance wohl auch kommen würde. Irgendwie scheint es mir passend, dachte sie, daß er und ich und Auden, wir drei, in dieser sonderbaren Zeit gleichzeitig im selben Raum sein sollen. Aber natürlich kennt er Auden und wird sich wahrscheinlich vorher mit ihm treffen wollen.

Das alles mußte schnell arrangiert werden. Audens Lesung fand bald statt und mußte kurzfristig geplant worden sein, aber die neue GSES machte ihre Sache gut. Die frühere GSES hatte tatsächlich nur dem Namen nach etwas mit den Studenten zu tun gehabt; die Fakultät hatte sich ihrer bedient, um Leute aus anderen Instituten kennenzulernen, die sie später für sich rekrutieren wollte. Seit der Revolution war die GSES der Fakultät abgerungen worden und widmete sich nun der Organisation von Lesungen und Diskussionen, die den Studenten interessant erschienen. Jeder betrachtete diese Veränderung als wunderbare Verbesserung, was ja auch stimmt, dachte Kate und strich sich den Termin rot in ihrem Kalender an.

Das Klingeln des Telefons riß sie aus ihren Überlegungen. Clemance fragte, als hätte er ihre Gedanken gespürt, ob sie zur Lesung ginge und ob sie ihn begleiten wolle. Auden werde nicht schon vorher zum Essen kommen, sondern erst direkt zur Veranstaltung. Kate war ein wenig erstaunt, aber einverstanden, Clemance vor dem Vortragssaal zu treffen. »Ich hatte gerade die Einladung aufgemacht«, sagte sie, »und dachte, daß Sie bestimmt hingehen.«

»Oh, ja«, sagte Clemance. »Natürlich habe ich seine Gedichte schon immer bewundert, aber es ist wirklich unheimlich, wie aktuell seine Sachen heutzutage sind. Kennen Sie das?

Was hast du ihnen getan?
Nichts? Nichts ist keine Antwort:
Du wirst begreifen – was kannst du dagegen tun? –,
Daß du tatsächlich etwas getan hast;
Du wirst erleben, daß du sie zum Lachen bringen möchtest;
Du wirst dich nach ihrer Freundschaft sehnen.

In diesen Versen stimmt einfach alles«, fuhr Clemance fort, »sie geben genau die Gefühle wieder, die man hat, auch gegenüber jenen Studenten, die so unbeschwert und gedankenlos das Vertrauen und die Herzlichkeit zerstört haben, die zu entwickeln so viel Zeit gekostet hat. Und natürlich hat er auch recht, was die Schuld betrifft. Wir, die wir angesichts des herrschenden Aufruhrs immer noch glauben, wir hätten nichts getan – wir sind die Generation, die jetzt am Ende ist, nicht wahr? Kommt Reed Amhearst auch mit?«

»Zu der Lesung? Natürlich, wenn er will; er hört in diesen Tagen so viel Auden, daß er ihn schon selber zitiert. Aber ich fürchte, es werden schrecklich viele Leute kommen.«

»Ich denke, ich kann drei Plätze reservieren lassen«, sagte Clemance. »Mein Einfluß, auch wenn er derzeit im Schwinden ist, dürfte dafür noch ausreichen. Am Freitag abend also, um Viertel vor acht?«

Nachdem er aufgelegt hatte, dachte Kate eine Weile über die Zuneigung nach, die Clemance zu Reed gefaßt hatte, der ungewöhnlich ausgelassen wirkte im Umgang mit dem berühmten Professor. Seine Bemerkung über die schreckliche Erfahrung, daß Töchter Kinder bekommen, war der absolut untypischste Satz, den sie je aus Reeds Mund gehört hatte. Nun ja, vielleicht war es eine der glücklicheren Folgen des Durcheinanders, daß Leute sich nicht mehr gar so kontrolliert benahmen. Tatsächlich war Reed häufiger an der Universität zu finden als sie. Er war auch jetzt da, hing zweifellos an Rohren und machte sich Gedanken über Fahrstühle.

Reed dachte gerade über Aufzüge nach, hing jedoch währenddessen keineswegs an Rohren. Tatsächlich durchfuhr es ihn mitten auf dem Campus, als er an Hanksters Satz über Cudlipp dachte. Eine falsche Fährte? Die entscheidende Frage war natürlich, wann genau... Reed lenkte seine Schritte zum Verwaltungsgebäude.

»Sie wollen sofort mit Präsident Matthewson sprechen?« Die Sekretärin war sichtlich unglücklich, und Reed konnte sich vorstellen, warum. Als geschäftsführender Präsident hatte er sich vorgenommen, im Gegensatz zu seinem fast völlig unerreichbaren Vorgänger für jeden Besucher ansprechbar zu sein. Aber das war in seiner Position natürlich ein schwer einzuhaltendes Prinzip: Es war unmöglich, jeden lästigen Besucher mit seiner Beschwerde zu jeder Stunde des Tages umgehend vorzulassen. Also hatte seine leidgeprüfte Sekretärin lernen müssen, Anfragen abzuschmettern. Mit kläglicher Stimme sagte sie: »Aber er ist in einer wichtigen Besprechung.«

»Sagen Sie bitte, Miss Franklin«, Reed las ihren Namen von dem Schild auf ihrem Schreibtisch ab, »erinnern Sie sich an den Anruf der beiden Professoren, die im Aufzug festsaßen?«

»Aber selbstverständlich«, sagte Miss Franklin mit Nachdruck. »Eine *höchst* verwirrende Unterhaltung.«

»Haben Sie später Präsident Matthewson davon unterrichtet?«

»Ich habe es ihm am selben Nachmittag erzählt. Er hat darüber gekichert. Als natürlich immer mehr Fakultätsmitglieder in Aufzügen steckenblieben, größtenteils auch noch ordentliche Professoren...«

»Wurde sein Kichern mit der Zeit deutlich leiser, das kann ich mir denken. Sagen Sie bitte, Miss Franklin, und überlegen Sie sich Ihre Antwort gut: Als die Professoren Everglade und Fansler Sie aus dem Fahrstuhl anriefen, war das das erste Mal, daß Dozenten, sagen wir, als Gruppe zwischen zwei Stockwerken im Aufzug festsaßen?«

»Oh, ja, da bin ich ganz sicher. Genau das hat Präsident Matthewson erst kürzlich wieder mir gegenüber erwähnt.«

»Ich verstehe. Ich bin sicher, Miss Franklin, Sie werden maßlos erleichtert sein, wenn ich Ihnen sage, daß ich Präsident Matthewson jetzt nicht mehr sprechen muß. Seine Konferenz bleibt ungestört, jedenfalls ungestört von mir.«

»Ich bin unendlich froh, daß ich Ihnen behilflich sein konnte«, sagte Miss Franklin schwach. Sie gab nicht vor, das Gespräch verstanden zu haben, an dem sie gerade teilgenommen hatte, aber wenn in dieser Zeit andauernder Krisen eine Krise abgewendet werden konnte durch den Austausch unbedeutender Bemerkungen, dann gab es für sie keinen Grund, sich zu beklagen.

Mit einem Schwung, wie er ihn seit Tagen nicht mehr gespürt hatte, machte Reed sich auf den Weg zu dem Restaurant mit Bar, wo er mit Peabody zu Mittag gegessen hatte. Der Mann, der zwei Sprachen spricht, dachte Reed, eine Universitäts- und eine Bar- und Restaurant-Sprache. Kate nennt er mein Täubchen, sagt, wie geil sie über den Viktorianischen Roman redet. Er hat mir nichts erzählt, hat mich für den Lunch zahlen lassen und am Ende doch mit dem Gefühl sitzenlassen, ich hätte von der ganzen Sache noch profitiert. Was auch stimmt.

Natürlich saß Mr. Peabody in seiner gewohnten Nische, trank Bier und schwang Reden.

»Darf ich Ihnen eine persönliche Frage stellen?« fragte Reed. Peabody stand auf und ging mit Reed in eine ruhige Ecke.

»Wie komme ich zu der Ehre?« sagte er.

»Erinnern Sie sich an den Tag«, fragte Reed weiter, »an dem Sie und drei Ihrer Kommilitonen vom University College, mit denen zusammen Sie wohl, wenn ich das richtig verstehe, eine Art reisende P. R.-Truppe für Ihre Einrichtung darstellen, zum erstenmal bei Professor Fansler waren?«

»Natürlich erinnere ich mich. Ich habe Ihnen davon erzählt. Kommen Sie zur Sache, Mann.«

»Miss Fansler saß an dem Tag im Fahrstuhl fest, und Sie mußten auf sie warten.«

»Nicht wirklich. Sie scheinen auf Fahrstühle fixiert zu sein. Ist Ihnen aufgefallen, daß Sie schon wieder davon reden? Nehmen Sie sich in acht, Mann, so etwas kann epidemisch werden.«

Reed beschloß, diese hinterhältige Bemerkung zu ignorieren. »Wie viele Leute wußten, daß Sie vorhatten, mit Professor Fansler zu reden und zum ersten Mal um offizielle Aufnahme in einen Kurs für Graduierte zu bitten?«

»Alle Welt, Mann. Wir haben es überall herumerzählt. Wir waren es leid, diesen Jungs gegenüber immer nur in der Defensive zu sein – wir haben jedem erzählt, daß wir jetzt losmarschieren, wir haben unseren Zeitplan für die Offensive veröffentlicht. Ihre Kleine war die erste.«

»Professor Fansler«, sagte Reed und runzelte leicht die Stirn, »wurde sorgfältig ausgewählt für diese Offensive?«

»Klar doch. Wir mußten uns entscheiden – sogar der alte Vivian hat sich mit ein paar von uns Studenten zusammengesetzt, bevor wir beschlossen haben, mit welchem Professor wir am besten anfangen.«

»Vivian?« fragte Reed mit schwacher Stimme.

»Frogmore. Wir einigten uns auf Ihre Professor Fansler, und dann haben wir es aller Welt erzählt. Ist eigentlich ein Kompliment, kein Grund, sich aufzuregen.«

»Ganz im Gegenteil«, sagte Reed. »Darf ich zur Bier- und Zigarettenversorgung einen Beitrag leisten?« fragte er und griff in die Hosentasche. Zu seiner Zeit wäre so eine Frage als gönnerhaft und beleidigend aufgefaßt worden. Er hätte froh sein können, ungeschoren davonzukommen. Weil das Geld damals knapper war? Oder mehr galt? Peabodys Antwort fiel schlicht aus.

»Der ist immer willkommen«, sagte er, »zumal in diesen knappen Zeiten.« Reed gab ihm das Geld und dachte, während er wieder zum Campus ging, daß Geld nur denen nichts galt, die noch nie welches verdient und trotzdem immer genug Geld hatten. Die Frage war nur, ob das eine gute oder eine schlechte Sache war.

Also war es tatsächlich Cudlipp gewesen, der die Geschichte mit den Aufzügen inszeniert hatte – um die Universität zu spalten, nur weil das verhaßte University College dabei war, mächtiger zu werden. Nur noch ein kleiner Botengang, dachte Reed.

Und seine Füße trugen ihn zum Büro des Dekans, das nun ganz legal von Robert O'Toole besetzt worden war.

O'Toole bewegte sich durch das Büro des Dekans wie ein voreiliger Geist, der den Ort heimsucht, den er bald bewohnen wird. Der geschäftsführende Dekan war nur zu froh gewesen, die Stellung räumen zu dürfen; der Eifer, mit dem er das Weite suchte, war geradezu obszön. Kate hatte recht: Leute mit Verwaltungserfahrung würden in Zukunft nicht leicht zu finden sein.

Reed erwartete fast, abgewimmelt zu werden, und war daher freudig überrascht, daß ihn O'Toole in sein Büro bat, ihm umständlich einen Platz anbot und ihn zu einem kleinen Plauderstündchen einlud. Das Leben war wirklich voller Überraschungen. Aber das Bedürfnis vieler nach Gesprächen war deutlich gestiegen, seit die gute alte Zeit untergegangen war, und schon früher hatte sich der akademische Stand nicht gerade durch einen Hang zur Schweigsamkeit ausgezeichnet.

»Für Ihre neuen, schweren Aufgaben haben Sie aber eine angenehme Umgebung«, bemerkte Reed. Der Raum war schön, holzgetäfelt, mit hoher Decke, und strahlte jenen Reiz aus, den kein neues Haus, wie elegant es auch sein mag, je erreichen kann.

»Trotzdem würde ich am liebsten davonlaufen«, sagte O'Toole, »und erst anhalten, wenn ich einen hübschen Platz im Mittleren Westen oder auf der anderen Seite des Kontinents gefunden habe.«

»Ja, verstecken können Sie sich hier nicht«, sagte Reed.

»Offensichtlich nicht. Haben Sie gesehen, daß die ›Times‹ dem Aufruhr an den Hochschulen eine komplette Sonderbeilage gewidmet hat, mit Index und allem? Vielleicht sind wir ja, wie Opfer der Pest, die überlebt haben, jetzt immun.«

»Ich habe mich oft gefragt, ob das normale tägliche Leben nicht überhaupt die schwierigste Aufgabe ist: keine Aufregungen, kein Ruhm, nur schlichte harte Arbeit.«

O'Toole nickte. »Ich nehme an, Sie möchten mit mir über Cudlipps Tod reden.«

»Wenn es Ihnen nichts ausmacht.«

»Es macht mir nichts aus, aber ich kann Ihnen nicht weiterhelfen. Die ganze Geschichte ist so schockierend, sogar an diesem Ort, wo Schocks inzwischen an der Tagesordnung sind.«

»Sie meinen, die Situation birgt keine inhärente Logik?«
»Ja«, sagte O'Toole, »das meine ich wohl.«
Reed stockte. »Sie sind allgemein bekannt als – ich glaube, der Begriff ist gebraucht worden – ›Schüler‹ von Clemance. Ist er ein so hervorragender Lehrer, wie behauptet wird?«
»Ein ganz großer, fast *sui generis*, wenn Sie wissen, was ich meine, obwohl man ihn mit besonderen Maßstäben messen muß.« O'Toole lehnte sich in seinem Stuhl zurück. »Er hat uns das Denken beigebracht, denen unter uns, die mit dem nötigen Rüstzeug zu ihm kamen – so etwas ist seltener, als man meinen möchte. Wir haben nicht immer die gleichen Schlüsse gezogen wie er, aber er war ein so guter Lehrer, daß ihm sogar das gefallen hat. Und so viel von dem, was er geschrieben hat, ist erstklassig; manches ist falsch, aber er hat es sich in keinem Punkt zu leicht gemacht. Er hat sogar Theaterstücke geschrieben, das heißt, er versteht etwas vom Akt kreativen Schreibens. Aber am wichtigsten erscheint mir, daß er nie esoterisch, gelehrtenhaft oder schwülstig ist. Was er zu sagen hat, ist jedem kultivierten und intelligenten Menschen, der mit Sorgfalt liest, verständlich. Aber ich rede, als arbeitete ich gerade an seinem Nachruf, was Gott verhüten möge. Wenn der Lehrer später zum Kollegen wird, neigt man dazu, in ihm zwei Menschen zu sehen: den von damals und den von heute.«
»Und was gibt es über Cudlipp zu sagen, dessen Nachruf Sie ja heute schreiben könnten?«
»Cudlipp war ein eher normaler Akademiker: ein interessanter Wissenschaftler und guter Lehrer für alle, die mit seiner enervierenden Art umgehen konnten. Er hatte sein Leben der Wissenschaft geweiht. Ich bewundere Loyalität und Hingabe.«
»Was ich von Ihrer Arbeit kenne, scheint mir hervorragend«, sagte Reed. »Genauso, wie Clemance seine Arbeit versteht: gesellschaftlich relevante Erörterungen über Literatur mit moralischem Bezug. Werden Sie für Ihre Arbeit noch Zeit haben, wenn Sie Dekan sind?«

»Das hoffe ich, aber zweifellos macht sich jeder neue Dekan erst einmal diese Illusion. Ich nehme an, das Geheimnis besteht darin, mit vier Stunden Schlaf pro Nacht auszukommen.«

»Erlauben Sie mir eine gezielte, womöglich verletzende Frage, Mr. O'Toole. Haben Sie vor, das University College weiter zu bekämpfen, wie Cudlipp das getan hat? Ich weiß, daß Sie dem Präsidium und der Verwaltung gegenüber als neuer Dekan geäußert haben, Ihrer Meinung nach sollte der Verwaltungsrat über das University College noch nicht einmal abstimmen, bevor nicht alle Rätsel um Cudlipps Tod aufgeklärt sind. Aber sollte das nicht...«

»Tatsache ist, daß ich meine Meinung geändert habe«, sagte O'Toole. »Offen gesagt, der Druck, den die Alten Herren der Universität ausüben, ist enorm, aber ich denke, wir sollten die Abstimmung vornehmen lassen; jedenfalls sollten wir sie nicht wegen Cudlipps Tod hinausschieben. Da gibt es doch gar keine Frage, oder? Cudlipps Tod war ein Unglücksfall. Schließlich ist er nicht erschossen worden oder etwas Ähnliches. Ich gebe zu, daß ich gleich nach seinem Tod eine Politik betrieben habe, die er als Verzögerungstaktik gebilligt hätte, aber – wir sind die Überlebenden. Die Universität muß sich auf die Haltung einigen, Cudlipps Tod als abgeschlossene Angelegenheit zu sehen. Wir müssen die Universität wieder neu aufbauen. Ich werde mich mit Castleman und Klein und dem geschäftsführenden Präsidenten in Verbindung setzen und ihnen das mitteilen.«

Reed betrachtete O'Toole eine Zeitlang. Kate hatte ihn als arrogant bezeichnet, und Reed hatte gelernt, Kates Urteilen zu vertrauen. Doch der Mann, der ihm da gegenübersaß, war nicht arrogant. »Ich glaube, Ihre Meinungsänderung ist verständlich«, sagte Reed, »und bestimmt das Beste für die Universität. Abgesehen davon haben Sie natürlich durch Ihre frühere Haltung ein gewisses Maß an Nachforschungen in Gang gesetzt, und es ist leichter, solche Dinge in Gang zu bringen, als sie später wieder zu beenden.«

»Aber es gibt doch nichts zu entdecken, oder?«

»Was ist mit dem Problem der Aufzüge?«

»Sie meinen, daß das Anhalten des Aufzugs verantwortlich war für Cudlipps Tod?«

»Das und anderes. Mr. O'Toole, ich glaube zu wissen, wer hinter den Sabotageakten an den Aufzügen steckt, aber ich hätte gern die Bestätigung; Vermutungen halten vor Gericht nicht stand. Ich bin auf der Suche nach ein paar Studenten, ein, zwei, vielleicht drei. Ich frage mich, ob Sie mir nicht helfen können, sie zu finden.«

»Bisher bin ich noch nicht einmal offiziell als Dekan eingesetzt.«

»Ich weiß, und ich bitte auch um Nachsicht, daß ich Sie so früh, um nicht zu sagen, verfrüht in Ihrer administrativen Karriere mit Bitten belästige. Ich denke, daß uns ein oder zwei junge Männer, vielleicht von der eher radikalen Sorte, einen Streich gespielt haben ...«

»Wie kommen Sie darauf, daß es radikale Studenten sind? Weil nur Radikale Unfug treiben?«

»Nein. Weil es Studenten sind, für die sich Hankster ganz besonders interessiert. Vielleicht habe ich die falsche Schlußfolgerung gezogen. Aber darum geht es auch gar nicht. Alles, was ich will, ist eine Aussage dieser Studenten über das, was sie getan haben, und die Zusicherung, daß das nicht wieder vorkommt. Die ganze Geschichte braucht nicht über die üblichen Disziplinarmaßnahmen der Universität hinauszugehen und, wenn Sie nicht wollen, vielleicht nicht einmal so weit.«

»Wie kommen Sie darauf, daß ich wissen könnte, wer dahintersteckt?«

»Vielleicht können Sie als neuer Dekan raten. Werden Sie sich erkundigen und mir dann Bescheid sagen? Kommen wir so ins Geschäft?«

»Rufen Sie mich doch in ein oder zwei Tagen an, und ich

sage Ihnen dann, wie ich mich entschieden habe«, sagte O'Toole.

»In Ordnung. Vielen Dank für Ihre Hilfe.« Reed war amüsiert und etwas erleichtert über die Rückkehr der alten Arroganz. »Ich rufe Sie morgen an«, sagte er. »Und ich wünsche Ihnen von Herzen Glück für Ihre Jahre als Dekan. Vielleicht führen Sie ja eine neue, wichtige Politik ein, bei der Mitglieder der Fakultät ein paar Jahre der Verwaltungsarbeit opfern aus Liebe zu ihrer Universität.«

O'Toole erhob sich und begleitete Reed mit förmlicher Verbeugung aus dem Zimmer.

Elf

Da war der Kerl wieder,
Bluttrünstiger, als sie ihn in Erinnerung hatten,
Gottähnlicher, als erwartet.

Kate und Reed trafen Clemance vor dem Saal. Clemance war es gelungen, drei Plätze reservieren zu lassen, und sie wurden, vorbei an Stehplatzinhabern, die ihnen wilde Blicke zuwarfen, zu ihren Plätzen in der dritten Reihe geführt.

»Ich habe kurz mit Auden gesprochen«, sagte Clemance. »Ich glaube, er ist hauptsächlich aus Freundlichkeit gekommen; kennt ein paar von den Studenten. Er wird seine Gedichte vorlesen, ein paar Fragen beantworten, und dann muß er weiter. Es gibt also keine Gelegenheit für einen Empfang oder ein Treffen hinterher.«

In dem Augenblick führte der GSES-Vorsitzende, ein Student, Auden auf die Bühne. Kate konnte sich nicht erinnern, je erlebt zu haben, daß ein derart prominenter Dichter nicht von einem mindestens halb so prominenten Professor vorgestellt wurde. Aber heutzutage galt Leistung weniger als Jugend.

»Wir haben die Ehre und das Vergnügen«, sagte der Student, »heute abend Wystan Hugh Auden bei uns begrüßen zu können, der aus seinen Gedichten lesen wird. Er hat sich auch bereit erklärt, danach ein paar Fragen zu beantworten, wenn sie relevant sind.« Auden machte einen etwas überraschten Eindruck, und Kate nahm an, daß es sich um eine sehr freie Interpretation dessen handeln mußte, was Auden tatsächlich gesagt hatte. Aber die Ankündigung wurde mit dankbarem Gelächter aufgenommen, das, als der Student sich setzte und Auden aufstand, in donnernden Applaus überging. »Furchtlos besteige ich die

Tribüne«, hatte er in einem wunderbar komischen Gedicht mit dem Titel ›Auf Rundreise‹ geschrieben, an das sich Kate mit Vergnügen erinnerte.

Auden las ein paar neuere Gedichte, ein paar ältere, und dann ein ziemlich neues zu Miss Marianne Moores achtzigstem Geburtstag: »Wenn ich sage«, schloß er, »wie gut und recht und rechtschaffen / Sie all das tat, so ist das viel zuwenig.«

»Was für ein Lob«, sagte Clemance zu Kate, während alle frenetisch Beifall klatschten.

Aus der folgenden Phase von Fragen und Antworten behielt Kate ein paar Sätze Audens nicht im Wortlaut, aber sinngemäß: Kein Spiel ohne Regeln. Eine sekundäre Welt muß ebenso Gesetze haben wie eine primäre. Mit »sekundärer Welt« meinte Auden ein Kunstwerk, aber Kate fragte sich, ob – im Hinblick auf die Unruhe, die gegenwärtig die Universität beherrschte – die sekundären Welten, die die Revolutionäre schaffen wollten, nicht bislang gefährlich regelfrei waren. Oder war der Jugend die Notwendigkeit von Regeln nicht klar? »Absolute Freiheit ist sinnlos«, hieß es bei Auden. Man hat die Freiheit, zu entscheiden, welche Gesetze es geben soll, aber sind sie erst einmal erlassen, müssen sie auch befolgt werden. Ein beunruhigender Gedanke, wenn er auf etwas anderes als die Kunst bezogen ist. Kate fiel ein Satz von Auden ein, den sie oft jungen Leuten hatte vorhalten wollen, obwohl Auden ihn nur auf Dichter gemünzt hatte: Wer die Beschränkung der Form von sich weist, weiß nicht, welches Vergnügen ihm entgeht.

Auden schloß mit dem Satz, das Leben eines Dichters sei ein Balanceakt zwischen Frivolität und Ernsthaftigkeit. Ohne die Frivolität sei er ein Langweiler, ohne den Ernst ein Schöngeist.

Das muß ich mir für Emilia Airhart merken, dachte Kate. Darin besteht Audens Größe, ich werde sagen, er hält am besten die Balance.

»Kommen Sie noch auf einen Drink mit zu mir?« wandte sich Kate an Clemance, als sie wieder draußen standen. »Ich werde bald aus der Wohnung ausziehen, in der ich sehr glücklich war, und ich finde, Ihr Besuch würde einen sehr passenden Schlußpunkt unter dieses Glück setzen.«

»Was für eine reizende Einladung«, sagte Clemance. »Das Schicksal meint es gut mit Ihnen; Sie gehen vom Glück der Erinnerung in zukünftiges Glück. Sind Sie einverstanden, wenn ich die Einladung annehme?« fragte er Reed.

»Vollkommen«, sagte Reed. »Nehmen wir ein Taxi.«

Als sie jedoch in Kates Wohnzimmer mit geistigen Getränken versorgt Platz genommen hatten, war Clemance merkwürdig schweigsam. Kate sprach über Auden und über ihre Gedanken zu Audens Bemerkung über die sekundären Welten, die Regeln brauchen.

»Mir ging etwas Ähnliches durch den Kopf«, sagte Clemance. »Ich glaube, ich habe mich deswegen von Anfang an zur Literatur hingezogen gefühlt, weil nur in ihr der Mensch sich neue Welten schaffen kann: eine sonst den Göttern vorbehaltene Fähigkeit. Der einzige Fehler wäre, den Unterschied zwischen der primären und der sekundären Welt nicht zu verstehen – die primäre Welt ist natürlich die reale, die, in der wir leben.«

»Sicher können wir manches von dem, was wir aus der Literatur lernen, auf unser Leben anwenden«, sagte Kate. »Unser gewachsenes Bewußtsein auf alle Fälle.«

Wieder Schweigen. Dann sagte Clemance: »Es sieht ganz so aus, als bekäme Ihr University College eine neue Chance. Ich bin sicher, daß der Verwaltungsrat ihm sein Vertrauen aussprechen wird, vielleicht als seine letzte Handlung, bevor der Senat ihn ablöst. Eine höchst bedeutsame Handlung, würde ich sagen. Sie müssen froh darüber sein.«

»Das bin ich in der Tat«, sagte Kate. »Aber Sie wissen bestimmt, daß ich bis zum Beginn dieses Semesters dem University College keinen einzigen Gedanken gewidmet habe, noch nicht einmal nebenbei. Ich kann mir nicht erklären, wieso ich mich auf einen derartigen Kreuzzug begeben habe, auch wenn ich ausdrücklich um Hilfe gebeten worden bin. Ich glaube, ich war so aufgebracht über die Leute, die bloß ihre Statussymbole gefährdet sahen. Ich meine, es war ja ganz klar, daß es bei der Auseinandersetzung nicht um wissenschaftlichen Glanz ging, sondern um Snobismus und bösartige Vorurteile.«

»Mir gefällt das Wort ›bösartig‹«, sagte Clemance. »Zweifellos wissen zumindest Sie, Kate, und ich bin mir sicher, das gleiche gilt auch für Reed Amhearst, daß ich heute abend zu Ihnen gekommen bin, um über Cudlipp zu reden, über das College und die ganze Geschichte. Sie *wissen* es, nicht wahr?« sagte er zu Reed gewandt.

»Ja«, sagte Reed. Kate starrte die beiden an.

»Wie sind Sie darauf gekommen?« fragte Clemance. »Reine Neugier meinerseits, da ich ohnehin vorhatte, es Ihnen zu sagen. Haben Sie nacheinander alle anderen Möglichkeiten ausgeschlossen?«

»Ich konnte gar nicht anders, nicht wahr?« sagte Reed. »Alles, was Sie danach unternommen haben, hat mich darin bestätigt. Es war leicht zu raten, daß Sie es getan haben, aber wie sollte ich das beweisen? Am Ende war es eine Kleinigkeit, die mir die Sicherheit gab. An dem Tag, als wir uns auf dem Campus trafen, wußte ich, daß ich die Wahrheit herausgefunden hatte, und wurde so nervös, daß ich irgendeine idiotische Bemerkung über Ihre Tochter machte.«

Clemance hörte ihm mit dem Interesse zu, das ahnungslose Menschen gern ein akademisches nennen.

»Wenn über das Aspirin gesprochen wurde«, fuhr Reed fort, »meinten alle, daß es irgendwie in das Röhrchen mit den englischen Tabletten praktiziert worden sein mußte, das Cudlipp immer bei sich trug. Jeder meinte, man hätte die Tabletten ausgetauscht. Aber als Sie mit Kate und mir sprachen, erwähnten Sie die Person, die Cudlipp die Aspirintabletten ›gegeben‹ habe. Natürlich wußte ich, daß jemand sie ihm direkt in die Hand gegeben haben mußte; eine andere Methode hätte gar nicht funktioniert. Und Sie haben sie ihm gegeben, direkt vor Kates Augen. Ich glaube nicht, daß Cudlipp Sie in Verdacht hatte, nicht einmal, als es zu Ende ging. Ich bin sicher, daß auch er es für einen Unfall gehalten hat; irgend etwas mußte beim Umfüllen schiefgegangen sein.«

»Ich hatte nie vor, ihn zu töten. Muß ich das betonen?«

»Ich habe keine Sekunde lang geglaubt, daß Sie das wollten«, sagte Reed.

»Wir können die Konsequenzen unseres Handelns nicht voraussehen – wie oft habe ich das in Diskussionen mit Studenten gesagt. Deshalb müssen unsere Handlungen als solche immer akzeptabel sein und nicht nur als Strategien. Kant hat das anders und besser ausgedrückt.«

»Daß Aspirin tödlich wirkt, ist höchst ungewöhnlich. Und dazu kam noch das Problem mit dem Aufzug.«

»Ich habe auch nicht daran gedacht«, fuhr Clemance fort, als habe er den Einwurf gar nicht gehört, »daß das Verbrechen sozusagen dem University College zur Last gelegt werden würde. Es ist wirklich merkwürdig, wie logisch das allen vorkam, und doch hatte das eine mit dem anderen nichts zu tun.«

»Nicht aus Ihrer Sicht. Aber an Cudlipps Aktivitäten gegen das University College muß Ihnen aufgefallen sein, wie eigenartig er sich verhielt. Er war wahnsinnig, nicht wahr? Oder dabei, den Verstand zu verlieren?«

»Oh, ja«, sagte Clemance. »Ich glaube, zum Schluß war er regelrecht geisteskrank. Aber wer würde das offiziell bestätigen oder auch nur bemerken, bevor er großen Schaden angerichtet und sein Werk vollendet hätte? Mehrere Mitglieder unserer Fakultät sind unter den Strapazen der Frühjahrsereignisse zusammengebrochen, wie Sie wissen; jeder hat auf seine Weise reagiert. Ein besonders prominenter Professor, bei dem Kate wahrscheinlich noch gehört hat, hat sich eines Abends seinen Kollegen gegenüber wie ein Tobsüchtiger aufgeführt, absolut abscheulich benommen und unzusammenhängende Dinge erzählt. Die meisten nahmen an, er sei betrunken. Aber er war nicht betrunken. Er litt nicht unter Alkohol, sondern Erschöpfung und psychischem Streß.«

Kate stand auf und holte neue Drinks für alle.

»Auch Cudlipp ist durchgedreht«, fuhr Clemance fort. »Dieser wahnhafte Haß auf das University College – er hat tatsächlich ein paar Studenten angestiftet, die Fahrstühle aufzuhalten – war in Wirklichkeit nur ein untergeordnetes Symptom. Er wurde paranoid und absolut machtbesessen. Er überredete Robert O'Toole, sich zum Dekan machen zu lassen. Oh, ich weiß, was Sie sich jetzt denken müssen – daß ich eifersüchtig war, weil Robert mir seine Zuneigung entzogen und sie Cudlipp geschenkt hat –, aber falls ich eifersüchtig war, hat das nur eine geringere Rolle gespielt. Cudlipp hat O'Toole korrumpiert, wie er auch andere korrumpiert hat. Nicht, daß es eine Rolle spielen würde, wenn O'Toole jetzt eine Zeitlang Dekan ist. Ich könnte mir vorstellen, daß er Gutes leistet.

Bitte versuchen Sie zu verstehen, daß ich große Zuneigung für Cudlipp empfand – Jahre der Zuneigung und Bewunderung, bevor er sich so verändert hat. Ich habe lange gebraucht, bis ich der Wahrheit über ihn ins Gesicht schauen mochte. Und dann mußte ich entscheiden, was zu tun war. Es mußte etwas geschehen. Man konnte ihn nicht einfach weitermachen lassen. Er wollte nie in Urlaub gehen, hat nie gefehlt. Aber ich hoffte, wenn er krank wäre und gezwungenermaßen zu Hause bliebe, würde er vielleicht zur Besinnung kommen, sich erholen und wieder zu seinem alten Ich finden oder zu einem neu entstandenen. Wie Sie wissen, war außerdem noch seine Ehe in die Brüche gegangen. Ich habe versucht, mit seiner Frau zu sprechen, aber sie hat mir versichert, daß er krank war, unerreichbar für alle, und daß sie auch kein Mittel dagegen wußte.«

Clemance sah Kate und Reed an. »Ich wußte seit Jahren von dem Aspirin. Weder Cudlipp noch sonst jemand ist je auf den Gedanken gekommen, daß es tödlich sein könnte. Ich habe nicht einmal an die Möglichkeit gedacht. Aber wir sind keine Götter, und die Gesetze unserer primären Welt vollziehen sich auf ihre unvermeidliche Weise. Ich hatte gehofft, Cudlipp würde für eine Zeit ausfallen und, krank geworden, ein wenig Zeit zum Nachdenken finden, vielleicht durch den Schreck zur Vernunft kommen. Ich will nicht so tun, als sei ich mir der Bedeutung dessen, was ich da tat, nicht bewußt gewesen, aber ich mußte etwas unternehmen. Ich wartete bis zu dem Tag, als er eine neue Tablettenlieferung bekam, damit niemand in Verdacht geraten konnte: So sagte es mir jedenfalls mein im Grunde nicht krimineller Verstand. Komisch, nicht?«

»Wollen Sie damit sagen, daß ich zugesehen habe, wie Sie Cudlipp das Aspirin gegeben haben?« fragte Kate.

»Ja, genau. Ihre Party war die perfekte Gelegenheit, die sich vorher nicht geboten hatte. Es tut mir wirklich schrecklich leid, daß ich nicht weiter darüber nachgedacht habe, wie sehr ich damit…«

»Machen Sie sich deswegen keine Gedanken«, sagte Kate. »Wie Ihnen aufgefallen sein wird, war diese Party weder eine Idee von Reed noch von mir, sondern so etwas wie ein stammesgeschichtlich bedingtes Hochzeitsritual. Aber ich versuche, mich an den Augenblick zu erinnern, als Sie ihm das Mineralwasser brachten…«

»Ja. Ich hatte eine Flasche Mineralwasser in der einen und ein Glas in der anderen Hand. Cudlipp hielt die Tabletten in der einen und das Vorlesungsverzeichnis des University College in der anderen Hand. Ich stellte die Flasche hin, nahm ihm die Tabletten aus der Hand und gab ihm statt dessen das Glas. Dann habe ich Wasser in das Glas gegossen und ihm die Tabletten zurückgegeben, als er das Verzeichnis zur Seite legte. Das klingt kompliziert und knifflig, wie ein Ballett oder ein raffinierter Trick, aber es war lächerlich einfach. Wäre es das nicht gewesen, ich hätte den Austausch der Tabletten sein lassen. Aber so gab ich ihm zwei normale Aspirin in die Hand. Ich wußte, daß sie eine Gefahr für ihn bedeuteten, aber ich hätte nie geglaubt, daß sie tödlich sein könnten.«

»Gepuffertes Aspirin, wie sich herausgestellt hat«, sagte Reed. »Deshalb hat er nicht gleich das Aspirin geschmeckt und wieder ausgespuckt.«

»Mein Gott«, sagte Clemance. »Daran habe ich gar nicht gedacht. Das klingt wirklich wie ein teuflischer Plan. Es war einfach das Aspirin, das ich selber immer nehme. Keine Frage«, fügte er hinzu, »ein guter Anklagevertreter könnte daraus eine Menge machen.«

Für einen Augenblick waren alle stumm.

»Ich sehe keine Notwendigkeit für einen Ankläger oder eine Gerichtsverhandlung«, sagte Reed. »Hätte ich ein solches Gerichtsverfahren für möglich gehalten, dann hätte ich dieses Gespräch nicht zugelassen. Vielleicht«, setzte er hinzu, »war ich noch nie der Gelegenheit so nah, mir eine sekundäre Welt zu schaffen.«

»Es wird zweifellos unerträglich geschwollen und unangemessen aus meinem Mund klingen, aber ich kann nicht dem Mord noch die Sünde hinzufügen, Sie zum Mitwisser an einem Verbrechen zu machen.«

»Wie könnte ich meine Hochzeit mit Nancy Drew und meinen möglichen Abschied von der Staatsanwaltschaft passender feiern?« meinte Reed lächelnd. »Nein«, fuhr er dann fort, »ich würde keinem von uns einen Gefallen damit tun, wenn ich etwas vertusche. Aber wir müssen ja nicht an die Öffentlichkeit gehen. Ich werde in die Akte ein Zusatzprotokoll aufnehmen, in dem ich schildere, wie Sie Cudlipp das Aspirin gegeben haben dürften; man wird es als Unglück ansehen, und sein Tod war wirklich im Sinne des Wortes ein Unglücksfall. Sie haben von niemandem etwas zu befürchten, nur von sich selbst. Wenn ich Sie zu etwas überreden möchte, dann dazu, daß Sie den Mut finden, Ihre Arbeit fortzuführen. Sie sind so wichtig für Ihre Universität, und Ihre Vermutungen über Cudlipps Aktivitäten haben gestimmt. Ich gebe aber zu, daß es eines gewissen Ausmaßes an Erpressung bedurfte, um die

Wahrheit über Cudlipps Tricks mit den Fahrstühlen herauszubekommen und Studenten in Zukunft vor derartigem Unsinn zu bewahren.«

»Mit O'Tooles Hilfe, nehme ich an.«

»Ja. Er wird die Studenten ins Gebet nehmen. Und in seiner Arbeit als Dekan wird er Ihre Hilfe und Unterstützung brauchen.«

»Hat er es erraten?«

»Ja, ohne Zweifel. Ich war mir dessen sicher, als ich hörte, daß er sein negatives Votum gegen das University College widerrufen will. Er bewundert Sie noch immer, verstehen Sie, und hat sich ebenfalls wegen Cudlipp Sorgen gemacht.«

»Wenn Sie im ganz altmodischen Sinne ›bezahlen‹ wollen«, sagte Kate, »dann denken Sie daran, daß die Existenz und Weiterentwicklung des University College jetzt gesichert scheint. Vielleicht ist das ja etwas, wonach Sie sich nicht gerade gesehnt haben.«

»Sie haben es sich gewünscht«, sagte Clemance. »Betrachten Sie es als mein Hochzeitsgeschenk. Ich hoffe, ich finde den Mut, meine Arbeit fortzusetzen. Und was den Preis angeht, den ich bezahle, so machen Sie sich keine Gedanken über seine angemessene Höhe.«

Zwölf

Muse der Zeit, für deren gnädiges Schweigen
Nur der erste Schritt zählt, und der
Ist immer ein Mord; Klio, deren freundliches Wesen
Nie eine Täuschung ist, verzeih unser Lärmen
Und lehre uns unsere Erinnerungen.

Mitte November wurden die Tage kürzer. Wenn die Büros schlossen und die Sekretärinnen heimgingen, war es auf dem Campus fast dunkel. Während Kate durch die Dämmerung zur U-Bahn ging, wurde sie wieder von diesem Gefühl überwältigt – wie sollte man es nennen: Zuneigung, Liebe, Hingabe? – und fragte sich aufs neue: Wem gilt dieses Gefühl von Loyalität, dieses ziemlich altmodische Gefühl? Kate war auf gewisse Weise mit der jüngeren Generation einig, die Loyalität für eine für das Establishment typische Forderung hielt. Schließlich ist Loyalität, wie Patriotismus, die letzte Zuflucht aller Schurken. Wie sollte man dann dieses Gefühl von Liebe erklären? Vielleicht reichte es schon, daß es hier eine Institution gab, für die sie sich gern und aus freien Stücken einsetzte; für sie war die Universität nicht bloß ein Ort, an dem man Karriere machen konnte. Ich erkenne den Anspruch an, den sie an mich stellt, dachte Kate. Trotzdem weiß ich nicht, was genau diesen Anspruch ausmacht.

Die Existenz des University College war gesichert. Man hatte ihm den Status eines das komplette Grundstudium umfassenden Colleges an einer erstrangigen Universität zugestanden, auch wenn es diesen Status auf seltsamem Wege erreicht hatte. »Ist es denn ein Wagnis, zu bekennen«, fragt ein Gedicht von Auden, »daß man irrt auf seinem Weg nach oben und Ruhm gewinnt durch Versehen?« Ja, Klio hatte es gewußt.

Unterdessen nahm das akademische Leben seinen Lauf.

Professor Peter Packer Pollinger veröffentlichte zu jedermanns Freude und Vergnügen ein Buch über Fiona Macleod und enthüllte darin so tiefe Einsichten in die seltsam doppelte Natur von William Sharp, daß Professor Pollingers Kollegen ihn mit neuer Aufmerksamkeit ansahen. Aber er schnaubte weiter durch seinen Schnauzbart und wurde immer unklarer und launenhafter. Eines Tages erheiterte er Kate mit der Information, er habe Sara Teasdales Gedichte gelesen, und es sei ganz offensichtlich, daß solch eine Person nie gelebt habe. Sie sei das alter ego von Vachel Lindsay. Er hatte die Metaphorik der beiden gründlich untersucht und war bereit, seine These mit allem Nachdruck zu verteidigen.

»Ich nehme an«, sagte er und schnaubte, »daß Sie *ihr* Gedicht über die Gänseblümchen und die Astern nicht kennen.«

»Doch«, sagte Kate lächelnd, »ich kenne es.«

»Sehen Sie, dort liegt das Geheimnis«, fuhr Professor Pollinger fort. »Das Gänseblümchen wie die Aster gehören zur Familie der Kompositen, das heißt, sie haben beide strahlenförmig angeordnete, abwechselnd gestellte Blütenblätter. Aber während das Gänseblümchen in schlichtem Gewand erscheint, treibt die Aster einigen Aufwand und trägt den gleichen Namen wie jenes biologische Phänomen, die farblose Substanz, die man in Zellen findet, welche sich durch Mitose selber teilen.«

»Tun sie das?« sagte Kate. »Ich wollte sagen, tut sie das?«

»Natürlich. Die Aster kommt ursprünglich aus China, also sozusagen aus dem Morgenland, dem Land, das nie viel auf Berechenbarkeit gab, aber voller Leben ist. Das Gänseblümchen kommt aus Europa mit seinen Religionen der einfachen Antworten und der schlichten Schönheit seiner Natur. Und beide sind nur verschiedene Ausprägungen ein und desselben Stammes.«

»Aber es gibt doch recht klare Beweise dafür, daß...«, wollte Kate einwenden.

»Haben Sie schon Hochzeit gefeiert?«

»Nein«, sagte Kate. »Noch nicht.«

Kate traf sich mit Polly Spence im Cosmo Club zum Lunch. »Da gibt es jetzt ein Buffet, meine Liebe«, hatte Polly gesagt, »also komm früh, sonst haben diese energischen Damen inzwischen alles abgeräumt.«

Kate betrat den Club wie jemand, der in ein früheres Leben zurückkehrt. Als sie noch ein junges Mädchen war und weder ihr noch jemand anderem aus ihrer Generation eingefallen wäre, nicht zu all diesen Wohltätigkeitsveranstaltungen mit Tanz zu gehen, die für die Mädchen und Jungen der maßgebenden Schulen arrangiert wurden, war sie in den Cosmopolitan Club gegangen, wo diese Ereignisse immer stattfanden. Sie erinnerte sich an die Treppe, die hinter der Eingangstür zur Damentoilette auf der linken Seite führte und auf der sie sich mal mit zwei anderen Mädchen von Chapin und der Sacred Heart School fast einen ganzen Tanzabend lang versteckt hatte; sie erinnerte sich an die Balkone und die Bibliothek, die nie jemand betreten hatte.

»In der Bibliothek weht jetzt natürlich ein anderer Wind«, sagte Polly Spence, als Kate das erwähnte, »es gibt stets die neuesten Titel, und sie werden wie verrückt gelesen. Ich bin in den Bibliotheksausschuß gewählt worden und habe gesagt: ›Lassen wir alles beim alten, und so, wie es immer war, damit uralte Studenten wie ich dorthin gehen und sich eine ruhige Stunde gönnen können‹, aber heutzutage ist Aktivität angesagt, sogar hier. Alles rennt geschäftig hin und her. Und was gibt es Neues von dir zu berichten, meine Liebe? Wann wird geheiratet? Warum feierst du nicht hier? Wäre doch eine wunderbare Idee.«

»Wir heiraten an Thanksgiving, und nur ein mit Reed befreundeter Richter und zwei Trauzeugen werden dabeisein.«

Polly Spence seufzte. »Ich erinnere mich an die Hochzeitsfeste deiner Brüder«, sagte sie. »In der St. Thomas-Kirche, mit allem Drum und Dran.«

»Das war nie mein Stil, wie du weißt. Auch damals nicht.«

»Allerdings. Aber ich glaube, du machst es richtig. Du mußt einmal mit Reed zum Dinner kommen, dann können er und Winthrop über all diese trockenen Dinge reden, und ich kann dir von meinem wunderbaren neuen Job erzählen.«

»Erzähl mir jetzt davon.«

»Das traue ich mich nicht, weil es noch nicht endgültig feststeht. Aber ich freue mich so darauf. Stell dir vor, da fange ich in meinem fortgeschrittenen Alter noch an, Linguistik zu unterrichten – man betrachtet mich tatsächlich als Wissenschaftlerin mit Zukunft, auch wenn ich tot bin, bevor diese Zukunft Gegenwart wird. Und ich freue mich so für das University College. Wir bekommen endlich Lehrstühle für unsere Leute, eine richtige Professur. Ob das nächste Frühjahr wieder auf den Barrikaden stattfinden wird, mit unflätigen Reden, durchdiskutierten Nächten und all der hoffnungslosen Aufregung von Revolution, was meinst du?«

»Meiner unmaßgeblichen Meinung nach nicht. An anderen Universitäten dagegen schon. Weißt du übrigens, woran ich mich noch erinnere, wenn ich an den Cosmopolitan Club denke, außer diesen Wohltätigkeitstanzereien für irgendwelche traurigen Babys? Das sind die Makronen. Gibt es hier immer noch diese phantastischen Makronen?«

»Ganz gewiß, meine Liebe, obwohl man sich heute natürlich selbst bedienen muß. Winthrop meint, daß sie bald statt dessen einen Mischmasch verkaufen, der dann schmeckt wie die Gummierung von Briefmarken, aber ich sage immer, er soll nicht so ein überzeugter Pessimist sein. Ich finde wirklich, das Leben ist dazu einfach zu wunderbar aufregend, vor allem seit ich nicht mehr auf Enkelkinder aufpassen muß. Meine Kinder halten mir vor, daß ich Kindermädchen einstellen konnte, und ich halte dagegen, daß *ich* nie meiner Mutter widersprochen habe, aber wie heißt das doch? *Autre temps, autre moeurs, n'est-ce-pas?*«

»Und was antworten sie darauf?« fragte Kate, den Mund voller Makronenbrösel.

»Nicht viel, aber sie durchbohren mich mit ihren Blikken, und ich weiß, was sie denken: Schimpfworte für mich denken sie sich aus. *Tant pis.*«

Kate empfand ein geradezu schmerzhaftes Bedürfnis, Clemance zu trösten, aber sie wußte: Auf Erden gab es keinen Trost für ihn.

»Ich habe ein fürchterliches Bedürfnis nach Strafe«, erzählte er ihr, »nach Selbstbestrafung. Aufgeben, in Pension gehen, ruhig und jämmerlich verrückt werden in nur zu verdienter, trostloser Einsamkeit. Bei aller Psychologie heutzutage wissen wir nie, wann wir uns etwas vormachen, aber mir scheint, daß ich, weil ich Cudlipp um der jungen Männer im College willen zerstört habe, nun dableiben und mich denselben jungen Männern zur Verfügung stellen muß – zumindest denen, die wissen wollen, was ich ihnen zu sagen habe. Aber es vergeht keine halbe Stunde, ohne daß ich diesen Augenblick wieder durchlebe, wo ich ihm die Aspirintabletten gebe.«

»Und wie geht es der Verkünderin?« fragte Professor Castleman, als er mit Kate in Lowell Hall auf den Aufzug wartete.

»Wem bitte?« fragte Kate.

»Klio, Ihrer Muse der Geschichte. Kleio heißt auf griechisch Verkünder beziehungsweise Verkünderin.«

»Was Sie nicht sagen. Ich habe noch nie an sie als eine Verkünderin gedacht. Wahrscheinlich, weil Auden das nie erwähnt.«

Der Aufzug fuhr an ihnen vorbei abwärts.

»Falls Ihre Klio vorhaben sollte, irgendeine Veränderung zu verkünden«, sagte Castleman, während sie die Treppe hinuntergingen, »dann wünschte ich, sie finge bald damit an. Die Aufzüge halten nicht an, und der Raum, in dem ich jetzt unterrichte, ist zwar größer als früher, aber noch immer nicht groß genug.«

»Wenn es nur noch Stehplätze gibt, ist das ein Kompliment«, sagte Kate.

»Da fällt mir etwas ein. Wir waren mal wieder im Theater. Dionysische Rituale, so wahr ich hier stehe. Nackte junge Frauen taten so, als rissen sie nackte junge Männer in Stücke. Ein Meer von Blut.«

»Hat man versucht, Sie zum Mitmachen zu überreden?«

»Leider nicht. Das heißt nicht, daß ich wirklich jemanden in Stücke reißen möchte – nicht einmal meine Studenten, Gott segne sie, die nicht glauben wollen, daß man aus der Geschichte lernen kann. Glauben Sie«, fuhr er fort, »wenn wir unsere Klassenräume splitternackt beträten – und überheizt genug dafür ist es ja –, wäre die junge Generation bereit, Klio ihren Tribut zu zollen?«

Kate traf Emilia Airhart in der Damentoilette, wo diese sich mit jammervoller Miene im Spiegel betrachtete.

»Ich hatte vor, Spiegel immer zu meiden«, sagte sie, »der Anblick ist so demoralisierend. Wissen Sie, ich habe gelernt, mir die Lippen zu schminken und die Haare zu kämmen, ohne dabei in den Spiegel zu schauen. Aber ich will nicht länger davonlaufen. Ich werde hinsehen und wieder hinsehen, und vielleicht bringt mich der permanente Schock zu einer Abmagerungskur. Gertenschlank werde ich nie werden, aber zumindest ein bißchen knochig.«

Kate lächelte. »Wahrscheinlich sieht niemand in Ihnen eine Aphrodite oder Artemis, aber Sie sind auf eine wunderbare Weise Sie selbst, und ich finde, Sie sollten sich nicht ändern. Das Schlimme an Königin Victoria war ja nicht ihre Figur, sondern ihre Politik. Schreiben Sie gerade ein neues Stück?«

»Ja, in der Tat. Eine Komödie mit übernatürlichem Einschlag. Eine Gruppe von Eltern in mittleren Jahren und Kindern im Teenageralter tauscht die Rollen – aber alle behalten ihre Vorstellungen natürlich. Heraus kommt dabei, daß die Vorschulen und die Colleges ganz fürchterlich ordentlich und *comme il faut* werden, dafür erleben die Banken und Börsen einen Krach nach dem anderen, und die Wall-Street-Anwälte haben zu tun. Währenddessen besetzen die radikalen Broker den Fernschreiber an der Börse und verlangen offenen Zugang aller zur Börse. Natürlich bestehen die Studenten darauf, daß jeder Broker, der den freien Markt behindert, sein Recht auf Gewinn verliert...«

Cartier blieb nicht lange genug stehen, um ein Gespräch anzufangen. »Haben Sie gehört«, fragte ihn Kate, »daß man die Studenten gefunden hat, die den Ärger mit den Aufzügen veranstaltet haben?«

»So etwas ist mir zu Ohren gekommen«, sagte Cartier und tänzelte hin und her. »Entschuldigen Sie, ich muß noch eine Vorlesung vorbereiten.« Er rauschte los, kam aber, zu Kates Erstaunen, trotz seiner Rastlosigkeit noch einmal zurück.

»Hoffentlich sitzen Sie eines Tages mal auf meinem Schoß«, sagte er, und dann war er fort.

Epilog

Unsere Körper können nicht lieben:
Aber ohne sie –
Welche Taten der Liebe könnten wir tun?

Kate und Reed wurden an Thanksgiving getraut, und weil Kate nur vier Tage frei hatte und am Montag wieder unterrichten mußte, verbrachten die beiden ihre Flitterwochen in Reeds Wohnung und bereiteten alle ihre Mahlzeiten in der elektrischen Bratpfanne zu, die so wenig Aufmerksamkeit erforderte.

Frances Fyfield im dtv

Schatten im Spiegel
Kriminalroman

Sarah Fortune ist jung, schön und erfolgreich – und sie hat rote Haare. Gegen Männer hat sie eigentlich nichts, aber sie hat was gegen Charles Tysall, auch wenn er der wichtigste und mächtigste Klient der Kanzlei ist, in der sie als Anwältin arbeitet. Irgendwie machen ihr seine Annäherungsversuche Angst. Tatsächlich – und bei der Polizei seit geraumer Zeit aktenkundig – scheint Tysalls Bekanntschaft speziell rothaarigen Frauen alles andere als gut zu bekommen ... dtv 11371

Feuerfüchse
Kriminalroman
Deutsche Erstausgabe

Eines Tages findet man im Wald eine ermordete Frau. Der Verdacht fällt bei den Ermittlungen schnell auf einen jungen Englischlehrer, der mit der Toten ein Verhältnis hatte. Alle Indizien deuten auf ihn. Zu eindeutig, findet Helen West und beginnt auf eigene Faust zu ermitteln ...
dtv 11451

Im Kinderzimmer
Roman
Deutsche Erstausgabe

Katherine lebt in einem luxuriösen Haus, hat einen beruflich erfolgreichen Mann und zwei gesunde Kinder. Von außen betrachtet das vollkommene Glück. Doch sie fühlt sich den Ansprüchen ihres Mannes nicht gewachsen. Ein psychologischer Roman, der mit fast kriminalistischer Akribie den Ursachen für den Zusammenbruch einer »glücklichen« Familie nachspürt. dtv 11516

Dieses kleine, tödliche Messer
Kriminalroman
Deutsche Erstausgabe

Keine leichte Sache, wenn man sich als Staatsanwältin auf die Aussagen eines verurteilten Mörders verlassen muß. Nichts anderes aber hat Helen West in der Hand, als sie versucht, die wahre Schuldige am Tod von Sylvia Bernard vor Gericht zu bringen. Der eigentliche Täter ist zwar geständig, gibt bei seiner Vernehmung aber zu Protokoll, das Verbrechen im Auftrag einer Frau begangen zu haben ... dtv 11536

dtv Crime Ladies

Sharyn McCrumb:
Lieblich bis auf die Knochen
dtv 11813

Nancy Pickard:
Alles andere als ein Unfall
dtv 11685

Marissa Piesman:
Kontaktanzeigen
dtv 11682

Leiche in bester Lage
dtv 11875 (5/94)

Zelda Popkin:
Rendezvous nach Ladenschluß
dtv 11559

Karrierefrauen leben schneller
dtv 11640

Die Tote nebenan
dtv 11804

Suzanne Prou:
Die Schöne
dtv 11349

Joan Smith:
Schmutziges Wochenende
dtv 11387

Wer wohnt schon noch bei seinem Mann
dtv 11466

Ein häßlicher Verdacht
dtv 11550

Rosamond Smith:
Der Andere
dtv 11370

Das Frühlingsopfer
dtv 11859 (4/94)

Hannah Wakefield:
Die Journalistin
dtv 11542

Die Anwältin
dtv 11681

Margarete Zigan:
Möwenfutter
dtv 11684

MordsFrauen
dtv 11377

Alle meine Mordgelüste
dtv 11647

Da werden Weiber zu Hyänen
dtv 11787

Mord am Fjord
dtv 11902 (7/94)

Graham Greene im dtv

Orient-Expreß
Roman

Im Jahre 1930 rast der Orient-Expreß durch Europa. Sein Ziel ist Konstantinopel. Seine Insassen u. a.: eine Varieté-Tänzerin, die sich in einen jüdischen Fabrikanten verliebt, eine trinkfreudige Reporterin, die einen politischen Flüchtling entlarven will, ein Mörder. Verspätung in Wien: 20 Minuten, wegen Schneesturms. Verspätung in Konstantinopel: drei Stunden, wegen einer niedergeschlagenen Revolution.
dtv 11530

Ein Sohn Englands
Roman

Der erste Roman Graham Greenes, der die persönliche Verantwortung zum Thema hat, in Situationen, wo die geforderte Pflichterfüllung den menschlichen Anstand verletzen würde. »Sein Werk zählt, die Epoche betrachtet, zum Bestand der großen Literatur«, schreibt Joachim Fest in der ›Frankfurter Allgemeinen Zeitung‹.
dtv 11576 (Sep. '92)

Ein Mann mit vielen Namen
Roman

Der »Captain« alias Colonel Claridge hat den zwölfjährigen Victor beim Backgmmon vom »Teufel« gewonnen und wird trotz oder gerade wegen seiner zahlreichen, unerklärlichen Abwesenheiten zur beherrschenden Figur im Leben des jungen Mannes. Liebe und Angst, auch Furcht, vom angebeteten Captain verraten zu werden, läßt in diesem Roman alle lügen, weil das ihre Wahrheit ist. Doch erst im fernen Lateinamerika zeigt sich der wahre Charakter des Mannes mit den vielen Namen. dtv 11429

Gudrun Pausewang im dtv

Foto: Kraufmann + Scheerer

Die Freiheit des Ramon Acosta

Der »Aussteiger« Ramon Acosta versucht mit seiner Freundin im Urwald zu überleben. Doch das Paradies wird zur Hölle...
dtv 10122

Kinderbesuch

Ein deutsches Ehepaar besucht seine in Südamerika lebende Tochter. Tief beeindruckt vom Reichtum des Schwiegersohns, stehen sie der Armut und dem Elend rund um das vornehme Villenviertel verständnislos gegenüber. Als sie eines Tages allein zu Hause sind, öffnen sie einem kleinen bettelnden Mädchen die Tür ... dtv 10676

Der Weg nach Tongay

Durch eine südamerikanische Wüstenlandschaft führt der Weg einer alten Drehorgelspielerin. Fast Unmenschliches fordert ihr diese Reise ab, auf der sie ein hergelaufener Hund begleitet, der zu ihrem ganzen Lebensinhalt wird.
dtv 10854

Pepe Amado

Die unglaubliche Geschichte eines Schwarzen in Südamerika, der wie ein Sklave gehalten wird, bis man ihm eines Tages einen Vulkan »schenkt«. Ein modernes Märchen, das von der Lüge und der Hoffnung auf Veränderung erzählt. dtv 11088

Aufstieg und Untergang der Insel Delphina

In den ersten dreihundert Jahren, nachdem Delphina aus dem Karibischen Meer aufgetaucht ist, geschieht dort fast nichts, in den folgenden dreihundert Jahren bis zu ihrem Untergang um so mehr ..
dtv 11218

Fay Weldon im dtv

Die Teufelin

Die loyale, aber leider ziemlich unattraktive Ruth erträgt lange die sexuellen Eskapaden ihres Mannes. Irgendwann ist sie allerdings mit ihrer Geduld am Ende. Sie dreht den Spieß um und plant einen Rachefeldzug. Das erste, was in Rauch aufgeht, ist das Eigenheim. dtv 11132

Herzenswünsche

Was Helen und Clifford aus der großen Liebe machen (natürlich eine Scheidung und diverse andere Dinge und noch eine Scheidung und die eine oder andere Karriere) und wie ihre verlorene Tochter Nell viel schöner und klüger wird, als es ihre Eltern verdient haben. dtv 11197

Du wirst noch an mich denken

Ein Mann und drei Frauen, die Geschiedene, die Neue und die Halbtagssekretärin – aus dieser nicht ungewöhnlichen menschlichen Konstellation macht Fay Weldon eine rasante psychologische Studie über Schein und Sein; mit einer Komik, die manchmal mörderisch ist. dtv 11225

Kleine Schwestern

Zusammen mit dem Antiquitätenhändler Victor, ihrem zwanzig Jahre älteren Liebhaber, fährt Elsa für ein Wochenende aufs Land. Der Besuch bei Victors reichen Freunden wird für Elsa zu einer Tour de force durch Liebe, Lügen, Sex und andere Ungeheuerlichkeiten. Aus Prinzen werden Frösche, und nichts bleibt, wie es war. dtv 11305

Frau im Speck

Aus einer von Wohlstandsspeck, Diätkuren und den üblichen Midlife-crises-Affairen bedrohten Ehe hat sich Esther in eine schmuddelige Souterrainwohnung geflüchtet. Was sie dort tut? Sie ißt, und zwar alles, was fett macht. Eine »beste Freundin« taucht auf und spielt den »rettenden Engel«... dtv 11378

Sterndame

Sandra geht mit ihrem Ehemann auf eine Party und verläßt diesselbe mit einem anderen. Das Pikante am vorliegenden Fall: Die Dame ist eine prominente Fernseh-Astronomin, der Gatte ein bekannter Anwalt, und der »Neue« Boss einer Jazz-Band, übrigens ebenfalls verheiratet. dtv 11426